Lv2 부터 ② Chillin' Different World Life
of the EX Hero Candidate was Cheat
from Lv 2

치트였던 전직용사 후보의
유유자적 이세계라이프 7

노조 미야 지음 카타기리 일러스트 손종근 옮김

장녀들의 밤

"오늘은 잔뜩

마시는 거야!"

"아으......"

Lv2부터 Chillin Different World Life
of the EX-Brave Candidate was Cheat
from Lv2

치트였던 전직용사후보의
유유자적 이세계라이프

키노조 미야 지음 | 카타기리 일러스트

SNOVEL

Characters

Chillin Different World Life
of the EX-Brave Candidate was Cheat from Lv 2

훌리오
훌리스 잡화점을 경영하는 전직 용사 후보.

리스
야랑족이자 훌리오의 아내.

사베어(사이코 베어 모습)
훌리오의 애완동물.

엘리나자
훌리오와 리스의 딸.

가릴
훌리오와 리스의 아들.

사리나
가릴의 동급생, 가릴이 신경 쓰이는 모양.

아이리스테일
가릴의 동급생이자 베리안나의 동생.

와인(인간족의 모습)
하이스페어지만 대식가인 식객.

타니아라이나
훌리오 가게 책돌이온 메이드(신계의 신조).

히야
빛과 어둠의 근원을 관장하는 마인.

다말리나세
정신세계에서 수면 중인 암흑 대마도사.

슬레이프(인간족 모습)
전직 마왕군 사천왕 중 하나.

빌레리
슬레이프와 동거 중인 전직 궁수.

리슬레이
슬레이프와 빌레리의 딸.

그레아니르
훌리스 잡화점에서 일하는 마인족.

AT
DE
AG
ME
HP

Characters

Chillin Different World Life
of the EX-Brave Candidate was Cheat **from Lv2**

고자르
사상 최강이라 칭해지는 전직 마왕.

우리미나스
고자르의 아내이자 마왕 시절의 측근.

발리로사
고자르의 아내이자 전직 기사.

포르미나
고자르와 우리미나스의 딸.

금발 용사
용사인데도 마법국에서 지명수배 중.

츠야
금발 용사와 함께 도피행 중.

밸런타인
사계 12신장인 요염한 마인.

독슨(유이가드)
고자르의 동생이자 정비가 근한 현직 마왕.

칼시므
마왕군 사천왕인 고생꾼.

차룬
칼시므의 측근인 마인형.

베리안나
입이 험하지만 동생을 아끼는 악마인족.

후훈
유이가드의 측근인 아마어마한 M 서큐버스.

암왕
마법국의 예전 국왕이자 암살회의 회장.

에리(여왕)
정의감이 강하고 고생이 많은 여왕.

벨라노
말 없고 낯을 가리며 작은 동물 같은 교사.

블로섬
농업에 열의를 쏟는 전직 검사.

컬러 및 본문 일러스트   카타기리

Level 2~

Lv2부터 치트였던 전직 용사 후보의 유유자적 이세계 라이프

Contents

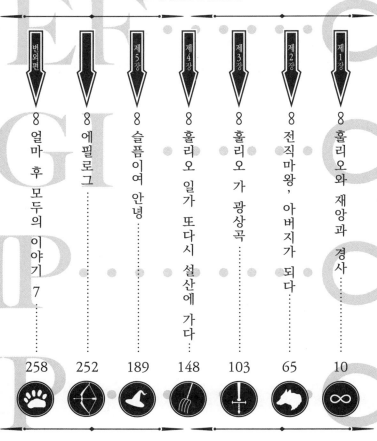

Chillin Different World Life of the EX-Brave Candidate was Cheat from Lv 2

——클라이로드 세계.

검과 마법, 수많은 몬스터나 아인들이 존재하는 이 세계에서는, 인간족과 마족이 오랜 세월에 걸쳐서 계속 싸우고 있었다.

그런 가운데, 인간족 최대 국가인 클라이로드 마법국의 여왕과 마왕군의 마왕 대행 칼시므 사이에서 휴전 협정이 체결되고 수개월이 지났다.

칼시므는 마왕 유이가드의 난폭한 행동에 따라갈 수 없어서 마왕군과 거리를 두고 있던 마족들을 정력적으로 방문하여, 마왕군에게 다시금 협력을 확보하고자 필사적으로 계속 노력했다.

한편 여왕은 내정에 힘을 쏟아서, 가도 개선이나 각 도시의 방어 체제를 강화, 국민들이 보다 더 안전하게 살 수 있도록 계속 애쓰고 있었다. 헌신적인 그 자세에 국내외에서 찬사의 목소리가 연신 높아지고 있었다.

이 이야기는, 그런 세계정세 가운데 천천히 막을 연다…….

◇호우타우 동방의 어느 가도◇

호우타우에서 아득히 먼 동쪽의 숲속을, 훌리오와 리스가 탄 짐마차가 나아가고 있었다.

———훌리오.

용사 후보로서 이 세계에 소환된 다른 이세계의 전직 상인.

소환 당시에 받은 가호로 이 세계의 모든 마법과 스킬을 습득했다.

지금은 전직 마족인 리스와 결혼하여 두 아이의 아버지로서 훌리스 잡화점 점장을 맡고 있다.

———리스.

전직 마왕군, 아랑족 여전사.

훌리오와 맺어진 뒤, 그의 아내로서 함께 걸어갈 것을 선택했다.

훌리오를 지나치게 좋아하는 안사람이자 엘리나자와 가릴의 어머니.

"이렇게 서방님과 단 둘이서 배달을 나온 것도 오랜만이네요."

마부석에 앉아 있는 리스는 기쁜 듯 미소 지으며 옆에 앉아 있는 훌리오를 올려다봤다.

평소 인간 형태로 변화했을 때에는 감추고 있던 꼬리가, 엉덩이 부분에서 뻗어 나와서 기쁜 듯 좌우로 계속 흔들리고 있었다.

그런 리스를 보고 평소처럼 시원스러운 미소로 답하는 훌리오.

"최근에는 타니아랑, 내 모습으로 변화한 미니리오가 가게 쪽을 도와주는 덕분에, 이렇게 화물 배달에 나설 수 있게 되었으니까 말이지. 특히 호우타우에서 동쪽은 별로 와본 적이 없었으니까, 이번에 한 번 와두면 다음부터는 전이 마법으로 당장 이동할 수 있게 될 테고."

전이 마법은 사용자가 한 번이라도 방문한 적이 있는 장소라면 전이 문을 소환하여 바로 이동할 수 있는 마법이다.

"서방님은 파발로도 몇 개월은 걸리는 곳까지 전이 마법으로 이동할 수 있으니까, 정말로 굉장해요."

훌리오의 얼굴을 선망의 눈빛으로 바라보는 리스.

그런 리스 앞에서 훌리오는 쓴웃음을 지었다.

"아니아니. 나 따위가 사용할 수 있는 마법은, 클라이로드 마법국의 마법 사용자들이나 마왕군의 마법 부대 사람들이라면 당연하게 사용할 수 있지 않을까."

이쪽 세계에 용사 후보로서 소환된 이후로 상당한 시일이 지났음에도 불구하고…… 훌리오는 자신의 마법 능력을 과소평가하고 있었다. 원래 세계에서 거의 마법을 사용하지 못하기도 해서 『자신이 사용할 수 있는 마법 정도는 이 세계에서 마법을 사용할 수 있는 사람이라면 당연하다는 듯이 사용할 수 있을 터』라고, 진심으로 생각하고 있었다.

당연하게, 훌리오의 그 말에 리스는 눈을 동그랗게 떴다.

"무, 무슨 말씀이세요, 서방님?! 애당초 전이 마법을 사용할 수 있는 마법 사용자 그 자체가 드물다고요! 제가 있던 무렵의 마왕군에도 몇 명밖에 없었고, 클라이로드 마법국에도 그다지 없다고 들었어요. 게다가 파발로 수개월이 걸리는 장소까지 이동한다면 막대한 마력을 필요로 하니까, 도중에 휴식을 취하면서 여러 날에 걸쳐 다가가는 게 일반적이에요."

리스의 말을 이해하는지 짐마차를 끄는 사베어도 크게 끄덕였다.

　——사베어.
　원래는 야생 사이코 베어.
　훌리오와 조우하여 이길 수 없음을 깨닫고는 항복, 이후 애완동물로서 훌리오 가에 자리 잡았다.
　평소에는 훌리오의 마법으로 혼 래빗 모습으로 변신하고 있다.

　훌리오는 본래의 모습인 거대한 사이코 베어 모습으로 짐마차를 끄는 사베어와 옆에 앉아 있는 리스를 교대로 바라보더니, 얼굴에 또다시 시원스러운 미소를 지었다.
　"고마워, 둘 다. 그렇게 말해주니 기뻐."
　훌리오는 입으로는 그렇게 말했지만,
　'……리스도 사베어도, 날 배려해 주는 거겠지…….'
　내심으로는 그렇게 생각하는 훌리오였다.
　"……그건 그렇고, 이쪽으로는 처음 오는데 몬스터의 기척이 엄청나네."
　"그러네요…… 그레아니르 쪽에서 나갔을 때에 조우한 몬스터는 모두 퇴치했다고 들었는데요……."
　주위를 둘러보는 훌리오 옆에서 리스도 고개를 갸웃거렸다.
　그들의 짐마차 주위에서는 수많은 거대 몬스터들이 접근하고 있었다.
　리스는 그 기척을 오감으로 탐지하고, 훌리오는 탐색 마법으로 몬스터들의 위치를 정확하게 파악하고 있었다.

'……다 합쳐서 서른두 마리인가…… 꽤나 많이 모였네…….'

눈앞에 전개한 탐색 마법의 윈도를 확인하는 홀리오.

짐마차를 중심으로 주변의 지도를 표시한 윈도 안에는, 적대적 의사를 가진 생물의 존재를 가리키는 빨간 점이 다수 표시되고 있었다.

평범한 짐마차가 이만한 숫자의 몬스터에게 습격을 당한다면, 설령 호위 용병이 함께하고 있을지라도 도망치는 것 이외에 선택지는 없다.

몬스터들도 사이코 베어인 사베어의 기척을 인지하고 있었지만, 그보다 강력하고 흉포한 몬스터들만 있다보니 신경도 쓰지 않았다.

야생에서 살던 무렵의 사베어라면 당연하다는 듯이 도망쳤을 것이다. 하지만 지금의 사베어는, 접근 중인 몬스터의 기척을 피부로 느끼면서도 태연한 모습으로 짐마차를 계속 끌었다.

그렇게 사베어가 끄는 짐마차 마부석에서 리스가 크게 한숨을 내쉬었다.

"……하필이면 저희 짐마차를 습격하려는 모양이네요. 하아, 정말이지…… 이러니까 야생 몬스터는 싫다고요…… 상대의 진짜 실력을 헤아리질 못하니까……."

주위를 둘러보며 리스는 천천히 일어섰다.

입고 있는 의복을 천천히 벗고, 이윽고 실오라기 하나 걸치지 않은 모습이 되었다.

아름다운 그 모습에 훌리오는 그만 빠져들고 말았다.

그런 훌리오의 시선 앞에서, 리스는 마부석에서 가도로 뛰어내렸다.

그러자 그녀의 모습이 희고 거대한 늑대로 변했다.

아랑…… 마족 중에서도 최상위에 위치하며 강력한 힘을 가진 종족인 리스.

아인 종족으로서 인간 형태로 변신했을 때의 리스는 자신의 힘을 교묘하게 감추고 있지만, 본 모습을 드러낸 지금의 리스는 강력한 힘을 전혀 감추려고 하지 않았다.

UOOOOOOOOOOOOO…….

아랑족 리스가 울음소리를 터뜨리자, 짐마차 주위에 모여 있던 몬스터들은 반대로 짐마차에서 멀어지기 시작했다.

그것을 탐지한 리스는 숲속으로 달려갔다.

얼마 후, 훌리오가 보는 탐색 마법의 윈도 안에서 빨간 점이 굉장한 기세로 줄어들기 시작했다.

리스를 가리키는 파란 점이 빨간 점 쪽으로 접근하는 것과 동시에, 그 주위의 빨간 점이 순식간에 사라졌다.

몬스터들을 가리키는 빨간 점의 움직임도 결코 느리지는 않았다.

아랑화한 리스의 기척을 탐지한 몬스터들은 야생의 감으로 승

산이 없다고 확신하여 그 자리에서 전력으로 철수를 개시, 리스
가 울음소리를 높였을 때에는 짐마차에서 무척 떨어져 있었……
음에도 불구하고, 리스는 그런 몬스터들을 순식간에 따라잡고 섬
멸했다.

"……역시 리스는 굉장하구나."

윈도 안을 엄청난 속도로 이동하는 파란 점과, 그 점이 이동할
때마다 소멸하는 빨간 점을 바라보며 훌리오는 감탄을 흘렸다.

그런 훌리오에게 사베어가 다가왔다.

『바호?』

"아, 그러네. 몬스터 사체를 그대로 뒀다가는 역병의 원인이 될
수 있으니까. 사베어, 미안하지만 회수해 주겠어?"

사베어에게 마법 주머니를 건네는 훌리오.

그것을 받아든 사베어는 커다란 손을 재주 좋게 움직여서, 왼
팔에 마법 주머니를 동여맸다.

단단히 동여맨 것을 확인하고는,

『바호!』

훌리오를 향해 크게 끄덕인 뒤, 숲속으로 달려갔다.

비교적 근처에 굴러다니던 몬스터의 시체에 다가가서는 왼팔
을 가져다 댔다.

그러자 몬스터의 시체는 사베어가 팔에 동여맨 마법 주머니 안
으로 빨려 들어갔다.

사베어는 코를 킁킁 울리고, 리스가 처리한 몬스터를 찾아서
숲속으로 달려갔다.

그런 사베어의 뒷모습을 훌리오는 미소로 지켜봤다.

'……마법으로 한꺼번에 회수할 수도 있지만…… 사베어가 『우리에게 도움이 되고 싶으니까 시켜 달라』면서 자기가 말을 꺼냈으니까, 일하게 해주자.'

그런 생각을 하며 다시금 탐색 마법의 윈도를 확인하는 훌리오.

소수만 남은 빨간 점을, 파란 점이 필요하게 쫓아다니고 있었다.

……그때였다.

"……어라?"

불온한 기척을 느낀 훌리오가 고개를 들었다.

그러자 조금 전까지 쾌청하던 푸른 하늘의 한구석에 먹구름이 피어오르는 것이 보였다.

그렇다…… 그 먹구름은 푸른 하늘 가운데 그야말로 피어올랐다.

"……저기에, 차원의 틈 같은 게 생긴 모양이네."

계속 넓어지는 먹구름을 바라보며 고개를 갸웃거리는 훌리오.

탐색 마법의 범위를 넓혀서 먹구름이 피어오르는 쪽을 조사했다.

"……잘 모르겠지만…… 뭔가 커다란 반응이 있는 것 같네…….'

훌리오가 중얼거린 것처럼, 탐색 마법의 윈도 안에는 상공의 거대한 빨간 점이 깜박이고 있었다.

◇같은 시각 차원의 틈새◇

──차원의 틈새.

클라이로드 세계를 비롯하여 수많은 세계가 구상, 공 모양으로 존재하는 세계.

그 세계는 신계라고 불리는 중앙 세계를 중심으로 구상 세계가 때로는 접근하고 때로는 멀어지며 존재하고, 그 사이의 공간을 신계의 사람들은 『차원의 틈새』라 부르고 있었다.

그 차원의 틈새를 이동하던 여러 신계의 사도들은 다들 곤란해하고 있었다.

"그 재앙 몬스터…… 어디로 도망친 게냐……."

신계의 사도 집단을 이끄는 듯한, 반신은 어린 소녀이고, 나머지 반신이 해골 모습에 너덜너덜한 외투만 걸친 그 인물은, 손에 든 커다란 낫을 어깨에 얹으며 지긋지긋하다는 듯 혀를 찼다.

"구상 세계를 파괴해 버릴 정도로 강력한 마력을 지닌 재앙 몬스터……. 간신히 몰아붙였는데, 설마 놓쳐버릴 줄이야……. 사도장인 내가 이 무슨 추태……. 한시라도 빨리 찾아내서 유폐 세계 도고로구마에 봉인해야 해……."

계속 혀를 차며 주위로 탐색 마법을 전개하는 사도장.

'……젠장…… 이 일대는 구상 세계가 밀집해 있어서, 재앙 몬스터의 파동을 판별하기 힘들어……. 추정되는 반응은 확실히 이 부근에서 발생하고 있는데…….'

사도장은 이마에 비지땀을 흘리며 탐색 마법을 계속 사용했다.

그 뒤를 따르는 부하 사도들도 열심히 탐색 마법을 전개하고 있지만, 무리 가운데 가장 마력이 강한 사도장이 재앙 몬스터의 정확한 위치를 파악하지 못한 상황에서 정확한 위치를 파악할 수 있을 리도 없어서, 그저 시간만 흐르고 있었다.

'……그 재앙 몬스터가 어딘가의 구상 세계로 침입하기 전에 어떻게든 포박하지 못한다면…… 침입당한 구상 세계가 멸망할 수도 있어…….'

사도장은 뺨을 타고 흐르는 비지땀을 닦으려고 하지도 않고, 탐색 마법을 전개하며 차원의 틈새를 계속 이동했다.

◇같은 시각 호우타우 동방의 가도◇

홀리오가 올려다보는 푸른 하늘 한구석.

그곳에 생겨난 차원의 틈에서 피어오르는 먹구름은 하늘을 점점 뒤덮고 있었다.

"흐응…… 굉장하네, 이 반응. 처음 보는데, 대체 뭘까…….."

자신의 눈앞에 전개한 탐색 마법의 윈도와 상공을 교대로 바라보며 홀리오는 고개를 갸웃거렸다.

그러자 탐색 마법의 윈도 안에 깜박이는 거대한 빨간 점 옆으로 작은 윈도가 표시되었다.

『재앙 몬스터 재앙의 용』

"……재앙 몬스터? 재앙의 용? ……뭘까, 들어본 적 없는데."

갑자기 표시된 윈도를 보며 계속 고개를 갸웃거리는 홀리오.

그러자 그 윈도 옆으로 작은 윈도가 또 하나 표시되었다.

『무척 위험한 몬스터이기에 구제하는 것을 강하게 추천합니다.』

"구제⋯⋯라고 그래도⋯⋯."

다시금 상공으로 시선을 향하는 훌리오.

그 시선 끝에서는, 상공에 피어오르는 먹구름 안에서 황금색 용이 모습을 드러내기 시작했다.

거대한 얼굴에 이어서 두껍고 큰 몸통이 틈에서 나타났다.

거대한 뿔과 엄니를 가진 머리 주위로는 번개 같은 섬광이 발생하며 굉음이 울렸다.

"⋯⋯저 재앙의 용이라는 건 상당히 커 보이는데⋯⋯ 글쎄, 어떻게 구제한담⋯⋯."

훌리오가 생각에 잠긴 사이, 또다시 새로운 윈도가 표시되었다.

『추천 마법: 신들의 황혼(신계 마법)』

"아⋯⋯ 요전에 배운 신계 마법으로 구제가 가능한가⋯⋯. 하지만 신들의 황혼이라니 뭔가 굉장한 이름이네⋯⋯ 마력도 상당히 사용하는 모양인데⋯⋯."

다시금 상공으로 시선을 향하는 훌리오.

그 시선 끝에서는 차원의 틈에서 출현한 재앙의 용이 주위로 번개 화살을 흩뿌리며 지면으로 다가오고 있었다.

번개 화살이 떨어진 장소는 폭발하여 불꽃이 피어올랐다.

번개 화살을 흩뿌리며 계속 강하하는 용은, 이제 곧 지상에 도착할 것 같았다.

"그러네…… 몬스터의 피해가 확대되면 큰일이니까 어쨌든 구제해 버리자."

작게 끄덕이더니 재앙의 용을 향해 양손을 뻗는 홀리오.

작게 영창하자 그 손 앞으로 거대한 마법진이 전개, 천천히 회전하기 시작했다.

동시에 그 마법진 앞에 한층 커다란 마법진이 출현, 그리고 그 앞으로 또 한층 커다란 마법진이 출현……. 그것을 되풀이하며 그때마다 거대해지는 마법진.

그 마법진을 알아차린 재앙의 용이 움직임을 멈추었다.

지상을 향해 똑바로 강하하던 재앙의 용은, 홀리오가 전개한 마법진을 알아차렸는지 진행 방향을 홀리오 쪽으로 돌렸다.

포효하며 마법진을 향해 일직선으로 돌진하는 재앙의 용.

그런 재앙의 용 앞에서 점점 거대화하는 마법진.

그 마법진은 순식간에 재앙의 용보다도 거대해져서 상대의 긴 몸을 휘감듯이 더더욱 증식했다.

머리가 마법진에 휘감긴 모양새가 된 재앙의 용은, 그대로 더 이상 꼼짝도 하지 못했다.

그 모습을 확인하며 계속 영창하는 홀리오.

이윽고 모든 영창을 마친 홀리오는 펼치고 있던 양 손바닥을 천천히 오므렸다.

"신들의 황혼…… 발동."

거대한 재앙의 용을 뒤덮을 정도로 커진 마법진은 홀리오의 말과 동시에 황금의 빛을 발하더니, 이어서 석양빛으로 변하며 수

축을 시작했다.

마법진은 재앙의 용을 휘감으며 급속하게 수축했다.

마법진 안에서 움직일 수 없게 된 재앙의 용은, 손쓸 도리 없이 마법진과 함께 축소되었다.

머지않아 작은 공 모양까지 축소된 마법진은 홀리오의 눈앞으로 천천히 내려왔다.

"서, 서방님!"

상황이 마무리될 즈음 리스가 달려왔다.

숲속에서 황급히 달려온 리스는 아랑과 인간 형태의 특징을 함께 가진 용모로, 나신은 아랑의 체모로 뒤덮이고 꼬리와 귀, 그리고 엄니가 여전히 구현화된 모습이었다.

"여, 리스. 숲속의 몬스터는 정리했어?"

"아, 예, 이쪽 몬스터는 모두 정리했는데…… 그, 그보다도 서방님, 하늘의 틈에서 출현한 거대한 몬스터……. 그 막대한 마력량을 보면 세계를 멸할 존재라고 일컬어지는 재앙 몬스터가 아닐까 싶었는데…… 말이죠……."

하늘을 올려다보는 리스. 그녀의 눈은 점이 되어버렸다.

"어…… 어라…… 이, 이상하네요…… 분명히 조금 전까지 상공에 차원의 틈이 발생하고, 그 안에는 재앙 몬스터로 보이는 몬스터가……."

사람의 모습으로 변해서 의복을 입으며 의아한 표정을 짓는 리스.

이윽고 그 뒤쪽에서 달려온 사베어 역시도 리스와 마찬가지로 위를 올려다보며 고개를 갸웃거렸다.

리스와 사베어가 올려다본 상공에는, 조금 전까지 발생했던 차원의 틈은 사라지고 펼쳐진 먹구름 역시 흔적도 없이 사라졌다.

눈이 점이 된 채로 상공을 계속 올려다보는 리스와 사베어.

그런 두 사람을 쓴웃음 지으며 바라보던 홀리오는,

"어, 그 재앙 몬스터는 아마도 이 녀석일 거라 생각하는데⋯⋯."

그렇게 말하며 조금 전 손에 든 공 모양이 된 마법진을 리스와 사베어 앞으로 내밀었다.

"저기 서, 서방님⋯⋯, 마법진이 공 모양이 되다니⋯⋯ 처, 처음 봤는데요⋯⋯. 이, 이런 게 가능하군요⋯⋯ 어어⋯⋯."

홀리오가 손에 든 공 모양이 된 마법진을 바라보며 리스는 눈을 동그랗게 떴다.

"⋯⋯어?"

마법진 안을 응시하던 리스는, 그 안에 존재하는 물체를 바라보며 더욱 눈을 동그랗게 만들었다.

"저, 저기⋯⋯ 서, 서방님⋯⋯ 이, 이 마법진 안에 있는 건⋯⋯ 서, 설마 그럴까 싶지만⋯⋯ 조, 조금 전 차원의 틈에서 출현한 재앙 몬스터⋯⋯였다든지⋯⋯ 그, 그렇진 않겠죠⋯⋯?"

홀리오에게 시선을 향하며 리스는 쭈뼛쭈뼛 말을 건넸다.

그 옆에서 사베어도 눈을 동그랗게 뜨며 홀리오에게 시선을 향했다.

그런 리스와 사베어에게 홀리오는,

"응, 그래. 어떻게든 쓸 수 있는 마법으로 붙잡을 수 있었나봐."

평소의 시원스러운 미소를 지었다.

훌리오의 말을 들은 리스와 사베어는 그 자리에서 완전히 굳어 버렸다.

"어…… 저, 저기…… 세계를 멸해버린다고 일컬어지는…… 재, 재앙 몬스터를…… 마, 마법으로 붙잡다니……."

『바, 바호…….』

부들부들 몸을 떨며 훌리오와 그 손의 마법진을 교대로 바라보는 리스와 사베어.

"호들갑스럽기는. 나 따위도 사용할 수 있으니까 마법을 쓸 수 있는 사람이라면 누구든 쓸 수 있을걸? 내 마력의 팔 할 정도를 소비한 정도로 쓸 수 있었으니까."

그런 리스와 사베어에게 훌리오는 쓴웃음 지으며 말을 건넸다.

참고로 지금의 훌리오는 이 세계에 막 왔을 무렵, 데라베자의 숲에서 정화 마법을 사용했을 때보다도 더욱 레벨 업했고 총 마력량도 당시의 수만 배로 불어났지만, 스테이터스 표시 화면에 표시 가능한 수치를 아득히 웃돌아서 『∞(표시 불가능)』으로만 표시되고, 그것을 『영문 모를 표시』하고 판단한 훌리오는 자신의 스테이터스를 비표시로 돌리고, 이후로 확인하지 않았기에 레벨이 마구 올라간 것을 전혀 알아차리지 못했다.

또한 훌리오 주위에는 중위 경계 마법이나 기척 탐지 마법 따위의 자기 방어용 마법이 상시 복수 전개되어, 그중 하나인 은폐 마법의 효과로 훌리오의 마력량을 주위에서는 전혀 알 수 없게 되었기에, 훌리오를 특별하게 보는 사람은 거의 없었다.

홀리오가 리스와 사베어에게 이야기를 하는 사이, 그 후방에서 마법진이 전개되기 시작했다.

공중에 전개된 마법진 안에서 모습을 드러낸 것은 히야와 다말리나세였다.

──히야.

빛과 어둠의 근원을 관장하는 마인.

이 세계를 멸망시킬 수 있을 만큼의 마력을 지녔지만 홀리오에게 패배한 뒤, 홀리오를 『지고하신 주인님』이라 따르며 홀리오 가에 머무르고 있다.

──다말리나세.

암흑 대마법에 통달한 암흑 대마도사.

히야에게 패배한 이후, 히야를 사모하여 수련의 동료로서 히야의 정신세계에서 살고 있다.

돌아본 홀리오의 눈앞에 출현한 히야와 다말리나세는, 공중에 뜬 채로 당황해서는 주위를 둘러봤다.

"무슨 일이야, 둘 다?"

"아, 지고하신 주인님…… 조금 전 이 부근에서 심상치 않은 흉악한 마력을 탐지하였기에……."

"저랑 히야 님이 서둘러 달려왔는데요……."

홀리오의 눈앞에서 주위를 둘러보며 곤혹스럽다는 표정을 짓는 히야와 다말리나세.

"……이, 이상하군요…… 분명히 수상한 기척은 느껴지는데……."

"이렇다 할 녀석은 어디에도 없네……."

"아, 혹시 그건 이거 말하는 거야?"

곤혹스러워 하는 히야와 다말리나세에게 손에 든 공 모양의 마법진을 내미는 홀리오.

그것을 보고 히야와 다말리나세는 그만 눈을 부릅떴다.

항상 눈을 선처럼 가늘게만 뜨고 있는 히야가 있는 힘껏 눈을 부릅떴기에, 리스와 사베어는 깜짝 놀란 표정을 지었다.

그런 리스와 사베어 앞에서 히야와 다말리나세는 홀리오가 손에 든 공 모양의 마법진으로 얼굴을 가져다댔다.

"이, 이건…… 서, 설마 초상위 마법진『공간 봉인 마법』……? 아니, 그게 아니군요……. 좀 더 상위 마법의 파동이 느껴집니다……."

"내가 통달한 암흑 대마법에도 이런 괴물 같은 몬스터를 봉인할 수 있을 법한 술식은 없고, 애당초 이 녀석은 뭔가요……?"

눈을 부릅뜨고 공 모양 마법진으로 손을 가져다 대며 교대로 말하는 히야와 다말리나세.

그런 두 사람을 홀리오는 쓴웃음 지으며 바라봤다.

'……마법진을 잘 아는 두 사람이 이렇게나 놀랐다는 건, 뭔가 이상한 마법을 써버린 걸지도 모르겠네…….'

마음속으로 그런 생각을 하는 홀리오.

그런 홀리오에게 히야와 다말리나세가 동시에 시선을 향했다.

"지고하신 주인님!"

"훌리오 님!"

"아, 예?!"

둘이 동시에 말을 건네자 훌리오는 저도 모르게 살짝 등줄기를 폈다.

"지고하신 주인님, 이건 어떤 마법을 사용하신 겁니까? 괜찮으시다면 제게 가르침을 주시지 않겠습니까?"

"훌리오 님, 저도 부탁할게요! 굉장히 흥미가 있다고 할까……."

훌리오에게 바싹 다가가는 히야와 다말리나세.

무심코 뒷걸음질 치며 쓴웃음 짓는 훌리오.

"그, 그렇게 대단한 마법이 아니라고 생각하는데……. 분명, 윈도에는 『신들의 황혼』이라고 표시된 것 같은……."

""신……?!""

훌리오의 말을 들은 히야와 다말리나세는 동시에 한마디만 던지더니 그 자세 그대로 굳어 버렸다.

"……저, 저기…… 히야? ……다말리나세?"

두 사람의 얼굴 앞으로 훌리오는 손을 휘적휘적 움직였다.

하지만 두 사람은 그 움직임에도 전혀 반응하지 않고 그 자리에 계속 굳어 있었다.

쓴웃음 지으며 굳은 두 사람을 바라보는 훌리오.

"……저기, 서방님……."

그런 훌리오의 팔을 리스가 살며시 잡아당겼다.

"말씀 도중에 죄송한데…… 조금 전 재앙의 용이 흩뿌린 번개 탓에 발생한 화염이……."

　리스의 말에 홀리오는 숲으로 시선을 향했다.

　그 시선 끝에서는 숲 여기저기에서 검은 연기가 올라오고 있었다.

　"그러네. 우선은 불을 꺼야겠어……."

　검은 연기 쪽을 향해 오른손을 뻗는 홀리오.

　동시에 홀리오의 얼굴 앞으로 마법 윈도가 전개되기 시작했다.

　홀리오에게만 보이는 수십 장의 윈도가 교차하고, 그중 몇 가지 마법이 공중에 떠올랐다.

　이곳 클라이로드 세계의 톱클래스 마법 사용자라도 마법 윈도는 몇 장밖에 전개되지 않는다.

　하지만,

　클라이로드 세계의 모든 마법.

　클라이로드 세계와는 다른 세계를 기원으로 하는 암흑 대마법.

　클라이로드 세계와는 다른 세계인 사계의 모든 마법.

　마찬가지로 클라이로드 세계와는 다른 세계인 신계의 모든 마법.

　이렇게 네 가지 세계 마법을 습득한 홀리오인 만큼, 사용 가능한 마법을 표시하는 윈도가 수십 장이나 되는 것이었다.

　대량의 윈도가 전개되고 그중에서 몇 가지 마법이 홀리오의 눈앞으로 옮겨졌다.

　"……그러네, 불을 끈다면 이게 좋을까."

홀리오가 그중 하나를 손가락으로 건드렸다.

그러자 숲 상공에 거대한 마법진이 출현하기 시작했다.

"이, 이 어찌나 거대한……."

마법진을 올려다보며 눈을 동그랗게 뜨는 히야.

그 옆에서 다말리나세 역시도 눈을 동그랗게 뜬 채로 마법진을 계속 응시했다.

"저런 거대한 마법진을 출현시킬 수 있다니…… 역시 서방님이세요……."

홀리오 옆으로 다가가며 감탄을 터뜨리는 리스.

『바호바호.』

그 옆에서 사베어도 울음소리를 높이며 몇 번이고 끄덕였다.

그런 일동 앞에서 홀리오가 전개한 거대한 마법진에서 안개가 내려오기 시작했다.

안개는 천천히 숲으로 쏟아졌다.

그 안개가 드리우자 타오르던 산불이 순식간에 꺼졌다.

"괴, 굉장해요! 그렇게나 타오르던 불길이 한순간에 꺼져버리다니……."

차례차례 진화되는 불길을 바라보며 리스는 더욱 목소리를 높였다.

"『진혼가의 안개』라는 마법인데, 본래는 마력을 드리운 안개를 발생시켜서 화염 마법을 막는 데 쓰는 모양인데, 제대로 되어서 다행이야."

얼굴에 평소의 시원스러운 미소를 짓는 홀리오.

마법을 전개하며 숲의 화재 상태를 탐색 마법으로 확인하며 안개를 유도했다.

'······어라? 숲 북쪽에서 마족이 소화 활동을 진행하는 걸까······. 불은 거의 꺼진 모양이니까, 그곳은 소화 활동을 진행하는 마족한테 맡겨도 괜찮을까······.'

마음속으로 그런 생각을 하며 홀리오는 마법을 펼쳤다.

"······지고하신 주인님께서 전개하신 『진혼가의 안개』라는 마법 말입니다만······. 제 기억이 틀림없다면, 암흑 대마법의 비오의가 아니었습니까?"

히야의 말에 굳은 얼굴로 끄덕이는 다말리나세.

"예······ 히야 님의 말씀대로······ 아, 암흑 대마법에 통달한 자들 중에서도 극히 일부만이 사용할 수 있는 터무니없는 마법······. 이 안개 안에서 불 속성의 마법은 전혀 쓸 수 없게 됩니다······."

"······다말리나세는 사용할 수 없는 겁니까?"

"······못 쓰는 건 아니지만, 사용한다면 마력이 순식간에 고갈되어서······."

다말리나세는 그 자리에서 침을 삼켰다.

암흑 대마법에 통달한 암흑 대마도사인 다말리나세.

그런 다말리나세가 죽음을 각오하고서야 사용할 수 있는 대마법을, 홀리오는 소화 활동을 위해서 사용한 것이다.

다말리나세의 말에 작게 끄덕인 히야는 다시금 홀리오에게 시선을 향했다.

그 시선 끝에는 태연한 모습으로 진혼가의 안개를 계속 발동하며 소화 활동을 이어나가는 홀리오가 있었다.

"······역시 지고하신 주인님······이라고 해야겠군요."

"······홀리오 님 앞에서 암흑 대마도사를 자칭하는 게 부끄러워지네요······."

그런 말을 나누며 히야와 다말리나세는 서로 고개를 끄덕였다.

◇ ◇ ◇

"······일단 화재도 진화된 것 같고, 오늘은 한 번 집으로 돌아갈까. 바쁜 배달도 아니니까."

"그러네요. 게다가 슬슬 엘리나자와 가릴이 학교에서 돌아올 시간이고요."

홀리오의 말에 끄덕이는 리스.

홀리오는 오른손을 뻗었다.

그러자 영창도 하지 않았는데 홀리오의 눈앞에 마법진이 출현, 그 안에서 전이 문이 출현했다.

전이 마법을 빈번하게 사용하던 홀리오는, 전이 마법을 영창 없이 사용할 수 있게 됐다.

클라이로드 마법국의 마법 사용자 부대 엘리트 몇 명이 함께 영창에 나서야 간신히 발동시킬 수 있는 전이 마법.

히야나 다말리나세, 그리고 전직 마왕인 고자르도 전이 마법은 사용할 수 있다.

사용할 수는 있지만, 홀리오를 제외한 모두, 영창을 해야만 발동시킬 수 있다.

전이 문을 여는 홀리오.

그 모습을 바라보는 다말리나세는 메마른 미소를 짓고 있었다.

"영창도 없⋯⋯었죠."

"⋯⋯예, 역시 지고하신 주인님이십니다."

옆에 서 있는 히야는 『이제 이 정도로는 놀라지 않습니다』라고 하듯, 태연한 모습으로 전이 문을 향해 이동했다.

전이 문 너머는 홀리오 가의 현관 앞으로 이어져 있었다.

모두가 전이 문 너머로 이동한 것을 확인하고, 홀리오도 전이 문 너머로 이동했다.

그리고 문이 닫히자 곧바로 마법진이 사라지고, 전이 문도 흔적도 없이 사라졌다.

◇같은 시각◇

전이 문이 사라진 다음 순간, 그곳에 몇몇 그림자가 공중에서 강하했다.

반신이 어린 소녀이고 반신이 해골 모습에 너덜너덜한 외투만 걸친 그 인물들은, 조금 전까지 홀리오가 소환한 전이 문이 존재하던 곳으로 다가가서 주위를 둘러봤다.

"⋯⋯이상하네⋯⋯. 분명히 이 부근에 재앙의 용의 흔적이 남아 있는데⋯⋯."

"그렇군요⋯⋯. 차원의 틈을 만들고 억지로 이 세계의 이 부근으로 침입한 흔적이 있었습니다만······."

이들, 재앙의 용을 이송하던 신계의 사도들이었다.

도망친 재앙의 용의 흔적을 간신히 발견하고, 그 흔적을 따라서 이 장소에 다다른 것이었다.

"하지만, 이상하군요······. 재앙의 용의 막대한 마력 흔적이, 분명히 공중에 남아 있기는 합니다만······."

"······예, 급속하게 재앙의 용의 마력량이 감소하고, 이 부근에서 완전히 소실되었습니다."

그런 말을 나누며 어떤 자는 탐색 마법을 전개, 또 어떤 자는 이동하며 일대를 수색했다.

그런 가운데, 리더 사도가 퍼뜩 놀란 표정을 지었다.

"······이 급격한 재앙의 용의 마력 감소······. 설마······『신들의 황혼』을 사용해서 재앙의 용을 포박한 자가 있는 게······."

그렇게 중얼거린 리더 사도는, 작게 한숨을 내쉬고는 고개를 가로저었다.

"나, 나도 무슨 소릴 하는 거냐······ 확실히 재앙 몬스터를 포박하려면 『신들의 황혼』을 사용할 수밖에 없다······고는 해도, 신계의 신 중에도 몇 명밖에 사용할 수 없는 『신들의 황혼』을 사용할 수 있는 자가, 이런 평범한 구상 세계에 있을 리가 없지 않나······."

그렇게 중얼거리고는, 리더 사도는 다시금 숲속을 탐색하기 시작했다.

······하지만 이미 전이 마법으로 아득히 먼 호우타우의 자택 앞

으로 이동한 훌리오와, 그런 훌리오가 신들의 황혼으로 토벌하여 마법진 안에 봉인한 상태로 소지하고 있는 재앙의 용의 기척을 알아차리지는 못했다.

◇같은 시각 호우타우 훌리오 가 앞◇
전이 문에서 모습을 드러낸 훌리오 일행.
"아, 파파! 어서 와!"
훌리오를 발견한 엘리나자가 미소로 달려왔다.

──엘리나자.
훌리오와 리스의 아이인 쌍둥이 중 누나.
마족인 어머니 리스의 피를 이어받았기에 급속히 성장하고 있다.
착하고 파파를 정말 좋아한다.
와인을 친언니처럼 잘 따른다.

훌리오에게 안겨드는 엘리나자.
훌리오는 엘리나자의 머리를 다정하게 쓰다듬었다.
"다녀왔어, 엘리나자. 착하게 잘 지냈니?"
"응, 물론이야, 파파. 학교에서 돌아와서, 빌레리 씨를 돕고 있었어."
"빌레리를 돕는다니, 목장 일 말이니?"
"그래. 학교에서 돌아왔더니 빌레리 씨가 몸이 안 좋아 보였거든. 회복 마법을 걸어줬는데 별로 안 통하는 것 같아서……. 지금은 방에서 쉬라고 하고, 대신에 우리가 돕고 있는 거야."

자신의 회복 마법이 통하지 않았다는 것이 마음에 걸리는지, 표정이 어두워지는 엘리나자.

그런 엘리나자 뒤쪽에서는 와인과 가릴이 목장 안의 말을 마구간으로 이동시키는 참이었다.

——와인.

용족 최강의 전사라고 불리는 드래고뉴트.

객사하려던 참에 훌리오와 리스가 구해주어, 그 후로 훌리오 가에서 살고 있다.

엘리나자와 가릴의 언니·누나 같은 존재로서 두 사람을 귀여워하고 있다.

——가릴.

훌리오와 리스의 쌍둥이 중 남동생.

마족인 어머니 리스의 피를 이어받았기에 급속히 성장하고 있다.

와인을 친누나처럼 잘 따른다.

"아, 아빠, 어서 와!"

능숙히 말을 몰던 가릴이 말 위에서 훌리오에게 미소 지었다.

말이라고는 해도 슬레이프와 빌레리, 두 사람이 중심이 되어 관리하는 이 목장에서 취급하는 것은 모두 몬스터라 무척 취급이 어렵지만, 그런 말의 등에 탄 가릴은 익숙한 모습으로 몬스터 말을 계속 몰고 있었다.

그런 가릴 뒤쪽에서는,

"으음~! 왜 말을 안 들어! 안 들어!"

평소의 판초 느낌 옷소매를 걷은 와인이 몬스터 말들을 쫓아다니고 있었다.

와인이 상대하는 것은 아직 어린 몬스터 말이 대부분으로, 말을 듣지 않는다기보다 그녀와 함께 논다는 감각인지, 와인이 달려가면 흩어지고, 와인의 뒤로 돌아가서는 그녀에게 뺨을 비비거나 옷을 물어서 잡아당기고 있었다.

와인도 그것을 아는지 미소를 지으며 즐겁게 몬스터 말을 쫓아다녔다.

"이 녀석들, 와인을 너무 괴롭히면 안 된다고."

마구간 안에서 슬레이프가 모습을 드러냈다.

──슬레이프.

전직 마왕군 사천왕 중 하나.

마왕군을 그만두고 훌리오 가에 머무르며 말 계열 몬스터들을 돌보고 있다.

노령이지만 빌레리를 동거인으로 맞이하여 사이좋게 살고 있다.

그런 슬레이프에게 와인은 히죽 미소를 지었다.

"괜찮아괜찮아! 슬레슬레는 다른 말을 상대해상대해! 여긴 와인한테 맡겨맡겨!"

"후후…… 그럼 그쪽은 맡기도록 할까."

"응응! 맡겨맡겨!"

미소로 크게 끄덕이더니 와인은 또다시 어린 몬스터 말을 향해 달려갔다.

크게 점프해서 몬스터 말이 몇 마리 모여 있는 장소로 뛰어들었다.

그 바람에 옷자락이 넓은 와인의 옷이 둥실 들추어지고, 옷 아래가 드러났다.

"어머, 와인 언니도 참."

그 모습을 본 엘리나자가 얼굴을 붉히며 소리 높였다.

그도 그럴 것이……, 와인은 속옷을 입지 않고 알몸 위에 판초 느낌의 의상을 걸쳤을 뿐이었기에, 옷이 크게 들추어 올라가며 알몸이 드러난 것이었다.

"용족은 몸 안에 불 주머니를 가지고 있으니까 덥기는 하겠지만서도……."

홀리오 역시도 쓴웃음을 지으며 와인을 바라봤다.

그런 홀리오 곁으로 슬레이프가 걸어왔다.

"홀리오 경, 아이들한테 수고를 끼쳐서 면목 없습니다."

"아뇨아뇨, 아이들도 즐거운 모양이고, 도움이 되었다면 다행이에요. 게다가 이 목장의 말들은 이제 홀리오 잡화점의 소중한 동료니까요."

슬레이프와 빌레리가 중심이 되어 운영하는 목장에서는, 일찍이 마왕군의 사천왕이었던 슬레이프의 예전 부하인 다크호스트를 중심으로 한 마마족(魔馬族)의 전 정예 부대 멤버들에 더해서, 야생화한 몬스터 말들을 포박한 뒤 짐마차를 끌도록 사육하고 있었다.

일찍이 마왕의 측근이자, 첩보 기관『고요한 귀』의 리더였던 우리미나스. 그녀의 부하였던 그레아니르를 중심으로 이뤄진 마인족들과 몬스터 말들의 협업은 여타 짐마차들과 비교를 불허했다. 다른 상회의 짐마차를 끌 수 있도록 빌려주기도 해서, 훌리오 잡화점에는 항상 문의와 요청이 끊이지 않았다.

그런 상황인 만큼, 훌리오의 말은 당연하다고 할 수 있었다.

훌리오의 말을 들으며 슬레이프는 기쁜 듯 끄덕였다.

"마왕군에서 추방되어 망연자실한 우리를 이렇게나 따듯이 맞아주고, 게다가 이만큼 보람이 있는 일까지 주어서…… 훌리오 경에게는 아무리 감사해도 모자랄 따름입니다."

"그렇게 말씀해 주시니 저도 기쁘네요……. 저기, 그런데."

훌리오는 가볍게 고개를 갸웃거렸다.

"조금 전에 엘리나자가 이야기했는데, 빌레리는 그렇게나 몸 상태가 안 좋나요? 엘리나자의 회복 마법이 통하지 않는다니."

'……엘리나자가 아직 어리다고는 해도, 회복 계열의 마법 능력은 상당할 텐데…….'

여유만 있다면 엘리나자에게 마법을 가르쳐 주는 훌리오.

엘리나자의 마법 능력을 누구보다도 잘 알고 있기에 건넨 의문이라고 할 수 있었다.

"아뇨아뇨, 엘리나자의 회복 마법 덕분에 조금 나아진 모양입니다……. 하지만 정말로 대체 무슨 일인지…….”

훌리오의 말에 팔짱을 끼며 고개를 갸웃거리는 슬레이프.

“그럼 나중에 저도 상태를 한 번 볼게요.”

“수고를 끼치게 되겠습니다만, 잘 부탁합니다.”

훌리오의 말에 슬레이프는 크게 끄덕였다.

“오, 훌리오 경. 돌아왔나.”

그때 집 안에서 고자르가 나왔다.

──고자르.

전직 마왕 고우르인 그는 마왕의 자리를 동생 유이가드에게 넘기고 인간족의 모습으로 훌리오 가에 머무르는 사이, 훌리오와 친구라고 할 수 있는 사이가 되었다.

지금은 전직 마왕군이자 측근이었던 우리미나스와 전직 기사 발리로사, 두 아내를 두고 있다.

“예, 조금 전에 전이 마법으로 돌아온 참이에요.”

고자르에게 시선을 향하고는 평소처럼 시원스럽게 미소 짓는 훌리오.

고자르는 그런 훌리오 곁으로 걸어왔다.

“모습을 봐서는 아무 일도 없었던 것 같지만, 훌리오 경이 있던 곳 부근에서 강력한 몬스터의 기척을 느꼈다만…….”

고자르는 홀리스 잡화점에 있으면서도 재앙의 용의 기척을 느낀 모양이었다.

강력한 재앙 몬스터라고는 해도, 출현한 장소와 홀리스 잡화점 사이에는 상당한 거리가 있는 만큼, 그 기척을 느끼는 것은 쉽지 않다.

그것을 탐지할 수 있었던 것은 전직 마왕 고자르이기에 가능하다고 할 수 있었다.

"예, 어떻게든 처리할 수 있었어요."

"그런가…… 역시 홀리오 경이로군. 나도 바로 달려가고 싶었다만, 아무래도 우리미나스와 발리로사의 몸 상태가 좋지 않아서 말이지……."

"우리미나스 씨랑 발리로사도 몸이 좋지 않다고요?"

"음…… 우리 빌레리도 영 안 좋은 모양이라서 말이야."

"흠…… 빌레리도 그런가……. 동시에 셋 다 몸이 그렇다니……."

얼굴을 마주 보며 고개를 갸웃거리는 고자르와 슬레이프.

그 옆에서 홀리오는 오른손 검지를 휙 흔들었다.

"……일단 유행병의 기척은 없는 것 같으니…… 어쨌든 우선은 쉬는 게 최선일까……."

집 주위에서 병마의 기척을 탐색한 홀리오.

이 마법도 상급 마법 사용자가 복잡한 영창을 통해서 실행할 수 있지만, 홀리오는 그를 영창 없이 실행한 것이었다.

하지만…… 규격을 벗어난 홀리오의 능력을 잘 아는 고자르와 슬레이프는, 홀리오의 말에 무언가 의문을 품거나 경악하는 기색 조차 드러내지 않았다.

"……그렇군요. 지고하신 주인님께서는 저렇게 대응하는 것이 옳

을지도 모르겠군요…….”

“저도…… 그렇겠다는 생각이 들었어요…….”

홀리오가 병마 탐색 마법을 영창 없이 실행한 것에 히야와 다말리나세는 경악했지만, 딱히 놀란 기색도 없이 평범하게 대화를 나누는 고자르와 슬레이프를 보며 서로 고개를 끄덕였다.

◇그날 밤 홀리오 가 거실◇

함께 사는 모두가 한곳에 모여서 식사를 하는 홀리오 가.

오늘 밤도 거실에서는 홀리오 가에 사는 모두가 모여서 저녁을 먹는 참이었다.

그런 가운데, 블로섬은 즐겁게 웃으며 커다란 고깃덩어리를 뜯고 있었다.

──블로섬.

전직 클라이로드 성의 기사단 소속 중갑기사.

발리로사의 친구로, 그녀와 함께 기사단을 그만두고 홀리오 가에 머무르고 있다.

본가가 농가였기에 농사일이 특기라서, 홀리오 가 한편에 광대한 농원을 운영하고 있다.

“……그렇게 되어서, 오늘은 저도 홀리스 잡화점을 도우러 갔는데 말이죠…… 이것 참, 정말로 타니아가 굉장하더라고요.”

“저는 홀리오 가의 메이드로서 당연한 일을 했을 뿐입니다.”

거실 중앙에 놓여 있는 커다란 테이블.

그 뒤쪽에 서 있는 메이드복차림의 타니아는, 블로섬의 말에 여전히 무표정하게 인사를 하더니 작게 끄덕였다.

——타니아.

본명 타니아라이나.

신계의 사도로서, 강력한 마력을 가진 훌리오를 감시하기 위해 신계에서 파견되었다.

와인과 충돌하여 기억의 일부를 잃고 현재는 훌리오 가에 머무르며 메이드로서 일하고 있다.

"아니아니, 겸손하게 굴 것 없다니까. 우리미나스 씨랑 발리로사가 몸이 안 좋아서 조퇴했다고 해서, 밭일을 그만두고 달려갔는데……. 가게 안으로 들어갔더니, 정말이지 깜짝 놀랐다고. 가게 어디를 봐도 타니아, 타니아, 타니아인 상태라……."

"딱히 대단한 일이 아닙니다. 살짝 빛의 속도로 손님들 사이를 이동했을 뿐입니다."

블로섬의 말에 여전히 무표정 그대로 끄덕이는 타니아.

그런 타니아를 가릴이 눈을 빛내며 바라봤다.

"굉장하네. 타니아는 그렇게나 빨리 움직일 수 있구나."

"예, 가릴 도련님. 훌리오 가의 메이드로서 이 정도는 당연히 할 수 있어야 한다고 생각하기에, 딱히 특별한 일은 아닙니다."

"그렇구나. 나도 그 정도 속도로 움직일 수 있게 되고 싶어."

"그럼…… 외람되오나 제가 다음에, 시간이 있을 때라도 가르쳐 드리도록 할까요?"

"어, 정말! 응, 할래할래!"

타니아의 말에 미소로 일어서는 가릴.

그러자 그런 가릴에게 엘리나자가 시선을 향했다.

"가릴도 참, 고자르 아저씨하고도 검술 수련만 하잖아. 넌 마법이 서투르니까, 그쪽 연습을 하는 편이 낫지 않을까?"

"나, 나도 알아……. 물론 알고는 있지만, 역시나 몸을 움직이는 게……."

"정말이지! 그러면서 금세 도망치려고 하잖아! 알겠니, 몸을 움직이지 말라는 건 아니지만, 나랑 같이 파파랑 히야 씨한테 마법도 배우는 거야."

의자에서 일어서서 허리에 손을 대며 계속 말하는 엘리나자.

"아, 알았다고…… 알았다니까, 누나……. 다음부터 제대로 마법 공부에도 참가할 테니까."

"정말이지, 그러면서 막상 내일이면 또 도망칠 생각이잖아! 아무리 서툴어도 제대로 공부해 두면 실력이 쌓이니까, 땡땡이치면 안 돼."

엘리나자의 사나운 모습에 가릴은 그저 쩔쩔맸다.

방어일변도인 가릴의 머리를, 옆에서 고기를 먹던 와인이 끌어안았다.

"에리에리, 가리가리는 착해착해, 항상 열심히 해."

가릴의 머리를 쓰다듬으며 미소로 엘리나자를 바라보는 와인.

그러자 엘리나자는 와인에게 시선을 향했다.

"와인 언니, 가릴이 열심히 한다는 건 알아. 하지만 있지, 최근에 가릴은 몸을 움직이는 것에만 정신이 팔려서 마법 공부를 소홀히 하는 것처럼 보이니까 어쩔 수 없는걸. 이럴 때 제대로 말을 해줘야……."

논리정연하게 엘리나자는 말을 이었다.

위엄조차 느껴지는 엘리나자의 모습을 앞에 두고 와인과 가릴은 서로를 끌어안으며 쓴웃음을 지을 수밖에 없었다.

그런 그들의 모습을 바라보는 훌리오.

'……엘리나자는 성실한 누나로 성장하고 있구나……. 이런 부분은 리스랑 닮았을지도 모르겠네. 가릴도, 자기가 좋아하는 것만 하는 구석은 있지만 무슨 일이든 최선을 다하고, 와인도 그런 두 사람을 귀여워해 주니까…….'

세 사람을 바라보며 훌리오는 만족스러운 미소를 짓고 있었다.

그런 가운데, 훌리오는 거실 안의 빈자리로 시선을 향했다.

식사 때는 훌리오 가에 사는 모두가 함께 모이니까 모든 자리가 차는데, 오늘은 세 자리가 비어 있었다.

"……우리미나스랑 발리로사, 그리고 빌레리는 식사도 못 할 정도인가?"

훌리오의 말에 고자르가 작게 끄덕였다.

"음…… 지금은 침실에 모두 재워두었다만, 훌리스 잡화점에서 돌아온 이후로 계속 누워만 있는 모양이더군. 회복 마법을 걸어

줘도 일시적인 효과뿐이라서 나도 곤혹스러운 참이야…….”

“그런가요……. 엘리나자만이 아니라 고자르 씨의 회복 마법도 통하지 않다니…….”

고자르의 말에 팔짱을 끼며 생각에 잠기는 홀리오.

“그렇군요……. 항상 활기찬 빌레리도, 제게 걱정을 끼치지 않으려고 애써 웃는 모습이 역력해서…….”

고자르 근처에 앉아 있는 슬레이프도 곤혹스럽다는 표정을 지으며 신음했다.

“그렇군요, 식사를 마치면 상태를 살피러 가볼게요.”

“서방님, 저도 같이 갈게요.”

홀리오 옆으로 앞치마 차림의 리스가 다가왔다.

전직 마왕군이었던 리스는, 마찬가지로 전직 마왕군이었던 고자르나 슬레이프와도 아는 사이고, 우리미나스도 친구라고 할 수 있을 상대인 것이었다.

◇잠시 후 홀리오 가 2층 고자르의 침실◇

고자르의 방은 아내인 우리미나스, 발리로사와 함께 지낼 수 있도록 다른 방보다 큰 구조로 되어 있었다.

침대도 셋이 함께 잘 수 있도록 홀리오 가 안에서도 가장 커다랗게 제작해서, 컨디션 불량을 호소하는 우리미나스, 발리로사, 빌레리 세 사람을 같이 쉬도록 하기에 최적이었다.

“홀리오 님, 죄송합니다……. 걱정을 끼치고 말아서…….”

훌리오와 리스의 방문을 깨달은 발리로사가 침대 위에서 상반
신을 일으키고 사죄의 말을 입에 담았다.

——발리로사.
전직 클라이로드 성의 기사단 소속 기사.
지금은 기사단을 그만두고 훌리오 가에 머무르며 훌리스 잡화점
에서 일하고 있다.
고자르의 두 아내 중 하나.

그 말에 눈을 뜬 우리미나스와 빌레리도, 발리로사에 이어서
상반신을 일으켰다.
"우리미나스도…… 무슨 일이야? 마왕 고우르의 측근으로 취
임한 이후로 한 번도 쉰 적이 없는 너답지 않아."
"으냐……, 그저 면목이 없다냐……. 다만, 이런 증상은 나도
태어나서 처음이다냐……."
걱정스럽게 침대 옆으로 다가간 리스에게 미소를 향하는 우리
미나스.
다만 그 미소는 기운이 없어서, 누가 봐도 무리한다는 게 명백
했다.

——우리미나스.
마왕 시절 고자르의 측근이었던 헬 캣 여자.
고자르가 마왕을 그만두었을 때에 함께 마왕군을 그만두고 아인

으로서 훌리스 잡화점에서 일하고 있다.

고자르의 두 아내 중 하나.

"저도~ 클라이로드 마법국의 기사단 시절부터, 건강한 것만은 자랑이었는데~."

빌레리도 힘없는 미소를 지으며 고개를 숙였다.

──빌레리.

전직 클라이로드 성의 기사단 소속 궁수.

지금은 기사단을 그만두고 훌리오 가에 머무르며 말을 잘 다루던 특기를 살려, 말 계통 몬스터를 돌보면서 슬레이프의 동거인으로 사이좋게 살고 있다.

"아아, 빌레리여, 그렇게나 마음 아파할 것 없다. 가끔 그런 날도 있을 뿐이야……."

걱정하여 훌리오, 리스와 동행한 슬레이프가 황급히 빌레리에게 달려갔다.

노령이 되어 맞은 동거인, 빌레리를 무척 아끼는 슬레이프인 만큼 무척 당황한 분위기라, 그 모습에서는 일찍이 마왕군 사천왕 최고참으로서 가장 흉악하다고 두려움을 사던 모습은 전혀 느껴지지 않았다.

"우리미나스, 발리로사여. 너희도 무리하지 말라고. 훌리스 잡화점 일은 만사 내게 맡겨둬라."

슬레이프와 마찬가지로 훌리오, 리스와 동행한 고자르가 팔짱을 끼며 끄덕였다.

마왕 시절부터 우리미나스가 자신을 위해 애써준 것을 알고, 발리로사의 아름다운 모습에 한눈에 반한 고자르는, 마족이기에 아내를 셋까지 들일 수 있다지만 『내 아내는 우리미나스와 발리로사뿐이다』라고 당당히 입에 담았다.

그런 고자르인 만큼 사랑하는 아내들이 컨디션 불량으로 쉬는 모습을 앞에 두고, 평소처럼 차분함을 연기했지만, 이마에는 땀이 몇 줄기나 흐르고 있었다.

침대에 누워 있는 우리미나스, 발리로사, 빌레리를 바라보며 훌리오는 마법을 전개했다.

'고자르 씨가 말했다시피, 셋 다 병을 앓는 모습은 아닌데……하지만 몸 상태가 안 좋은 건 틀림없어…….'

계속 생각하며 훌리오는 고개를 갸웃거렸다.

'뭘까, 이 증상……. 이전에도 진단한 것 같다고 할까…….'

훌리오의 머릿속 한구석에는 묘한 감각이 있었다.

그런 훌리오의 눈에, 침대 옆 탁자 위에 놓여 있는 바구니가 들어왔다.

그 바구니 안에는 노란색 과일이 잔뜩 쌓여 있었고, 셋이 그것을 먹었는지 침대 옆 쓰레기통에는 그 과일 껍질이 대량으로 버려져 있었다.

"다들, 이 과일은 먹을 수 있었나?"

"아, 예…… 무슨 일인지, 그것만큼은 입에 댈 수 있었다고 할까요……."

"잘은 모르겠지만…… 그걸 엄청 먹고 싶어졌다냐……."

"예~…… 이전에는 너무 시어서 도저히 먹을 수 없었는데요~."

홀리오의 말에 순서대로 수긍하는 발리로사, 우리미나스, 빌레리.

그런 가운데, 리스는 바구니 쪽으로 걸어가더니 그 과일을 손에 들고 말했다.

"어머, 이건 레몬이잖아. 그리워라, 저도 이걸 먹고 싶어져서, 서방님한테 부탁했더니 잔뜩 사왔었죠."

"그래그래, 그때 너무 많이 구입해서 남은 레몬을 리스가 케이크로 만들어서 팔았는데, 그러고도 남은 게 부엌의 마법 창고 안에 있었으니까, 그걸 먹은 거다냐……."

리스와 우리미나스의 대화를 듣던 홀리오는 눈을 크게 떴다.

"잠깐만…… 리스가 레몬을 잔뜩 구입한 시기는…… 리스도 몸 상태가 나쁘던 시기잖아……."

"그랬죠…… 아마도 그때는…… 어?!"

리스 역시도 홀리오의 말에서 무언가 짚이는 바가 있었는지 눈을 크게 떴다.

"무, 무슨 일인가, 홀리오 경?!"

"무언가 알아냈습니까?!"

무심코 몸을 내미는 고자르와 슬레이프.

침대 위의 우리미나스, 발리로사, 빌레리도 어리둥절한 모습으로 홀리오에게 시선을 향했다.

그런 일동의 시선 가운데, 훌리오는 그녀들에게 오른손을 향했다.

그 손은 세 사람의 배 쪽으로 향하고 있었다.

"서, 서방님…… 혹시……."

훌리오의 의도를 알아차렸는지 리스가 눈을 반짝였다.

그런 리스 앞에서 마법으로 세 사람의 몸을 조사하던 훌리오는 작게 끄덕였다.

"응…… 병이라고만 의심한 거랑, 마족의 피가 섞여 있으면 성장이 이상하게 빨라진다는 걸 잊어서 그 가능성을 완전히 놓치고 있었는데…… 틀림없어."

훌리오는 안도의 한숨을 내쉬더니 얼굴에 만면의 미소를 지었다.

"축하합니다. 세 사람 모두 임신했어요. 몸 상태가 나빠진 건, 말하자면 입덧이겠네요."

"뭐라고?!"

"무엇이라?!"

"이, 임신?!"

"으냐?!"

"예~?!"

훌리오의 말에 눈을 동그랗게 뜨는 고자르, 슬레이프, 발리로사, 우리미나스, 빌레리.

그리고 한순간 뒤.

"음! 해냈다고, 발리로사! 우리미나스!"

만면의 미소를 지으며 두 사람을 끌어안는 고자르.

그 모습은 일찍이 최강의 마왕이라 일컬어지던 고자르가 아니라, 틀림없는 한 아버지의 모습이었다.

"고자르 경…… 나, 나도 귀공의 아이를 받을 수 있었군……."

"뭐, 뭐어, 그만큼 사랑을 받았으니까, 언젠가는 생길 거라 생각했지만……."

발리로사와 우리미나스도 미소를 지으며 고자르를 마주 안았다.

그 옆에서는 빌레리 곁으로 슬레이프가 다가갔다.

"뭐, 뭐라고 할까……. 설마 이 나이가 되어서 아이가 생길 줄이야……."

"에헤헤…… 슬레이프 님…… 저 무척 기뻐요."

서로를 끌어안으며 기쁨을 나누는 이들.

홀리오와 리스는 기쁨이 넘쳐나는 일동을 바라보며 미소를 지었다.

"임신했으니까, 엘리나자랑 고자르 씨의 회복 마법도 통하지 않았던 거구나."

"그러네요……. 그래도, 정말로 잘 됐어요……."

홀리오에게 다가가며 살며시 눈을 감는 리스.

"……서방님, 가족이 더더욱 늘어나게 되었는데…… 저 리스, 서방님의 아내로서 모두를 제대로 보살피겠어요."

아랑족은 무리를 짓고, 그 리더가 무리를 통솔하고, 리더의 짝이 무리에 속한 자들을 돌보는 습성이 있었다.

아랑족인 리스는, 홀리오 가 일동을 홀리오를 중심으로 하는 무리라 생각하고, 홀리오의 아내로서 가족 모두를 솔선해서 돌보 았던 것이다.

"리스 혼자서 애쓰지 않아도 돼. 나도 도울 테니까."

"서방님…… 고마워요."

홀리오의 말에 기쁜 듯 미소 짓는 리스.

잠시 후, 리스는 뺨을 물들이며 홀리오의 귓가로 입을 가져다 댔다.

"저기…… 서방님…… 이렇게 새로이 아이들이 생겼으니까, 와 인이랑 엘리나자, 그리고 가릴도 동생을 원하지는 않을까요…… 이참에 쌍둥이라도 전 괜찮은데요……."

뺨을 물들인 채, 홀리오의 귓가에 속삭이는 리스.

"그, 그렇구나……. 응……."

리스의 말을 예상하지 못한 홀리오는, 허를 찔린 탓에 그렇게 대답하는 것이 고작이었다.

◇며칠 뒤 클라이로드 성 알현실◇

"아, 아직 정확한 정보는 파악하지 못했나요?!"

옥좌에서 일어서서 소리 높이는 여왕.

그녀의 얼굴에서는 핏기가 가셔서 새파래진 상태였다.

──여왕.

제멋대로인 행동을 되풀이하던 국왕인 아버지를 추방하고 스스로 왕이 되어 애쓰고 있다.

정의감이 강하고 항상 국민을 위해 노력하기에 누구에게나 사랑받는다.

반면에 걱정이 많아서 마음고생이 끊이지 않고, 위통에 시달리는 나날을 보내고 있다.

그런 여왕 앞으로 클라이로드 기사단장을 맡고 있는 마크타로가 걸어 나왔다.

"지금 클라이로드군 마법 사용자 부대의 정예들이 전력으로 탐색을 진행하고 있으니 조금만 더 기다려 주십시오."

"그, 그랬군요…… 미, 미안해요, 그만 흐트러진 모습을……."

마크타로의 말에 정신을 차린 여왕은 천천히 옥좌에 앉았다.

"그렇다고 해도, 클라이로드 마법국 영내에 막대한 마력을 지닌 몬스터가 출현했다는 정보가 사실이라면 시급히 대처해야……."

"기사단 각 부대의 출격 준비는 이미 갖추어져 있습니다."

마크타로의 말에 끄덕이는 여왕.

하지만 그녀의 얼굴은 여전히 새파랬다.

'……클라이로드 마법국 영내의 마력을 경계하던 자들로부터 들어온, 막대한 마력을 가진 몬스터 출현 보고인데……. 이 세계의 몬스터라면 마크타로를 대장으로 하는 기사단 정예 부대로 충분히 토벌 가능하겠죠. 하지만…… 혹시, 혹시 만에 하나…… 일찍이 클라이로드 세계를 극도의 혼란에 빠뜨렸다고 일컬어지는 다른 세계의 몬스터, 재앙 몬스터라면…….'

생각에 잠기며 여왕은 긴장한 표정으로 마른 침을 삼켰다.

'뒤에서 악행을 벌이던 아버님을 추방하여 내정을 안정시키고, 오랫동안 다투던 마왕군과 휴전 협정을 맺어서 국내에 평온한 나날이 찾아왔는데도, 어째서 이렇게, 차례차례 새로운 문제가 벌어지는 걸까요…….'

찌릿찌릿 아프기 시작한 위장 쪽을 오른손으로 누르면서, 입술을 깨물고 고개를 가로젓는 여왕.

"……아뇨, 여기서 약한 소리를 할 수는 없어요. 제 어깨에는 클라이로드 마법국의 존망이 걸려 있으니까요……."

비장한 결의를 가슴에 품으며 여왕은 계속 입술을 깨물었다.

'그렇군요……. 이건, 훌리오 님의 협력을 청해야 할지도 모르겠어요……. 본래대로 훌리오 님을 용사로 인정하여 클라이로드 마법국군을 이끌도록 할 수 있다면 얼마나 든든했을지……. 아버님이 그릇된 자를 용사로 인정해버린 탓에, 충분한 지원을 줄 수도 없다니…….'

클라이로드 마법국은 유사시에 이세계에서 용사 후보를 소환한다.

이세계에서 소환된 자에게는 신계의 신이 가호를 부여하는데, 특히 강한 가호를 가진 자를 용사로 인정하고 거국적으로 지원하지만……. 막 소환된 훌리오는 가호의 흔적이 거의 보이지 않았기에 용사 후보 실격으로 추방했던 것이다.

Lv2가 된 순간에 강력한 가호를 발휘하여 남모르게 다수의 사건을 해결한 훌리오를, 여왕은 진정한 용사에 걸맞은 인물이라 인정하고 있었지만……. 전임 국왕이 다른 소환자를 용사로 인정해 버렸기에 홀리오를 용사로 인정할 수 없었다.

클라이로드 마법국의 규율에 따라, 한 번 인정된 용사가 죽거나 이 세계에서 사라지지 않고서는 새로운 용사를 인정할 수 없는 것이었다.

생각에 잠긴 여왕이 있는 알현실로, 마법 사용자 부대 소속의 남자가 뛰어 들어왔다.

"여, 여왕님, 알려드립니다!"

당황한 남자의 모습에 여왕은 여전히 새파란 얼굴로 옥좌에서 일어섰다.

"아, 예. 뭔가요……."

"예, 조금 전 탐지한 막대한 마력을 가진 몬스터 말씀입니다만…… 그 마력의 파동을 조사한 결과……, 이 파동과 무척 닮은 것은 전설로 이야기되는 재앙 몬스터밖에 존재하지 않는다고……."

남자의 말에 여왕의 눈앞이 새하얘졌다.

'여, 역시 그 전설의 몬스터……! 과거에 출현한 재앙 몬스터는, 신계의 사도에게 포박될 때까지 극도의 파괴와 살육을 저질렀다고 전해지는데…….'

"……다, 당장 대처하지 않으면…… 크, 큰일이……."

"그게 말입니다, 그 몬스터가 재앙 몬스터임은 거의 틀림없다……는 것까지는 알았습니다만……. 그 흔적이, 한순간에 사라졌다고 할까……."

"……예?"

남자의 말에 여왕은 어리둥절한 표정을 지었다.

"사라졌다니…… 무슨 말이지?"

마크타로의 말에 곤혹스러운 표정을 짓는 남자.

"아, 예…… 자세한 사항은 지금도 조사하는 참입니다만…… 그야말로 강력한 몬스터의 흔적이 한순간에 소멸했다고밖에……."

"그, 그럴 수가…… 이, 이 세계를 멸할 수 있을 정도의 강력한 마력을 지닌 재앙 몬스터의 반응이…… 하, 한순간에 사라져 버리다니……? 대, 대체 무슨 일이 벌어졌다는 건가요……."

여왕은 눈을 동그랗게 뜬 채로 그 자리에 굳어 있었다.

……클라이로드 세계에 출현한 재앙 몬스터는 홀리오에게 그 자리에서 토벌당했지만, 클라이로드 세계의 마법 사용자로서는 그런 내용까지 조사하여 파악할 수는 없었다.

"……어, 어쨌든 위험은 사라졌다는 것……인가요."

"아, 예…… 아, 아무래도 그런 모양……입니다……."

마크타로의 말에 여왕은 간신히 말을 짜내고, 끄덕였다.

"다, 다만…… 어딘가로 숨었을 가능성도 간과할 수 없어요…… 반응이 있었던 곳 부근으로 부대를 파견해서 조사에 나서도록 하세요."

"예, 알겠습니다."

여왕의 말에 한쪽 무릎을 꿇고 머리를 숙이는 마크타로.

알현실에는 안도와 긴장이 뒤섞인 복잡한 분위기가 계속 감돌았다.

◇호우타우 훌리오 가◇

홀리오 가의 뒤쪽에는 홀리오가 상품을 개발하기 위한 공방이 있다.

2층 건물 안에서는 홀리오가 홀리스 잡화점에서 판매하는 신상품을 개발하거나, 홀리오가 만들어 낸 마인형 미니리오가 홀리오의 발명품 양산 작업을 주로 진행하고 있었다.

이날 밤, 저녁 식사 후에 공방을 찾은 홀리오는 재앙의 용을 봉인한 공을 바라보며 팔짱을 끼고 있었다.

"이만한 마력을 지니고 있으니까…… 무언가 신상품을 개발할 수는 없을까……."

그런 생각을 하며 검지로 공 안에 떠 있는 재앙의 용의 몸을 여기저기 건드렸다.

홀리오의 손가락이 닿을 때마다 윈도가 표시되었다.

재앙의 용의 비늘
가공하여 방어구로 사용하면 내화 마법 효과, 자동 회복 효과가 부여되고…….

재앙의 용의 뿔
가공하여 마법사의 지팡이로 사용하면 마력을 소비하지 않고 전격 마법을…….

그 윈도를 확인한 홀리오는,
"어라? 이건……."

표시된 윈도 중 하나로 시선을 향하며 생각에 잠겼다.

"응…… 이건 괜찮을지도. 이거라면 싸움을 위한 게 아니라 모두에게 도움이 될 것 같아."

그러더니 훌리오는 공을 향해 양손을 뻗었다.

그 손 앞으로 마법진이 전개되고 천천히 회전했다.

"이 몬스터…… 소재를 추출하는 것만으로도 상당한 마력이 필요한 모양이네……. 하지만 뭐, 대단한 정도는 아니지만……."

그런 말을 입에 담으며 작업을 계속했다.

그때 훌리오가 사용한 마력량은, 클라이로드 마법국의 마법 사용자 부대 정예 부대원들이 모두 모여서 간신히 짜낼 수 있을 정도의 양이었지만, 훌리오는 자신이 그런 터무니없는 양의 마력을 사용한다고는 꿈에도 생각하지 않았다.

◇……그 무렵 금발 용사 일행◇

이날 금발 용사 일행은 북방의 가도를 나아가고 있었다.

그런 가운데, 츠야가 금발 용사에게 걱정스러운 표정을 향했다.

"저기~…… 괜찮을까요오, 금발 용사니임……. 어쩐지 굉장히 재채기를 하시는데~……."

"어, 어어…… 신경 쓰지 마라, 별일 아니다……."

손으로 코를 덮으며 작게 재채기를 계속하는 금발 용사.

'……음, 잘 모르겠지만, 누군가가 내 이야기를 하는 것 같은데…… 게다가 나를『잘못된 자를 용사로 인정하고 말았다』같은 소릴 하는 것 같은데…….'

츠야가 건넨 손수건으로 입가를 훔치며 금발 용사는 지긋지긋
하다는 듯 혀를 찼다.

'……이 세계로 소환되었을 때의 신계의 가호라는 녀석 덕분에,
초기의 능력치가 상당히 높게 설정된 모양이다만…….'

금발 용사는 슬며시 자신의 스테이터스 윈도를 표시했다.

Lv…38

힘……999

방어……999

속도……999

마력……999

HP…999

스킬 구멍 파기

'……레벨은 그럭저럭 올라가고는 있지만…… 능력치가 소환
되었을 때의 수치에서 전혀 올라가지 않는 건 대체 어떻게 된 거
냐? ……확실히 인간족이 상대라면 충분히 강력하지만…… 상대
가 마족이나 몬스터라면 잔챙이라도 능력치가 네 자릿수니까 말
이야…….'

금발 용사의 뇌리에, 일찍이 용사로서 클라이로드군을 이끌고
마왕군과 싸운 기억이 되살아났다.

약한 몬스터를 상대로도 전혀 통하지 않고, 지휘도 변변히 못 하
고, 차례차례 쓰러지는 아군의 군대를 앞에 두고서 『나는 이런 곳

에서 죽어서는 안 된다』라며, 가장 먼저 전장을 이탈한 기억…….

'확실히 그 무렵의 나는 미숙했다……. 하지만.'

금발 용사는 어깨 너머로 뒤쪽을 돌아봤다.

그곳에는 밸런타인, 리리안주, 독슨이 금발 용사를 뒤따르고 있었다.

전 사계 12신장 중 하나였던 밸런타인.

밸런타인의 사역마인 리리안주.

'……그리고 독슨도 마왕군의 맹자임은 틀림없으니까, 지금은 과거의 동료를 우리 일행에 가담시키려고 부르러 간 건물 마인 가우하도 있어……. 이런 맹자들이 나를 믿고서 동행해 주는 거야……. 지금의 나는 이들을 위해서라면 목숨을 버리더라도 아깝진 않아.'

입가에 사나운 미소를 짓는 금발 용사.

"……저기이…….."

그런 금발 용사의 옆구리에 츠야가 검지를 꾹꾹 들이밀었다.

"어쩐지이, 저만 따돌리는 것 같은 기분이 드는데요오."

"으, 으음?! ……아, 아니…… 무, 무슨 소리냐?"

"글쎄~…… 무슨 일인지는 모르겠지만~, 금발 용사님이이, 저를 따돌리는 것 같아서~ 엄청 화났다고요~."

금발 용사를 빤히 올려다보며 입술을 삐죽이는 츠야.

그런 츠야를 금발 용사는 곤혹스럽다는 표정으로 바라봤다.

'이, 이 녀석…… 여, 여전히 감이 날카롭다고 할까…… 어떻게 내가 머릿속으로 생각하던 걸 정확하게 맞출 수 있는 거냐…….'

"이미 오랫동안 함께 했으니까요오~, 금발 용사님을 보고 있으면 어쩐지 알겠다고 할까요~."

"그, 그러니까, 그렇게 태연히 남의 마음을 읽지 말라고!"

더욱 당황해서 소리 높이는 금발 용사.

그런 금발 용사를 츠야는 여전히 입술을 삐죽이며 올려다봤다.

그리고 그런 두 사람을 밸런타인, 리리안주, 독슨이 바라보고 있었다.

"정말이지, 금발 용사님과 츠야는 사이가 좋네……. 어쩐지 엄청 질투하게 돼."

"매력으로는 밸런타인 님도 지지 않는다고 생각하옵니다만, 여하튼 츠야 님은 이미 금발 용사님의 와이프 포지션을 획득하셨사오니……."

"어? 뭐냐, 그 와이프라는 건?"

"어라, 그런 것도 몰라? 가만히 있어도, 상대에게 의사가 전해지는…… 그런 상대를 말하는 거야."

"호오, 그런가……."

밸런타인의 말에 감탄한 듯 끄덕이는 독슨.

'그러고 보니…… 마왕 유이가드 시절의 내 측근이었던 후훈 녀석도, 내가 전부 말하지 않아도 행동해 줬던가……. 하지만 그 녀석의 경우, 어딘가 나사가 빠졌으니까 말이지……. 그 녀석이『제 감으로는 틀림없습니다』라고 할 때는 대부분 틀렸고, 그게 화나서 후려치곤 했지…….'

마왕 시절을 떠올리고 생각에 잠기는 독슨.

그런 독슨을 바라보며 밸런타인은 요염한 미소를 지었다.

"어라? 혹시 와이프라고 그러니까 떠오르는 녀석이 있는 걸까……? 후후, 독슨도 허투루 볼 수가 없네."

"아, 아니, 아니다! 그, 그 녀석은 그런 게 아니고."

"거봐, 그 녀석이라고 말하는 시점에서 얼버무릴 수 없다고."

"으, 으윽……."

그만 말문이 막힌 독슨.

밸런타인은 그런 독슨의 목에 팔을 둘렀다.

"그래서…… 그런 상대가 있는 독슨한테, 부탁이 있는데……. 나, 슬슬 배가 고프거든……. 네 마력, 평소처럼 입으로 받아도 될까?"

"으어, 이, 이봐…… 이, 이런 곳에서 말인가."

"우후후…… 대답은 필요 없어…… 으음……."

"으으음……."

갑자기 독슨의 입을 덮으며 키스하는 밸런타인.

사계 출신인 밸런타인은 대기 중의 마력 농도가 옅은 클라이로드 세계에 계속 존재하기 위해서 항상 대량의 마력을 체내로 거두어들일 필요가 있었다.

이제까지는 음식을 대량으로 섭취해서, 음식 안에 포함되어 있는 미량의 마력을 거두어들였지만…….

"후후…… 이렇게 독슨한테서 직접 마력을 받는 게 가장 간단하고, 무척 배가 찬단 말이지."

"그, 그렇다고 해도 너무 빨아들이진 말라고. 내 마력도 무한한

게 아니니까."

"예예. 나도 알아…… 쪼옥."

"으으음……."

다시금 입술을 겹치고 독슨의 입에서 마력을 빨아들이는 밸런타인.

그런 두 사람의 모습을 금발 용사는 쓴웃음 지으며 바라봤다.

"……뭐라고 할까…… 옆에서 보면 농후한 입맞춤을 나누는 것으로밖에 안 보이는군……."

"뭐, 실제로 그러하오니……."

"하지마안, 덕분에 밸런타인 씨의 완전 대식가 기질을 억누를 수 있으니까~, 지갑 담당으로서느은, 앞으로도 독슨 씨한테는 쭈욱 밸런타인 씨를 맡기고 싶어요~."

그런 말을 나누는 일행 앞에서, 밸런타인의 식사 타임은 한동안 이어지는 것이었다.

◇호우타우 훌리오 가◇

훌리오 가의 현관 앞에 전이 문이 출현했다.

그 문을 열고서 훌리오가, 이어서 우리미나스가 모습을 드러냈다.

"우리미나스 씨, 일터가 걱정되는 기분은 알겠지만, 지금 당신은 중요한 몸이에요. 부탁이니까 방에서 얌전히 있어요."

"아, 알았다냐……. 어, 어쩐지 미안하다냐, 한창 바쁜데 수고를 끼쳐서……."

면목 없다는 듯 쓴웃음 지으며 우리미나스는 뒤통수를 긁적였다.

반 개월 정도 전, 임신 사실을 안 우리미나스, 발리로사, 빌레리.

모두 산책 이외에는 무리하지 않도록, 그런 말을 듣고 방에서 얌전히 있었을 터였지만……. 훌리스 잡화점의 경리를 홀로 맡고 있던 우리미나스는 책임감이 강한 탓에 번번이 집을 빠져나와서는 훌리스 잡화점으로 향하고, 훌리오나 고자르에게 붙들려서 돌아오기를 반복했다.

그런 우리미나스를 보며 훌리오는 쓴웃음을 지었다.

"우리미나스 씨도 고자르 씨도 마족이라, 그런 두 사람의 아이라면 리스 때와 마찬가지로 임신 기간이 짧을 겁니다. 정말로 언제 태어나더라도 이상하지 않으니까요. 다들 걱정하기도 하고요……."

"미, 미안하다냐. 반성한다냐."

훌리오에게 몇 번이고 머리를 숙이는 우리미나스.

"아! 우리미나스! 또 집을 빠져나가서는!"

돌아온 훌리오와 우리미나스를 본 리스가, 화난 모습으로 우리미나스의 눈앞으로 저벅저벅 걸어왔다.

"그만큼 얌전히 있으라고 그랬는데, 내가 잠깐 세탁하러 간 틈에 사라져서는!"

"자, 잘못했다냐, 미안하다냐……. 그게, 홀리스 잡화점이 신경 쓰여서, 조금만 보고 올 생각이었다냐……."

화난 얼굴 그대로 말을 잇는 리스에게, 우리미나스는 몇 번이고 머리를 계속 숙였다.

그런 우리미나스 앞에서 리스는 한바탕 불평을 늘어놓고 시원해졌는지 어쩔 수 없다는 표정을 지었다.

"발리로사랑 빌레리처럼 집 주변을 산책하는 정도로 해달라고요, 정말……. 이거, 전부 당신을 생각해서 하는 말이니까 그건 좀 이해해 줘요."

우리미나스의 뺨을 양손을 감싸며 정면으로 말을 건네는 리스.

"……응, 고맙다냐."

우리미나스는 가볍게 고개를 숙이며 리스의 손에 자신의 손을 겹쳤다.

그런 우리미나스 앞에서 간신히 미소를 짓는 리스.

"정말이지…… 제가 엘리나자랑 가릴을 임신했을 때는 엄청 얌전히 지냈는데, 어째서 우리미나스는 저처럼 얌전히 있지를 못하는 걸까요."

"……허?"

미소인 리스 앞에서 우리미나스는 어안이 벙벙하다는 표정을 지었다.

"……스쿼트."

그 옆에 서 있는 훌리오도 쓴웃음을 짓더니 중얼거렸다.

그러자 리스는 금세 딴청을 부렸다.

"……사냥."

그런 리스의 눈앞에서 이번에는 우리미나스가 속삭였다.

그러자 리스는 또다시 다른 쪽으로 고개를 돌렸다.

……그렇다, 임신 중의 리스는,

『몸이 둔해져서는 안 돼요』

『모두의 식사 준비는 역시 제가 해야죠』.

그런 소릴 하면서 틈만 나면 방 안에서 스쿼트 운동을 되풀이하거나, 사냥하러 숲속을 돌아다니다가 훌리오에게 몇 번이나 혼나고 붙들려온 것이었다.

"그것 말고도 금세 청소나 빨래를 하려 들고……."

"자주 장 보러 가기도 했다냐……."

리스가 임신 중에 벌인 여러 악행을 소곤소곤 계속 말하는 훌리오와 우리미나스.

그런 둘 앞에서 리스는 양손으로 귀를 막으며 계속 딴청을 부렸다.

그런 리스의 모습을 쓴웃음 지으며 바라보는 훌리오와 우리미나스.

"그렇구나…… 나중에 이런 말을 듣는 건 괴롭다냐. 앞으로는 조심하겠다냐."

"응, 그렇게 해준다면 고맙겠어."

수긍하는 우리미나스, 평소의 시원스러운 미소를 짓는 훌리오.

그런 둘 앞에서 리스는 귀를 막은 채로 여전히 딴청을 부렸다.

◇호우타우 훌리스 잡화점 안◇

"그 물품은 저쪽으로 부탁드립니다."

카운터 안에서 서류를 보며 지시하는 것은, 임시 회계 담당을 맡은 그레아니르였다.

──그레아니르.

마족의 마인족(魔忍族)으로 구성된 마왕군 첩보 기관 『고요한 귀』의 전직 멤버.

고요한 귀의 멤버들과 함께 마왕군을 그만두고 아인 종족이 되어, 훌리스 잡화점 짐마차대의 리더로서 전직 고요한 귀의 멤버들과 함께 일하고 있다.

'……이제까지 나는 수송 부대의 리더로서 열심히 일해왔다. 하지만 크나큰 은혜를 입은 우리미나스 님이 임신 중이라 일하실 수 없는 지금, 내가 제대로 대역을 맡아야 한다……! 걱정스럽다며 우리미나스 님이 몇 번이나 홀리스 잡화점에 들리는 일이 없도록…….'

조금 전에 홀리오에게 끌려간 우리미나스를 떠올리며 입술을 꽉 깨물고, 그레아니르는 가게 안을 둘러봤다.

가게 안에서는 고자르와 타니아, 블로섬, 그리고 홀리오로 변한 미니리오까지 넷이 바쁘게 돌아다니고 있었다.

참고로 조금 전에 우리미나스를 끌고 돌아간 홀리오는, 자신과 똑같이 변한 미니리오과 자신이 둘이서 동시에 출현하여 손님들이 혼란을 겪지 않도록 기척 은폐 마법을 사용해서 가게 안에 있었다.

접객의 대부분은 타니아가 고속으로 이동하며 동시에 여럿 대응하고 있지만, 그럼에도 가게 안의 손님 모두에게 대응할 수 있는 것은 아니었다.

'……타니아 경 덕분에 무척 도움을 받고는 있지만, 아직 인원이 부족합니다……. 고자르 님이 접객을 해버리신다면, 보는 이를 압도하고 마는 멋진 용모 탓에 손님이 넙죽 엎드려 버리니까 화물 운반 작업만을 간곡히 부탁드리고…….'

고자르가 마왕군을 그만두었을 때, 자신도 마왕군을 그만두고 행동을 함께했을 만큼 고자르를 여전히 존경하는 그레아니르인 만큼 고자르의 평가가 이상할 정도로 높은 점만은 걱정이지만, 그 이외에는 냉정하게 상황을 파악하고 판별했다.

'……블로섬 경도 열심히 일해주시니까 한 사람만 더, 짐마차

발착장 쪽에 도움을 청하면 어떻게든 될 것 같습니다…….'

카운터에서 일어서서 가게 뒤편의 짐마차 발착장으로 이어지는 통로를 돌아봤다.

그러자 그곳에 남자 하나가 서 있었다.

"저기…… 이쪽이 힘들어 보이니까 도우러 가라고 고자르 님께서 말씀하셨는데……."

그레아니르에게 그렇게 말한 것은 다크 호스트였다.

──다크호스트.

전직 마왕군 사천왕의 일원 슬레이프 휘하의 정예부대 대장이었던 마마족.

슬레이프와 함께 마왕군을 그만두고 훌리오 가의 마구간에서 머무르고 있다.

전직 정예부대인 마마 부대를 이끄는 대장으로서 짐마차를 끄는 임무를 맡고 있다.

평소 다크호스트는 마마의 모습으로 짐마차를 끌고 있지만, 접객을 도우러 온 만큼 지금은 사람의 모습으로 변해 있었다.

셔츠를 느슨하게 입은 다크호스트는 단정한 생김새에 더하여 늘씬하면서도 근육질인 체형이라, 그 단정한 용모에 가게 안에 있던 젊은 여성들의 시선이 일제히 다크호스트에게 모였다.

하지만 막상 다크호스트는 그런 시선 따위는 신경 쓰는 기색도 없이 그레아니르에게 다가갔다.

"그래서, 나는 뭘 하면…… 아."

그때 무심코 깜짝 놀라서 소리 높이는 다크호스트.

그런 다크호스트의 시선은 그레아니르에게 향했는데…… 그녀의 얼굴은 가게의 상품인 울프 저스티스 마스크로 뒤덮여 있었다.

"저, 저기…… 그레아니르?"

"시시시신경 쓰지 마십시오. 이이이이것도 선전의 일환이니까. 아, 그보다도, 다크호스트 씨에게는 접객을 부탁드리고 싶으니, 잘 부탁드립니다."

"어, 어어, 알았다. 열심히 하지."

울프 저스티스 마스크를 뒤집어쓴 채로 지시를 내리는 그레아니르.

그 말에 끄덕이더니, 다크호스트는 가게 안으로 이동했다.

그레아니르는 마스크 아래에서 다크호스트의 뒷모습을 바라봤지만, 그녀의 얼굴은 새빨갰다.

전날, 다크호스트가 자신을 좋아한다고 말하는 것을 그만 들어버린 그레아니르.

그 이후, 다크호스트를 지나치게 의식하는 바람에 더는 제대로 얼굴을 볼 수가 없게 된 그레아니르는, 순간적으로 울프 저스티스 마스크를 써서 붉게 물든 얼굴을 들키지 않으려 한 것이다.

'아아아…… 얼굴이 빨개진 걸 들키진 않았을까……. 하아, 진정하는 겁니다, 그레아니르……. 저는 우리미나스 님 직할 첩보부대 『고요한 귀』의 일원인 마인족이 아닙니까……. 이, 이 정도로 동요하다니…….'

"아, 그레아니르."

"예에?!"

그레아니르는 머릿속으로 한창 생각하던 와중에 다크호스트가 자신을 부르자 뒤집어진 목소리를 높이며 그 자리에서 펄쩍 뛰었다.

너무나도 놀라는 그 모습에 말을 건넨 다크호스트까지도 놀랐다.

"저, 저기…… 손님이 이 검을 다섯 자루 달라고 그러는데, 재고가 있을까?"

"아, 예예예예, 바로 확인하고 오겠, 아닷, 으걱, 게힉…….."

서둘러 창고로 달려가는 그레아니르…… 하지만 마스크로 시야가 가려진 것, 그리고 다크호스트가 갑자기 말을 건네서 동요한 것 때문에 여기저기 부딪히고는 이상한 목소리를 흘렸다.

그런 그레아니르의 뒷모습을 걱정스럽게 바라보는 다크호스트.

'……그레아니르도 참, 요전부터 어쩐지 태도가 이상하단 말이지……. 서, 설마…… 내가 그레아니르의 짐마차를 끌 수 있도록 조정한 게 들켜서, 나를 피하는 건…….'

그만 머리를 부여잡는 다크호스트.

그런 두 사람을, 접객을 하며 곁눈질로 보던 블로섬은 무심코 쓴웃음을 지었다.

'저 두 사람도 참, 옆에서 보면 서로가 서로를 좋아한다는 게 뻔한데……. 어째서 저렇게 엇갈리는 걸까.'

그런 생각을 하는 블로섬 주위를 타니아가 고속으로 이동했다.

오늘의 홀리스 잡화점은 다소 트러블이 있기는 하지만 여전히 많은 손님들로 북적였다.

◇그날 밤 훌리오 가 훌리오와 리스의 침실◇

훌리오와 리스의 방은 훌리오 가의 2층에 있다.

두 사람의 아이인 와인, 엘리나자, 가릴은 같이 아이들 방에서 지내니까, 지금은 둘이서만 이용하고 있었다.

두 방 중에 한 방이 침실이고 다른 한 방이 프라이빗 룸이었다.

훌리오는 프라이빗 룸 안에 놓여 있는 책상에서 장부를 체크하는 참이었다.

현재 홀리스 잡화점은 호우타우의 점포 이외에도 마왕성 앞의 점포와 호우타우 마법 학교 내의 매점, 도합 세 곳에서 영업 중이라 훌리오는 각 점포의 회계 담당이 폐점 후에 제출한 매상 관련과 매입 관련 장부를 체크하고 있었다.

'······마왕성 앞 지점의 매상이 최근에 굉장히 늘어났구나······. 울프 저스티스 관련 상품이 팔리는 것도 그렇지만, 그 밖의 상품 매상도 최근에 눈에 띄게 늘어나는 느낌이야······.'

장부를 확인하며 이런저런 생각에 잠기는 훌리오.

그 옆에서 리스가 홍차가 담긴 컵을 놓았다.

"서방님, 조금 쉬시는 건 어떨까요?"

"아, 고마워, 리스."

평소의 시원스러운 미소로 리스를 바라보는 훌리오.

그런 훌리오에게 리스도 미소로 답했다.

"서방님, 어쩐지 무척 즐거워 보이네요."

"그게 말이지, 나는 이 세계로 오기 전에 큰 상회의 매입 담당을 맡고 있었으니까. 이렇게 장부를 정리하고 있으면 그 무렵의 일들이 떠올라서 어쩐지 즐거워지거든."

미소로 이야기하는 홀리오.

그런 홀리오를 리스도 미소로 바라봤다.

"서방님은 정말로 신기한 분이에요. 세계의 왕으로 군림할 수 있을 만큼의 힘을 가졌는데도 그런 생각 따윈 안 하고, 즐겁게 장부를 정리하다니……."

"그건 과대평가야, 리스. 나는 그렇게 굉장한 힘은 없다고……. 게다가 혹시 내가 정말로 그런 힘을 가지고 있더라도, 나는 그 힘으로 세계를 지배할 생각은 없어. 그보다도 전 세계의 모두가 웃으며 지낼 수 있는, 그런 세계를 만들기 위해서 쓰고 싶어. 와인이랑 엘리나자, 가릴, 게다가 앞으로 태어날 고자르 씨와 슬레이프 씨의 아이들을 위해서도."

홍차를 입에 담으며 싱긋 미소 짓는 홀리오.

"……그러네요, 서방님은 항상 그렇게 말씀하시는걸요."

"……응, 그렇기는 한데……."

그때 홀리오는 조금 겸연쩍은 표정을 지었다.

"그때만큼은…… 세계의 평화라든지, 모두의 행복이라든지…… 그런 건 전혀 생각할 수 없었다고 할까……."

"그때……라고요?"

"응…… 처음으로 히야를 만났을 때, 리스가 히야의 마법에……."

일찍이 클라이로드 성에 봉인되어 있던 히야가 부활했을 때, 훌리오와 대치했다.

그때, 히야의 공격을 리스가 순간 자신의 몸으로 받아내고, 그 결과 둘로 갈라지고 말았지만, 훌리오는 그 순간에 시간을 역행시켜서 리스를 구출한 뒤, 히야를 압도적인 힘으로 박살 냈다.

"모두의 평화 같은 소리를 하고 있지만, 역시 내게 가장 소중한 건…… 리스, 너야."

리스를 다정하게 끌어안는 훌리오.

"서방님……."

리스는 훌리오의 가슴에 몸을 기대며 눈을 감았다.

"……그렇게 생각해 주셔서, 저는 정말로 행복해요."

훌리오를 올려다보는 리스.

리스의 눈동자를 바라보는 훌리오.

한동안 마주 보던 두 사람은, 이윽고 누가 먼저라고 할 것도 없이 얼굴을 가까이 대고 입술을 겹쳤다.

이윽고 리스를 안아 든 훌리오는 침실로 이동하고…… 방 안을 비추던 마법등의 불빛이 꺼졌다.

◇몇 주 뒤의 심야 훌리오 가◇

침대 위, 리스에게 팔베개를 해주며 잠들어 있던 훌리오는 문득 눈을 떴다.

'……또 왔나 보네.'

현관으로 다가오는 기척을 탐지한 훌리오는, 리스가 깨지 않도록 조심스럽게 몸을 일으켰다.

하지만 훌리오에게 단단히 안겨서 잠들어 있던 리스는 도중에 눈을 떴다.

"……혹시 또 왔나요? 서방님."

현관 쪽으로 시선을 향하며 눈을 부릅뜨는 리스.

그런 리스에게 훌리오는 쓴웃음 지으며 일어섰다.

"그들의 입장에서는, 지금 시간이 우리의 대낮 같은 거니까……. 다만 이런 시간에, 이렇게 몇 번이나 방문하는 건……."

"차라리 제가 쫓아 버릴까요?"

침대에서 일어서서 리스는 팔다리를 아랑의 것으로 바꾸었다.

"다들 축하하러 와주는 거니까, 그건 그만두자."

옷을 입으며 훌리오는 쓴웃음 지었다.

"……응?"

그때, 집 안에서 고속으로 이동하는 반응을 탐지한 훌리오.

"……이런, 조금 서두르는 편이 낫겠어."

오른손을 앞으로 내밀고 작은 마법진을 전개하는 훌리오.

순식간에 그 마법이 훌리오의 몸을 뒤덮었다.

고속 전이 마법…….

비교적 근거리로 순식간에 이동할 수 있는 전이 마법이었다.

그 무렵, 훌리오 가의 현관 근처에서는…….

"으니~! 어쩐지 이상한 기척기척!"

와인이 복도를 달리고 있었다.

용으로 변신한 꼬리와 팔을 휘두르며 현관을 향해 달려가는 와인.

"자, 잠깐만 와인 언니! 적어도 옷은 입어!"

엘리나자가 그녀의 뒤를 비행 마법으로 하늘을 날며 쫓았다.

잠옷 차림인 엘리나자는 손에 와인의 잠옷을 들고 있었다.

용족이라 체내에 열원을 가진 와인은, 항상 높은 체온을 유지하고 있었다.

그래서 인간 형태일 때에 옷을 입는 것을 지극히 꺼려서, 엘리나자나 가릴과 함께 잘 때도 무의식중에 옷을 벗어던지는 것이 일상다반사. 이날 밤도 완전히 알몸이었던 것이다.

"와, 와인 누나, 팬티도! 팬티도!"

엘리나자의 뒤를 잠옷차림인 가릴이 뛰어서 쫓고 있는데, 그의 손에는 와인이 벗어던진 속옷이 들려 있었다.

'정말이지, 와인 누나도 참……. 적어도 속옷은 입어야지, 안 그러면 시선을 둘 곳이 곤란하잖아…….'

마족인 리스의 피를 이어받았기에 고속으로 성장한 가릴은, 꼬리와 동시에 좌우로 흔들리는 와인의 엉덩이를 앞에 두고서 얼굴을 붉히며, 직시하지 않도록 시선을 계속 움직이는 것이었다.

"이상한 기척이 현관으로 오고 있어 오고 있어! 모두는 와인이 지켜! 지켜!"

입가에서 불꽃을 흩뿌리며 달리는 와인.

원래 붉은 기운이 있는 피부가 더욱 붉게 물들어, 언제든지 브레스를 뽑을 수 있는 상태임은 틀림없었다.

그런 와인이 현관 앞에 도착하자,

"와인 아가씨, 거기까집니다."

어둠속에서 갑자기 모습을 드러낸 타니아가 와인의 안면을 오른손으로 움켜쥐었다.

"으규우우우우우우."

갑자기 붙잡힌 와인은 타니아에게 부딪히듯이 정지했다.

"꺄아?!"

"우왁?!"

눈앞을 고속으로 달리던 와인이 갑자기 정지했기에, 그 뒤를 고속으로 쫓던 엘리나자와 가릴도 와인에게 부딪힌…… 것처럼, 보였지만…….

"괜찮아, 둘 다?"

고속 전이 마법을 이용해서 그곳으로 달려온 훌리오가 오른팔로 엘리나자를, 왼팔로 가릴을 안아 들어 와인과 부딪히는 것을 막았다.

"파파! 고마워!"

좋아하는 파파에게 안겨서 엘리나자는 만면의 미소로 훌리오의 목에 안겨들어 뺨을 비볐다.

"아빠, 고마……워…….."

가릴도 고맙다며 인사하려고 했지만, 훌리오에게 뺨을 비비는 엘리나자가 사념파로,

『가릴, 방해하지 마.』

그렇게 이야기했기에, 그 이상은 말을 꺼낼 수가 없었던 것이다.

사념파는 개인 사이의 통신수단으로, 원래라면 엘리나자와 가릴만 대화의 내용을 확인할 수 있었지만…….

'에, 엘리나자도 참…….'

엘리나자의 사념파를 탐지한 홀리오는, 기쁜 듯 계속 뺨을 비비는 엘리나자를 쓴웃음 지으며 바라봤다.

……사념파 마법도 당연하다는 듯이 습득한 홀리오는, 엘리나자의 사념파 내용도 제대로 파악한 것이었다.

알몸 그대로인 와인에게 타니아와 엘리나자가 옷을 입히는 동안, 홀리오는 현관문을 열었다.

그러자 그곳에 서 있던 노부부가 깜짝 놀라며 홀리오에게 시선을 향했다.

그런 노부부에게 평소의 시원스러운 미소를 짓는 홀리오.

"혹시 고자르 씨와 슬레이프 씨의 손님인가요?"

홀리오의 말에 노부부는 안도한 표정을 지었다.

"예, 그렇습니다……. 그보다도, 이런 시간에 실례를 해서 죄송하군요……. 우리 흡혈귀족에게는 지극히 평범하게 활동하는 시간이라, 그만 아무런 생각도 없이 방문해 버렸습니다만…….."

"방문해 봤더니, 모두 쉬고 계신 모양이라…… 남편과 둘이서 어쩌면 좋을지 생각하고 있었습니다."

노부부는 그렇게 말하며 홀리오에게 깊이 머리를 숙였다.

"그래서, 정말 죄송합니다만…… 마왕 고우르 님…… 어, 아니, 지금은 고자르 님이셨던가요……. 저기, 안내를 부탁드릴 수 없겠습니까?"

"저희는 후계자 회임의 축하만 전하고 바로 돌아갈 터이니……."

그러더니 노부부는 또다시 깊이 머리를 숙였다.

그런 둘에게 다시금 미소를 짓는 훌리오.

"알겠어요. 고자르 씨도, 손님이 오셨을 때에는 사양 말고 이야기하라고 그랬으니까 잠시만 기다려 주세요…… 그리고, 죄송하지만 마력을 조금 더 은폐해 주시겠어요? 집안사람들이 두 분의 마력에 반응해 버리니까요."

이들 흡혈귀족 노부부……. 외모는 인간족 노부부로밖에 안 보이지만 그들의 주위에서는 막대한 마력이 오라처럼 일렁거려서, 두 사람이 강력한 힘을 가진 마족임은 일목요연했다.

일단 은폐 마법으로 감추고 있는 모양이지만, 그럼에도 상당한 마력이 새어 나와서 와인이 반응한 것이었다.

"오오, 이건 실례했습니다……. 아무래도 외출하는 게 오랜만이라."

"제대로 은폐했다고 생각했는데……, 정말 죄송합니다."

황급히 서로에게 은폐 마법을 거는 두 사람.

둘의 마력이 거의 감지할 수 없는 수준이 된 참에, 훌리오는 노부부를 1층 거실로 안내했다.

"그건 그렇고 이 집 주위에는 훌륭한 결계가 쳐져 있군요……. 현관까지 이어지는 가도의 결계가 개방되어 있지 않았다면, 도저히 여기까지 올 수는 없었을 겁니다."

흡혈귀족 남편의 말에 무심코 쓴웃음 짓는 훌리오.

"최근에는 고자르 씨와 슬레이프 씨를 축하하러 오시는 분들이 많으니까, 현관 주변의 결계만 개방했거든요."

그런 대화를 나누며 훌리오는 거실로 이동했다.

거실에서는 아이들을 침실로 돌려보낸 타니아와, 침실에서 내려온 리스가 차를 준비하고 있었다.

"……어라?"

훌리오의 안내에 따라 거실로 들어온 노부부에게 시선을 향한 리스는, 미소와 함께 소리 높였다.

"어머, 누군가 했더니 흡혈귀족 세레스타츠 옹이랑 사모님 아닌가요!"

"아, 아니?! 귀공은 아랑족 펜리스 경인가?! 이것 참…… 그 천방지축 아가씨가 이런 아름다운 부인으로 성장하다니……."

"정말로 아름답게 성장하셔서…… 그 무렵에는 항상 적의 피를 뒤집어쓰고 있는 인상밖에 없었는데……."

"그래그래, 아직 어리다며 얕잡아 보던 거인족을 순식간에 쓰러뜨리고……."

"따르지 않는 리자드맨족을 혼자서 궤멸시킨 적도 있었지요."

지인인 리스의 추억을 차례차례 입에 담는 흡혈귀족 노부부.

그런 두 사람 앞에서 리스는 척 보기에도 동요하며 그들을 마주봤다.

"저, 저기…… 둘 다…… 제, 제 옛날이야기는 그 정도로 했으면 좋겠는데요……. 아, 아하하……."

훌리오 앞에서는 단아하게 있으려고 애쓰는 리스인 만큼, 자신의 과거 무용담을 차례차례 드러내자 미소가 굳어 있었다.

"그, 그보다도, 두 사람은 지금 어디서 살고 있나요?"

"예, 저희는 마왕군을 은퇴한 뒤로는, 마왕령 내의 산속 깊이 있는 고성에서 부부끼리 지내고 있습니다."

"그건 그렇고…… 정말로 아름다워지셔서 참…….'

"그렇군요, 아직 어릴 적에 자신의 열 배 이상은 되는 빅 바이퍼를 쫓아다니던, 그 천방지축 아가씨가…….'

"저, 저기…… 그, 그러니까 그런 이야기는 말이죠…….'

어떻게든 옛날이야기에서 화제를 바꾸려고 하는 리스.

하지만 세레스타츠 부부는 성장한 리스를, 마치 손녀를 아끼듯이 따스한 눈빛으로 바라보며 곧바로 리스의 옛날이야기를 재개했다.

그런 두 사람을 앞에 두고 쩔쩔매는 리스.

홀리오는 그 광경을 바라보며 천천히 일어섰다.

"저, 저기 서, 서방님, 고자르를 부르러 간다면 저도 같이…….'

"괜찮아, 리스. 나 혼자서 가도 되니까."

평소의 시원스러운 미소를 리스에게 향하는 홀리오.

'……리스한테는 미안하지만, 세레스타츠 씨 부부 엄청 기뻐 보이니까…… 다른 사람들을 불러올 때까지, 상대를 좀 해달라고 하자…….'

천천히 2층으로 향하는 홀리오.

"저, 저기…… 서방님…….'

"자자, 리스 님. 오랜만의 재회가 아닙니까. 옛날이야기에 어울려 주시길."

"옛날이야기라고 하면, 고우르 님의 동생 분을 박살낸 적도 한 두 번이······."

미소가 그치지 않는 옛날이야기를 계속하는 세레스타츠 부부.

'서, 서방님······ 빠, 빨리 돌아오세요~······.'

더더욱 흑역사가 파헤쳐지자 리스는 굳은 미소로 세레스타츠 부부를 교대로 바라봤다.

몇 분 뒤······.

"아니, 세레스타츠와 안주인 아닌가! 잘 와주었어."

"오오! 고자르 님! 별고 없으십니까."

"또 이렇게 만나 뵐 수 있어서 영광입니다."

미소로 끄덕이는 고자르.

그런 고자르 앞에서 세레스타츠 부부는 기쁜 듯 미소를 지으며 몇 번이고 끄덕였다.

"이번에는 아내 분들께서 임신하셨다고······. 그 소식을 들었기에 부랴부랴 축하를 드리러 찾아왔습니다."

"지금은 마왕을 그만둔 그저 고자르일 뿐인데, 이렇게 찾아와 주다니 미안하군."

즐겁게 대화를 나누는 고자르와 세레스타츠 부부.

"······고, 고자르가 오는 게 조금만 더 늦었다면····· 이제 더 이상 견디지 못했을 거예요······."

세레스타츠 부부가 과거의 흑역사를 연신 들추어 대는 통에,

리스는 지친 미소를 지으며 그들에게 시선을 향했다.

홀리오는 그런 리스의 어깨를 살며시 끌어안았다.

"잘됐네, 리스. 수고했어."

"……서방님께 도움이 될 수 있다는 건 기쁘지만…… 이런 건 조금……."

리스는 쓴웃음 지으며 홀리오의 가슴에 머리를 댔다.

"……그건 그렇고, 최근에는 고자르를 축하하러 찾아오는 마족이 몹시 늘어났네요."

"그러네……."

리스의 말에 홀리오는 가볍게 고개를 갸웃거렸다.

지금은 아인 종족으로 변해서 홀리오 가에 머무르고 있는 고자르.

일찍이 사상 최강의 마왕이라고까지 일컬어진 고자르이지만,

『나는 마왕을 그만둔 자. 그렇기에 더 이상 마족이라 이름 대진 않겠다.』

그렇게 마음속으로 맹세하여, 아내 우리미나스와 발리로사의 임신에 대해서도 마족 관계자에게 일체 전하지 않았다……만…….

"……고자르 씨는 마족 지인한테 임신에 대해 전하지 않은 모양이고…… 그럼 대체 어디서 이 이야기가 새어나간 걸까……."

"듣고 보니 그러네요…… 우리미나스나 슬레이프도 누군가에게 전달했다고 그러진 않았고……."

홀리오와 리스는 서로 얼굴을 마주보며 고개를 갸웃거리는 것이었다.

◇그 무렵 홀리스 잡화점 마왕성 앞 지점◇

마왕성 바로 앞에, 홀리스 잡화점 마왕성 앞 지점이 있다.

마왕군과 클라이로드 마법국 휴전 협정의 상징이라고도 불러야 할 이 지점은, 야행성인 마족이 많은 것을 고려해서 심야까지 영업하고 있었다.

"음…… 돈, 확실하게 받았소이다."

"그래…… 항상 방문해 주어서 감사하네."

이날 계산대에서 접객을 맡은 것은 고블린 호쿠호쿠튼과 마운티였다.

——호쿠호쿠튼과 마운티.

훌리오 가에 있는 블로섬의 농장에 살며 일하고 있는 고블린.

원래는 마왕군이었지만 목숨을 구해준 것을 은혜로 여겨, 훌리오와 블로섬에게 충성을 맹세했다.

"음, 허나 그렇군 마운티여, 홀리스 잡화점이 위기인 지금이야말로, 우리가 도움이 될 때야."

"그래, 정말이야. 고자르 님의 아내인 우리미나스 님과 발리로사 님이 임신해서 일을 할 수 없게 된 탓에 현재 홀리스 잡화점은 인원 부족, 그야말로 고블린의 손이라도 빌리고 싶은 상황이니까."

"음, 밭일을 마친 다음이라고는 해도, 우리는 체력에는 자신이 있사오니 말이오…… 후후후, 이 난국을 훌륭히 극복해 내자고!"

"음, 게다가 돈도 벌 수 있으니 말이야. 나도 아내와 서른한 명의 아이들을 위해서 확실하게 벌어야 하니······."

"어어?! 잠깐만 기다리시게, 마운티여······ 자식의 숫자가 또 늘어나지 않았나?"

"음····· 전날 또 태어나서 말이야····· 뭐, 고자르 님의 아내인 우리미나스 님과 발리로사 님의 임신에 영향을 받아서, 개구쟁이라도 좋으니까 튼튼하게 자라줬으면 좋겠네."

"어, 어어······ 그렇군····· 피차 착실히 노력하자고····· 나는, 아내를 찾은 다음에 노력해야 하겠지만······."

그런 대화를 나누며 척척 접객을 소화하는 호쿠호쿠튼과 마운티.

그런 가게 안에서는······.

("······이, 이봐, 들었어? 지금 점원이 한 이야기.")

("······그래, 전직 마왕 고우르 님의 사모님께서 임신하셨다고······.")

("······실종이나 당하는 얼간이인 지금 마왕은 제쳐놓고, 고우르 님은 정말로 훌륭하신 분이셨지.")

("······이건 축하할 일이겠어······.")

가게 안의 마족들은 작게 그런 대화를 나누었다.

악의 없이 고자르의 아내 임신 정보를 퍼뜨리고 있는 호쿠호쿠튼과 마운티.

그 정보는 입에서 입으로 전해지고, 그 정보를 들은 마족들이 고자르를 찾고 있었지만······ 훌리오도 리스도, 지점에서 그런 일이 벌어지고 있을 줄은 꿈에도 생각하지 않았던 것이다.

◇ ◇ ◇

　"본래라면 우리미나스와 발리로사도 동석시키고 싶었지만, 아무래도 출산이 가까워서 말이야. 오늘은 참아주게."

　"아뇨아뇨, 무슨 말씀이십니까, 가장 중요한 시기임은 잘 알고 있습니다."

　"고자르 님의 자식분들이시니…… 틀림없이 귀여운 아기가 태어날 거예요."

　고자르와 세레스타츠 부부는 즐겁게 환담을 나누었다.

　그런 일동 앞에 홍차를 추가로 내어놓는 리스.

　그 모습을 훌리오는 조금 떨어진 장소에 앉아서 바라봤다.

　'……고자르 씨는 정말로 마족들에게 존경받았구나.'

　그런 생각을 하며 평소의 시원스러운 미소를 짓는 훌리오.

　"훌리오 님……."

　그런 훌리오 옆으로 타니아가 다가왔다.

　"타니아, 무슨 일 있어?"

　"예…… 새로이, 사박쥐족의 박쥐 남작님과 사모님, 그리고 데스오울족의 수장과 일족 분들이 고자르 님을 축하하고 싶다며, 새로이 방문하셨습니다만……."

　타니아의 말에 그만 쓴웃음 짓는 훌리오.

　"그런가, 오늘밤은 특히나 손님이 많은 모양이네……. 뒷일은 나랑 리스가 대응할 테니까, 타니아는 먼저 쉬겠어?"

　"무슨 말씀이십니까. 저는 훌리오 가의 메이드입니다. 메이드가 주인인 홀리오 님께 손님 대응을 맡기다니 그럴 수는 없습니다. 사실은 차 준비도 제가 맡고 싶은 참입니다만……."

그리고 타니아는 입술을 꽉 깨물었다.

그렇다, 타니아는 가사 전반만이 아니라 홀리스 잡화점의 접객업 전반도 완벽하게 소화하고 있지만…… 어찌된 영문인지 차를 타면 지독히 맛이 없어져 버리는 것이었다.

'……딱히 이상한 건 안 했을 텐데 말이지…….'

이전에 타니아의 부탁으로 차를 타는 동작을 체크했을 때를 떠올리며 쓴웃음 짓는 홀리오.

"그럼 조금 더 부탁할까. 차는 리스한테 부탁할 테니까."

"예, 알겠습니다. 그럼 손님을 안내하겠습니다."

홀리오의 말에 치맛자락을 돌리며 우아하게 인사하고는, 타니아는 현관을 향해 이동했다.

홀리오 옆으로 리스가 다가왔다.

"아직 출산 전인데도 이런 상태니까……. 다들 출산하면 축하손님이 얼마나 찾아올까요?"

"확실히 상상할 수가 없다고 할까, 하고 싶지가 않다고 해야할까……."

리스의 말에 쓴웃음 짓는 홀리오.

그 시선 앞에는 세레스타츠 부부와 환담을 나누는 고자르의 모습이 있었다.

그때였다.

"이봐, 누, 누가 좀 와줘!"

여자들이 자고 있는 방에서 함께 휴식 중이던 슬레이프가 안색이 바뀌어서는 계단을 뛰어 내려왔다.

"세세세셋 다, 갑자기 산통이 있어서, 다다다당장에라도 낳을 것 같아!"

슬레이프의 말에 홀리오 가의 거실이 긴장감으로 뒤덮였다.

◇ ◇ ◇

"설마 고자르 님의 자제분 출산을 도울 수 있을 줄이야, 저 감개무량해요."

세레스타츠의 아내는 감격의 눈물을 흘리며 더운물 준비를 돕고 있었다.

"물은 가져왔어요. 누가 수건을 가져다줘요."

출산 경험자인 리스가 더운물이 든 거대한 통을 가볍게 안아 들고서 침실 안으로 들어왔다.

"마마, 옷장 안에 있던 수건을 있는 대로 가져왔어!"

"나도 가져왔어!"

양손 가득 수건을 안아 들고 방으로 들어온 엘리나자와 가릴.

"마망, 가져왔어! 가져왔어!"

그런 두 사람을 수건이 든 옷장을 그대로 들어 올린 와인이 뒤따랐다.

하지만 옷장을 들어 올린 상태에서 방 안으로 들어오려고 했기에, 입구에 부딪혀서 안으로 못 들어오는 와인.

"……와, 와인, 진정해……."

달려온 벨라노가 허둥지둥하며 와인에게 말을 건넸다.

──벨라노.

전직 클라이로드 성의 기사단 소속 마법사.

지금은 기사단을 그만두고 훌리오 가에 머무르며 호우타우 마법 학교의 교직원으로 방어 마법을 가르치면서, 학교가 쉬는 날이나 수업이 없는 날에는 훌리스 잡화점을 돕고 있다.

하지만 방으로 들어올 수가 없어서 오기가 생긴 와인은 벨라노의 말이 귀에 들어오지 않았다.

"으기─! 안으로 못 들어가겠어! 못 들어가겠어!"

"……아와와…… 와, 와인, 진정하고……."

입구의 천장 부분에 옷장을 쾅쾅 부딪치며 방 안으로 들어오려고 하는 와인.

그녀의 허리를 끌어안고, 동시에 중력 마법을 사용해서 와인을 그 자리에 정지시키려고 하는 벨라노.

훌리오 덕분에 쓸 수 있게 된 중력 마법.

하지만 훌리오가 사용하는 중력 마법과는 거리가 먼 위력뿐인 벨라노의 중력 마법으로는 와인을 막아둘 수도 없었다.

그러자 그곳으로 미니리오가 달려와서 벨라노와 함께 와인을 끌어당겼다.

──미니리오.

훌리오가 만든 마인형.

훌리오를 어리게 만든 것 같은 외모라서 미니리오라고 이름을 붙였다.

이따금 마법으로 훌리오와 같은 크기가 되어 훌리스 잡화점에서 접객을 하는 경우도 있다.

미니리오가 중력 마법을 전개하자 와인은 그 자리에 못 박힌 듯 간신히 정지했다.

"어, 어라라?! 아, 안 움직여?! 안 움직여?!"

"……고, 고마워요, 미니리오……."

감사의 말을 건네는 벨라노에게 미니리오는 싱긋 미소 지으며 끄덕였다.

돌아가신 아버지나 오빠처럼 따르고 있는 훌리오를 어리게 만든 얼굴의 미니리오.

그 얼굴로 미소를 건네자 벨라노는 삶은 문어처럼 새빨개졌다.

중력 마법 때문에 움직일 수 없는 상태에서도 바동바동 몸을 움직이는 와인.

그 주위에서는 블로섬이나 혼 래빗 모습의 사베어, 조금 전에 막 방문한 박쥐 남작 일행이 복도에서 계속 어슬렁대고 있었다.

침실 안에서는 훌리오, 히야, 다말리나세가 침대 위의 우리미나스, 발리로사, 빌레리에게 회복 마법을 계속 걸고 있었다.

마족인 우리미나스는 몰라도, 인간족인 발리로사, 빌레리가 마족의 피를 이어받은 아이를 출산하는 것은 몸에 상당한 부담을 강요하는 행위였다.

회복 마법 덕분에 편해지기는 했지만, 그래도 이따금 얼굴을 찡그리는 우리미나스, 발리로사, 빌레리.

그런 우리미나스와 발리로사의 손을 고자르가 단단히 붙잡았다.

"괜찮다, 내가 함께 있어."

"고자르⋯⋯."

"고자르 경⋯⋯."

고자르를 올려다보며 크게 끄덕이는 우리미나스와 발리로사.

그 옆에서 슬레이프가 빌레리의 손을 붙잡고 있었다.

"좀 어떠냐, 빌레리⋯⋯ 아픈가? 조금만 더 하면 되니까⋯⋯ 힘을 내다오⋯⋯."

"예~, 괜찮으니까, 좀 진정하세요~."

"아, 아니, 그렇게 말해도 말이다⋯⋯."

"정말이지~, 고자르 씨는 저렇게나 차분하잖아요~."

"그, 그건 그렇다만⋯⋯."

고자르와는 정반대. 차분하지 못하게 계속 허둥지둥하는 슬레이프.

도저히 과거에 마왕군 사천왕 필두였다고는 여겨지지 않는 슬레이프의 허둥대는 모습에, 다들 무심코 쓴웃음 지었다.

"괜찮아요, 슬레이프 씨. 이제 곧이니까요."

"으, 음⋯⋯ 홀리오 경⋯⋯ 그건 알고 있다만⋯⋯."

이윽고…… 방 안에 갓난아기의 울음소리가 울렸다.

우선 우리미나스가 여자아이를…….
그리고 발리로사가 남자아이를…….
마지막으로 빌레리가 여자아이를…….

각각 출산한 것이었다.

"……음, 잘했구나."
막 출산을 마친 우리미나스와 발리로사를 끌어안는 고자르.
그 옆에는 두 사람이 막 출산한 갓난아기가 나란히 눕혀져 있
었다.
끌어안은 세 사람은 미소로 갓난아기를 바라봤다.
그 옆에서는…….
"해냈다고, 빌레리! 나와 네 아이를 이렇게 낳아주었구나—!"
빌레리의 손을 양손으로 붙잡은 슬레이프는 환희의 목소리를
높이며 폭포 같은 감격의 눈물을 계속 흘렸다.
"정말~, 슬레이프 님도 참~, 그렇게 시끄럽게 굴면 갓난아기
가 싫어할 거라고요~."
쓴웃음 지으며 슬레이프를 끌어안는 빌레리.

그녀의 품에 안겨서 슬레이프는 더더욱 오열했다.

그런 빌레리 옆에 눕혀져 있는 갓난아기는…… 기분 탓인지 『시끄럽다』는 듯이 양쪽 귀를 막고 있는 것처럼 보이기도 했다…….

"와…… 아기 귀여워……."

"정말, 엄청 귀엽네."

"정말정말, 귀여워! 귀여워!"

수건을 든 엘리나자와 가릴, 그리고 와인도 침대 근처에서 갓난아기를 바라보고 있었다.

가릴은 가장 가까이 있는 우리미나스의 아기에게 얼굴을 가져다 댔다.

"넌 여자애구나, 엄청 귀여워."

씨익 미소를 지으며 아기를 바라보는 가릴.

그런 가릴을 빤히 바라보는 아기.

……화악.

"……어라, 어쩐지 이 아이, 뺨이 붉은 것 같은데……."

"정말이다! 정말이다! 틀림없이 가릴이 멋있으니까 부끄러운 거야! 부끄러운 거야!"

가릴의 말을 듣고 아기의 얼굴을 들여다본 와인은, 가릴의 얼굴을 끌어안으며 기쁜 듯 소리 높였다.

아부—!

그러자 아기는 마치 와인에게,

『가릴한테서 떨어져!』

라고 그러듯이 팔다리를 바동거리기 시작했다.

하지만 잔뜩 신이 난 와인 탓에, 가릴은 그 동작을 알아차리지 못했다.

무사히 출산을 마치고 행복한 분위기에 감싸인 침실 안.

침대 주위에 모여 있는 모두의 모습을 바라보며 훌리오는 평소의 시원스러운 미소를 지었다.

그런 훌리오 곁으로 정리를 마친 리스가 다가왔다.

"건강한 아이가 태어나서, 정말로 잘됐어요."

"응, 정말 잘됐어……."

리스의 말에 크게 끄덕이는 훌리오.

그 시선 앞에 세레스타츠 부부나 박쥐 남작 일행의 모습이 있었다.

"저기, 리스……."

"예, 왜 그러세요, 서방님?"

"출산 전부터 많은 마족들이 고자르 씨를 축하하러 달려와 줬는데 말이지……. 이렇게 태어났으니 대체 얼마나 많은 사람들이 축하하러 달려올까……."

"죄, 죄송하지만…… 저도 상상이 잘 안 가요……. 하지만 일단 마왕군에는 한동안 비밀로 해두는 편이 나을지도 모르겠네요."

"그러네…… 그러는 게 나을까……."

훌리오의 말에 굳은 미소를 짓는 리스.

리스의 말에 훌리오도 크게 끄덕였다.

그때, 창밖의 나무에 커다란 까마귀가 앉아 있었지만, 출산의 소동 탓에 훌리오를 비롯한 훌리오 가의 사람들은 그 존재를 알아차리지 못했다.

다음 날, 우리미나스의 딸이, 우리미나스가 좋아하는 꽃의 이름을 따서 『포르미나』.

발리로사의 아들이, 고자르와 발리로사의 이름에서 글자를 따서 『고로』.

빌레리의 딸이, 슬레이프와 빌레리의 이름에서 글자를 따서 『리슬레이』.

그렇게 각자 명명되었다.

◇마왕성 알현실◇

퍼덕퍼덕퍼덕.

알현실 안으로 날아든 큰 까마귀가 마왕 대행 칼시므 앞에 내려섰다.

『까―악! 까―까까―.』

"호오호오, 그런가 그런가, 고자르 님과 슬레이프 님의 자식이 태어났나."

큰 까마귀의 울음소리를 들은 칼시므는 몇 번이고 끄덕이며 해골의 턱뼈를 달각달각 울리며 웃었다.

마왕 유이가드가 실종된 이후, 마왕 대행으로서 마왕군을 이끌고 있는 칼시므.

여전히 『나 같은 가짜 마왕이 옥좌에 앉는다니 황송하다』라며 옥좌 옆에 깔개를 깔고 그 위에 정좌한 칼시므는, 옆에 있는 측근 마인형 차룬에게 시선을 향했다.

"차룬, 미안하지만 마왕성 안에 전달해 주겠느냐? 전직 마왕 고우르 경의 자녀가 탄생했다고."

"알겠슴다. 축하하러 갈 사람은 아인 종족으로 모습을 바꾸어서 가도록 덧붙이겠슴다. 클라이로드 마법국과는 휴전 협정을 맺었다고는 해도, 조심해서 나쁠 일은 없으니까요."

"음음, 역시 차룬, 항상 재치를 발휘해 주어서 고맙구나."

"아뇨, 모든 건 칼시므 님께서 지도해 주신 결과임다."

칼시므의 말에 공손히 인사하는 차룬.

"그렇게 말해주니 나도 기쁘구나."

"……그런데 칼시므 님……."

"음? 왜 그러느냐, 차룬?"

칼시므를 바라보는 차룬.

그런 차룬을, 고개를 갸웃거리며 마주보는 칼시므.

"……아뇨, 역시 아무것도 아님다. 그럼 전달하고 오겠슴다."

칼시므를 향해 공손히 인사하더니, 차룬은 종종걸음으로 알현실을 나갔다.

'……역시 물어볼 수 없슴다. 스켈레톤과 마인형 사이에 아이를 낳을 수는 없을까요……라고는…….'

마법을 통해 인공적으로 창조된 생명체인 마인형에게는 감정은 존재하지 않는다고 여겨졌다.

하지만…… 지금의 차룬은, 뺨을 붉게 물들이고 부끄러운 듯 고개를 숙이며 걷고 있었다.

"흠, 대체 무슨 일인지……."

칼시므는 차룬이 나간 출입구를 바라보며 연신 고개를 갸웃거렸다.

쩌적.

그렇게 칼시므가 문 쪽으로 뻗고 있던 오른손의 뼈에, 균열이 생겼다.

칼시므는 그 균열을 바라보고, 크게 한숨을 내쉬며 큰 까마귀에게 시선을 향했다.

"큰 까마귀여, 미안하지만 마왕 유이가드 님과 측근 후훈 님을 서둘러 데려와 주지 않겠느냐?"

『꺄악!』

칼시므의 말에 한 번 울음을 터뜨리고, 큰 까마귀는 칼시므에게 다가가서 그의 뺨에 뺨을 비비고는 날아올랐다.

그 뒷모습을 가만히 바라보는 칼시므.

'사역마로서 나를 오랫동안 섬겨준 큰 까마귀니까 말이야……. 역시 알아차린 게냐……. 내가 죽을 때가 가깝다는 걸…….'

◇……그 무렵의 금발 용사 일행◇

어느 산속 깊은 곳.

가도 근처에 있는 거목 아래에서 야영 중이던 금발 용사 일행은, 아침 일찍 깨어나서 숲속으로 들어갔다.

숲 한구석, 나무들 사이의 짐승 길······. 금발 용사는 그 중간 정도에 뻥 뚫린 구멍을 들여다봤다.

"음, 어젯밤에 설치해 둔 함정에 몬스터가 걸렸다고."

구멍 안의 사냥감에 만족스럽게 끄덕이는 금발 용사.

"오오, 정말이야!! 이건 괜찮게 받을 수 있겠는데."

마찬가지로 구멍을 들여다보던 독슨도 기쁜 듯 끄덕였다.

그 뒤에서 밸런타인도 양손을 맞잡으며 펄쩍 뛰었다.

"이걸로 오늘도 맛있는 걸 먹을 수 있겠네요! 후후, 기대돼요."

그런 밸런타인을 츠야도 미소로 바라봤다.

"그럼 여러분이 맛있는 걸 먹을 수 있도록~, 가격 교섭 열심히 할게요오."

"그래, 확실하게 부탁한다고, 돈에 대해서는 네가 가장 의지가 되니까."

"예에, 맡겨주세요오!"

금발 용사의 말에 츠야는 오른팔로 알통을 만들며 대답했다.

그 모습을 바라보며 만족스럽게 끄덕이는 금발 용사.

"좋아, 밸런타인이여, 사악의 실로 구멍 밑바닥의 몬스터를 끌어올려 다오."

"예, 알겠어요."

요염하게 미소 지으며 양손을 교차하는 밸런타인.

그러자 양손 끝에서 무수한 실이 출현했다.

춤추며 팔을 휘두르는 밸런타인.

그렇게 팔을 휘두를 때마다 실 다발이 두꺼워졌다.

이윽고 그 실은 생물처럼 땅을 기어서 함정 안으로 들어가고, 구멍 밑바닥에서 숨이 끊어진 몬스터를 빙글빙글 감았다.

"좋아, 여긴 밸런타인과 독슨한테 맡기지. 나와 츠야는 다른 함정을 보고 오겠다."

"예, 맡겨주세요."

"그래, 평소처럼 확실하게 해둘 테니까."

금발 용사에게 씨익 미소를 지으며 끄덕이는 밸런타인과 독슨.

"그리고, 몬스터를 회수하면……."

"그래, 알고 있어. 구멍을 제대로 다시 메우면 되잖아?"

"그래, 잘 부탁한다고."

금발 용사는 독슨을 향해 끄덕였다.

함정을 설치할 때, 사냥감을 회수했거나 몬스터가 걸려들지 않은 구멍은 항상 반드시 다시 메운 다음에 이동하는, 묘한 부분에서 성실한 금발 용사였다.

"척후로 나간 리리안주가 마을을 발견하면, 그곳을 목표로 출발하기로 하지."

"예에, 알겠어요오"

숲속 깊은 곳에 설치한 함정으로 이동하는 금발 용사와 츠야.

"그러고 보니~, 금발 용사니임, 그 소문 들었나요오?"

"응? 그 소문이라면…… 무슨 소문 말이지?"

"오늘 아치임, 리리안주가 척후로 나가기 전에에, 지나가는 마족 집단한테 들은 이야기예요오."

"아, 듣자하니 굉장한 숫자의 마족이 클라이로드 마법국을 향해 이동했다는, 그것 말인가?"

"그 사람들이 이야기했다는 내용이에요오. 그게 말이죠오, 전직 마왕이라는 사람한테에, 아이가 생겼다는 이야기예요오."

"아, 그 마족 집단이 그걸 축하하러 간다는 이야기겠지? 그게 어쨌다는 거냐?"

고개를 갸웃거리며 츠야에게 시선을 향하는 금발 용사.

츠야는 그럼 금발 용사는, 가볍게 고개를 숙이고 살짝 치뜬 눈으로 올려다보며 뺨을 물들였다.

숲속을 걸어가는 도중, 금발 용사를 계속 빤히 바라보는 츠야.

"……."

"……."

살며시 손을 잡고 기쁜 듯 미소 지으며, 그의 팔에 자신의 가슴을 눌렀다.

"……."

"……."

그런 츠야의 시선을 깨닫고, 이따금 곁눈질로 츠야의 모습을 확인하는 금발 용사.

"……."

"……."

"하아…… 정말이지…… 뻔한 녀석이구나, 너는……."

"그런가요오? 스스로는 그럴 정도는 아니라고 생각하는데요오."

"어, 어쨌든 말이다…… 그런 건, 적어도 이 도피 생활이 일단락된 다음이라고 할까……. 아니, 그, 그보다도, 조금 떨어지지 않겠느냐……. 나는 끈적끈적하게 달라붙는 건 그다지 좋아하지 않아."

"어~…… 안 되나요오……."

눈을 촉촉하게 적시며 츠야는 계속해서 금발 용사를 바라봤다. 그 눈을 마주 본 금발 용사는, 그만 말문이 막혔다.

"……어쨌든 다른 사람들한테 돌아갈 때는 떨어지는 거야."

"아, 예~, 알겠어요오!"

금발 용사의 말에 환한 미소를 짓더니, 츠야는 금발 용사의 팔을 더더욱 끌어안았다.

……그 무렵.

구멍을 다시 메우고 있는 밸런타인과 독슨.

그 광경을 높은 나무 위에서 내려다보는 커다란 까마귀의 모습이 있었다.

하지만 거리가 무척 떨어져 있어서 그런지, 둘 다 그 존재를 깨닫지는 못했다.

한동안 둘의 모습을 바라보던 큰 까마귀는, 이윽고 남쪽 하늘을 향해 날개를 퍼덕였다.

◇며칠 뒤 호우타우 훌리오 가◇

포르미나를 안고 있는 우리미나스와 고로를 안고 있는 발리로사는, 훌리오 가 2층에 있는 침실 창문으로 밖을 바라보고 있었다.

"오늘은 바람이 기분 좋다냐."

"그러네요. 포르미나와 고로도 기분 좋아 보여요."

두 사람이 안고 있는 아기들은 이미 무척 자라있었다.

우리미나스와 발리로사는 서로의 아기에게 시선을 향하며 미소를 지었다.

"이 아이들도, 앞으로 일주일만 지나면 걷기 시작한다냐."

"예, 그러면 저희도 일로 복귀해야겠죠. 훌리오 님이나 다른 사람들에게 폐를 끼치고 있으니까⋯⋯."

그런 두 사람의 시선 끝에는, 훌리오 가 앞에 펼쳐진 목장 안을, 반인반마 모습의 슬레이프가 질주하고 있었다.

슬레이프의 등에는 리슬레이를 띠로 메어 등에 업은 빌레리가 타고 있었다.

"핫핫핫, 빌레리와 리슬레이, 기분 좋지!"

"예~, 이 바람을 가르고 달리는 건 최고네요~."

슬레이프의 등에서 기쁜 듯 소리 높이는 빌레리.

그 등에서 리슬레이도 기쁜 듯 웃음을 터뜨렸다.

포르미나와 고로보다도 성장 속도가 살짝 빠른 리슬레이는, 이미 목도 가누고 아장아장 걸음을 옮길 수 있게 되어서, 빌레리와 함께 슬레이프의 등에 타고서 질주하는 것을 무척 좋아했다.

슬레이프 일가의 모습을 바라보며 미소를 짓는 우리미나스와 발리로사.

"즐거워 보인다냐…… 포르미나도 이제 곧 걸을 수 있을 테니까, 슬레이프한테 태워달라고 하는 것도 괜찮을지도 모르겠다냐."

"그러네요, 고로도 그런 느낌이니까, 그때는 꼭 같이 태워주고 싶네요……."

두 사람은 그런 대화를 나누고 있었지만, 갑자기 우리미나스가 미간에 주름을 지으며 가도 저편을 바라보기 시작했다.

"……저건, 뭐냐?"

"저거……?"

발리로사도 우리미나스가 바라보는 쪽으로 시선을 향했다.

그 시선 앞, 가도 저편에서 무언가가 다가오고 있었다.

자세히 보니 그것은 엄청난 숫자의 행렬이었다.

그 행렬이 가도를 가득 채우며 천천히 홀리오 가를 향해 다가오고 있었다.

집 앞에 펼쳐진 언덕을 넘어 길게 이어지는 행렬.

그 무렵, 현관 옆 빨랫줄에 빨래를 널던 리스는, 눈을 동그랗게 뜨며 언덕 너머를 바라봤다.

"설마 저, 저건…… 고우르와 슬레이프의 아이가 태어난 걸 축하하러 온…… 마족들일까……."

손에 시트를 든 채, 그 자리에 굳은 리스.

그곳으로 목장 안으로 질주하던 슬레이프가 다가왔다.

"……음, 리스도 그렇게 생각하나?"

"예…… 그게, 저만한 숫자의 마족이 이 집으로 오는 건…… 그 것 말고는 없어요."

그러더니 리스는 빨래가 든 바구니를 안아 들고 집 안으로 뛰어 들어갔다.

"전 홀리스 잡화점에 가 있는 서방님과 고자르를 불러올게요."

"음, 나는 우리미나스와 발리로사와 함께, 모두를 맞을 준비를 하지……."

슬레이프도 빌레리를 내려놓더니 사람의 모습으로 변하여, 리스를 뒤쫓아 집 안으로 뛰어 들어갔다.

"이, 이러고 있을 때가 아니다냐."

"아, 알겠어요, 당장 밑으로……."

2층 창문에서 그 광경을 바라보던 우리미나스와 발리로사도 서로 대화를 나누며 계단을 향해 뛰어갔다.

◇얼마 후 호우타우 훌리오 잡화점 안◇

막 개점했음에도 훌리스 잡화점 안은 이미 많은 손님으로 북적였다.

"……응?"

단골인 시로일에게 검을 설명하던 훌리오는 갑자기 고개를 갸웃거렸다.

"훌리오 씨, 왜 그러시나요?"

"어…… 아뇨, 대단한 일은 아닌데……."

평소의 시원스러운 미소를 시로일에게 향하는 훌리오.

'……뭘까, 이 반응은. 굉장히 많은 마족의 반응이 집 근처로 다가오는 것 같은데……. 적의는 거의 느껴지지 않지만…….'

마음속으로 그런 생각을 하는 훌리오.

그런 훌리스 잡화점 안으로, 계산대 뒤에 있는 종업원용 복도에서 리스가 뛰어 들어왔다.

손님들 사이를 누비며 리스는 고속으로 훌리오 곁으로 이동했다.

"리스? 역시 무슨 일 있어?"

"예, 서방님…… 사실은……."

훌리오의 귓가로 입을 가져다 대는 리스.

"……사실은, 아이들의 탄생을 축하하러 마족들이 대거 방문해서……."

리스가 작은 목소리로 사태를 알리자 훌리오는 고개를 끄덕였다.

"……그럼 고자르 씨를 데리고 일단 집으로 돌아가는 편이 낫겠네."

"예, 잘 부탁해요."

리스도 훌리오의 말에 끄덕였다.

이어서 훌리오는 작게 오른손 검지를 한 번 휘둘렀다.

"……어, 어라?"

훌리오와 대화를 나누던 시로일은, 눈앞에 서 있던 훌리오의 모습이 한순간에 사라졌기에 눈을 동그랗게 떴다.

툭툭.

누군가 뒤쪽에서 그의 어깨를 두드렸다.

시로일이 돌아보자 그곳에는 평소의 시원스러운 미소를 짓고 있는 훌리오의 모습이 있었다.

"어라? 조금 전까지 내 앞에 서 있었을 텐데…… 어느새 이동하셨습니까?"

쓴웃음 지으며 훌리오를 돌아보는 시로일.

……사실 이 훌리오. 훌리오의 모습으로 변한 미니리오였다.

일단 집으로 돌아가기로 한 훌리오는 전이 마법을 사용하여 자신은 가게 창고로 이동하고, 동시에 집 공방에서 마법 도구 생성 작업을 진행하던 미니리오를 가게 안으로 이동시킨 것이었다.

양자 동시 전이 마법.

전이 마법을 몇 번이나 사용한 훌리오가,

『이런 마법을 쓸 수 있다면 편리할 텐데 말이지.』

라고 생각하며 전이 마법을 실행했더니, 간단히 사용할 수 있게 된 전이 마법의 상위판이었다.

전이 문을 이용하지 않고 순식간에 두 인물을 각각 다른 장소로 이동시키는 이 마법……. 긴 역사를 가진 클라이로드 마법국 마법 연구성에서 실존할 가능성을 지적한 적은 있지만, 실제로 사용할 수 있는 사람은 하나도 없는『이론상으로만 존재하는 환상의 마법』중 하나도 여겨지고 있었지만……. 훌리오는 자신이 그런 터무니없는 마법을 사용한다고는 꿈에도 생각하지 않았다.

가게 안으로 전이되어 곧바로 훌리오의 모습으로 변한 미니리오는, 미소로 시로일이 손에 든 검으로 시선을 향했다.

"……그러고 보니 기분 탓인가…… 훌리오 씨가 작아진 것처럼 보였는데요…… 저, 조금 피곤한 걸까요?"

『그렇다면 좋은 회복약도 있어요.』

마인형 생성에 익숙하지 않은 훌리오가 생성했기 때문인지, 마왕 대행 칼시므의 측근 마인형 차룬처럼 말을 입으로 할 수가 없는 미니리오는 사념파로 시로일에게 말을 건넸다.

"그렇군요, 그럼 그것도 부탁할게요."

『알겠습니다. 그리고 이 검 말인데요…….』

위화감 없이 사념파로 계속 대화하는 미니리오.

그런 미니리오에게, 시로일은 아무런 의문도 느끼지 않고 대화를 이어갔다.

◇얼마 후 훌리오 가◇

창고에서 화물을 정리하던 고자르와, 가게로 달려온 리스와 함께 전이 문을 지나서 집 안으로 돌아온 훌리오.

현관 옆으로 창문으로 바깥 상황을 확인한 훌리오는,

"거참, 이건 곤란하다고…….'

문 앞에 생긴 행렬을 바라보며 팔짱을 꼈다.

"무척 많겠다고는 생각했지만, 설마 이 정도일 줄은 몰랐어요."

훌리오 옆에서 행렬을 확인한 리스도 그만 눈을 동그랗게 떴다.

"음…… 아무래도 과거에 내 곁에서 일하던 노령의 마족이 많은 모양이로군. 마력이 약한 탓에, 홀리오 경이나 리스도 알아차리지 못했을 테지……. 여하튼, 나조차 전모를 파악할 수는 없으니까 말이야."

홀리오와 리스 뒤에서 창문을 내다보는 고자르는, 그러면서 크게 끄덕였다.

창문 너머에서는, 이 시간은 농장에서 작업을 하고 있을 블로섬과 고블린 마운티와 호쿠호쿠튼, 그리고 히야와 다말리나세까지 총출동해서 밀려드는 마족들을 한 줄로 세우고 있었다.

"……이래서야 고자르 씨와 슬레이프 씨가 인사라도 하지 않고서는 어떻게 될 것 같지가 않은걸……."

"음, 확실히 홀리오 경의 말대로겠군……."

홀리오와 고자르가 그런 대화를 나누는 사이, 아기를 안고 있는 우리미나스와 발리로사가 1층으로 내려왔다.

"고자르, 엄청난 일이 벌어졌다냐."

"그래, 알고 있다. 지금 홀리오 경과도 이야기를 나눈 참이다만, 아무래도 나와 슬레이프가 인사를 하고 아이를 보여주지 않고서는 일이 수습되지 않겠다고 생각하던 참이야."

"그렇다냐……. 하지만 뭐, 마왕성에도 알리지 않았는데, 어째서 이렇게나 빨리 정보가 새어 나갔을까……. 세레스타츠 부부한테도 제대로 입막음을 해뒀는데……."

쓴웃음 지으며 고개를 갸웃거리는 우리미나스.

이 자리에 모여 있는 일동은, 큰 까마귀로부터 보고를 받은 마왕 대행 칼시므가 마왕성 안에 소식을 전했다고는 꿈에도 생각하지 않은 것이었다.

참고로 이 소식에는,

『현재 전직 마왕 고우르 님께서는 아인 종족으로 살고 계시기에, 방문하는 사람은 마족의 능력을 사용하지 않고 가도록.』

이라고 덧붙여져 있었기에 대부분의 마족들이 아인 종족으로 변하고, 마왕성 앞에서 홀리오 가 근처까지 비공식적으로 운행되는 마족 짐마차를 함께 타고서 방문할 줄은, 더더욱 예상할 수 없었다.

◇그 무렵 호우타우 마법 학교 안◇

휴식 시간의 호우타우 마법 학교 A반 교실 안.

가릴의 책상 주위에 학생들이 몇 명 모여 있었다.

"그럼, 가릴 님의 댁에 아기가 태어났어링?!"

사리나는 애교 있는 미소를 지으며 양손을 뺨 옆으로 맞잡았다.

그런 사리나에게 히죽 미소를 짓는 가릴.

"그래. 우리 집에 같이 살고 있는 고자르 아저씨랑, 슬레이프 아저씨네를 합쳐서 아기가 셋 태어났는데, 다들 엄청 귀엽거든."

"어머나, 참으로 멋지네링! 꼭 한번 만나고 싶어링."

'……이걸 구실로 가릴 님의 자택에 방문해서, 아버님 어머님을 상대로 이참에 제대로 점수를 벌어두겠어링……. 가릴 님의 미래 아내로서 이 정도는 당연…….'

그런 생각을 하며 사리나는 가릴에게 몸을 가져다 댔다.

그녀의 안면을 고양이 인형이 꾹 밀어냈다.

"므규……링."

그만 뒤로 물러나는 사리나.

그 틈에 사리나의 안면을 고양이 인형으로 밀어내고 있던 아이리스테일이 끼어들었다.

고양이 인형을 자신의 입가에 대더니,

『아이리스테일도 가릴과 같이 아기를 보고 싶다는 거야.』

인형의 입을 복화술처럼 뻐끔뻐끔하며 말을 꺼냈다.

그러자 책상 근처에 모여 있던 레이나레이나와 렙터도 가릴에게 얼굴을 들이밀었다.

"그, 그럼 나도…… 실례가 안 된다면…….."

"나도 아기 보고 싶어!"

"그럼 있지, 오늘 수업 마치고 우리 집에 와."

모두에게 미소로 대답하는 가릴.

『고마워, 아이리스테일도 기뻐해.』

"우와, 벌써부터 기대 돼."

"정말로, 어떤 아기일까."

미소로 목소리를 높이는 아이리스테일, 레이나레이나, 렙터.

그런 세 사람 뒤에서 사리나는 저도 모르게 미간에 주름을 만들고 있었다.

"자, 잠깐만! 처음 부탁한 건 사리나뿐이야링! 어째서 다 같이 가는 게 되었어링!"

분하다는 듯 소리 높이는 사리나.

그러자 그런 사리나의 머리에 가릴은 손을 툭 얹었다.

"뭐, 그런 말 말고, 사리나. 아기들, 다들 엄청 귀여우니까 말이지, 나도 모두한테 보여주고 싶거든."

"가, 가릴 님……."

뺨을 붉게 물들이며 가릴을 바라보는 사리나.

그녀의 머릿속에서는…….

아기들, 다들 엄청 귀여우니까 말이지.

↓

나랑 사리나의 아기들, 다들 엄청 귀여우니까 말이지.

↓

그러니까…… 이건 가릴 님과 사리나의 아기가 태어났을 때의 예행연습이라는 거링?!

그런 뇌 내 변환이 전개되고, 그 결과…….

"알겠어요링! 저 사리나, 가릴 님을 위해서 모두와 함께 실례하겠어요링!"

눈동자를 하트 모양으로 만들며 애교 섞인 미소를 지었다.

그런 사리나의 안면을 또다시 고양이 인형으로 밀어내는 아이리스테일.

"므규…… 뭐, 뭘 하는 거링?!"

『뭔가 짜증난다고 아이리스테일이 말해.』

"잠깐?! 뭔가 짜증난다는 것만으로 인형을 들이밀면 안 돼링!"

사리나는 아이리스테일을 향해 어깨를 들썩이며 화냈다.

그런 사리나를 무시하듯이 딴청을 부리는 아이리스테일.

'……이것 참, 또 시작됐어.'
'……저 둘은 사이가 좋구나, 항상 똑같은 대화를 하니까.'
학급 안에서는 완전히 익숙해진 두 사람의 대화를 지켜보며 반 아이들은 내심 그런 생각을 하며 뜨듯한 시선을 두 사람에게 보내는 것이었다.

사리나와 아이리스테일이 말다툼을 벌이는 사이, 가릴 뒤에서 엘리나자가 걸어왔다.

"가릴, 아기는 다들 갓 태어난 아이들이니까, 지금 이야기한 친구들까지만 집으로 불러야 돼."

"응, 알았어! 그럼 사리나랑 아이리스테일, 그리고 레이나레이나랑 렙터까지 넷으로."

책상 주위에 모여 있는 네 사람에게 말을 건네며 미소를 짓는 가릴.

엘리나자도 일동을 둘러보며 싱긋 미소 지었다.

그런 교실의 창밖…….

"뭘까뭘까…… 가리가리랑 에리에리 무척 즐거워 보여! 즐거워 보여!"

창문 위쪽에서 얼굴을 내밀며 교실 안을 지켜보는 와인은, 미소를 지으며 그런 말을 중얼거렸다.

엘리나자와 가릴을 친동생처럼 귀여워하는 와인.

아직 어리다고는 해도 이미 성인 연령은 넘었으니까 학교에 다닐 수는 없지만 엘리나자와 가릴이 너무나도 신경이 쓰이던 와인은, 이따금 학교에 와서는 두 사람을 몰래 지켜보곤 했다.

……다만 용의 날개가 하늘을 날며 교실 안을 보고 있으니까, 복도나 맞은편 건물에서는 훤히 보여서,

"아, 저 용 언니, 또 왔어."

"A반의 가릴이랑 엘리나자의 언니라고 했지."

"정말로, 동생들을 무척 좋아하는구나."

그런 학생들의 목소리가 여기저기서 들렸지만…… 엘리나자와 가릴을 지켜보느라 정신이 팔린 와인의 귀에, 그런 목소리는 전혀 들리지 않았다.

◇얼마 후 훌리오 가 앞◇

히야와 다말리나세, 그리고 블로섬이랑 목장의 호쿠호쿠튼과 마운티 일가 덕분에, 훌리오 가를 방문한 마족들은 가로 3열로, 가도를 따라 순서를 기다리는 행렬을 형성하고 있었다.

그런 일동 앞에, 정장으로 갈아입은 고자르, 우리미나스, 발리로사가 모습을 드러냈다.

우리미나스와 발리로사는 모포로 감싼 포르미나와 고로를 안고 있었다.

"모두, 오늘은 그저 은거인에 불과한 날 위해 먼 길을 와주어서, 진심으로 감사한다."

고자르의 말에 모인 마족들이 일제히 환호성을 터뜨렸다.

그 환호성에 양손을 들어 답하는 고자르.

이때, 고자르 뒤에 있는 훌리오가 방벽 마법을 전개하여 환호성이 호우타우까지 닿지 않도록 배려한 것은 굳이 말할 필요도 없었다.

"모처럼 와주었으니, 내 아이들을 봐다오."

고자르가 그러면서 양팔을 펼치자, 그의 좌우에 있던 우리미나스와 발리로사가 동시에 인사했다.

빨간 드레스차림의 우리미나스.

남성용의 예복을 입은 발리로사.

두 사람의 아름다움에 마족들은 더더욱 환호성을 터뜨렸다.

이윽고 가로 3열로 서 있는 마족들이 삼인 일조로 그들 앞을 지나기 시작했다.

마족들은 우선 고자르에게 축하를 건네고 악수를 나눈 뒤, 우리미나스와 발리로사에게 다시금 인사를 건네고 두 사람이 안은 아기와 대면했다.

"오오, 저쪽은 전직 사천왕 슬레이프 님 아니신가!"

"그렇다면 등에 타고 계신 게 사모님과 자제분인가?!"

슬레이프는 아이를 안은 빌레리를 등에 태우고서 목장 안을 이동하고 있었기에, 그 모습을 깨달은 마족들이 저마다 목소리를 높이며 손을 흔들거나 말을 건네기도 했다.

홀리오와 리스는 삼인 일조의 행렬을 고자르 일가 앞으로 이동시키는 역할을 맡고 있었다.

그런 가운데, 홀리오의 귓가에 리스가 입을 가져다 댔다.

"……지나치게 장시간 머무르는 자들이 있다면, 억지로라도 이동시킬 생각이었는데요……."

"그러네…… 다들 배려해 주는 모양이야."

홀리오의 말대로…… 고자르 일가를 배알한 마족들은 결코 오래 머무르지 않으며 인사를 마무리하고, 아기를 보고는 금세 이동했다.

그 덕분에 순서를 기다리는 행렬은 상당한 속도로 처리되고 있었다.

하지만 행렬 후방에서는 아인으로 변한 마족들이 속속 밀려들어, 그 행렬은 더욱 길어지고 있었다.

그런 홀리오의 머릿속으로 히야가 사념파를 보냈다.

『지고하신 주인님……. 이대로 가도를 따라서 행렬이 계속 생긴다면 호우타운까지 다다르고 맙니다.』

『으~응…… 그건 좀 곤란한데.』

히야의 연락에 홀리오는 고민에 빠졌다.

'……무언가 좋은 수단은 없을까…….'

생각에 잠긴 홀리오는 여기서 어떤 사실을 떠올렸다.

'……그러고 보니 히야가 항상 있는 장소는…….'

퍼뜩 고개를 들더니 홀리오는 양손을 펼쳤다.

그 손 앞으로는 커다란 마법진이 전개되었다.

"훌리오 경, 무슨 일이지?"

훌리오의 모습에 의아하다는 표정을 짓는 고자르.

"예, 이 행렬을 조금 완화할 방법이 떠올라서……."

평소의 시원스러운 미소를 지으며 훌리오는 마법진을 계속 조작했다.

몇 시간 뒤…….

"이것 참, 이렇게 귀여운 아기의 모습을 볼 수 있어서 저, 더없이 행복해요."

우리미나스가 안은 포르미나와 발리로사가 안은 고로의 모습을 교대로 들여다보던 족제비 요괴족 여자는, 함성을 터뜨리며 양손으로 뺨을 눌렀다.

"그렇게 말해주니 기쁘다냐."

"정말 감사합니다."

우리미나스와 발리로사는 그런 말과 함께 인사했다.

그런 두 사람 사이에서 고자르도 만족스럽게 끄덕였다.

"이렇게 축하를 하러 와주어서 고맙군."

세 사람의 주위는 새하얀 공간이었다.

그들 앞에는 여전히 긴 행렬이 늘어선 상태였지만, 그 행렬 주위도 모두 새하얀 공간뿐.

그곳은 훌리오의 정신세계 안이었다.

항상 자신의 정신세계 안에서 생활하는 히야.

그 정신세계에 흥미를 가지고 있던 홀리오는, 히야에게 가르침을 받으며 자신도 정신세계를 전개할 수 있게 되었고, 대거 방문한 마족들 전원을 자신의 정신세계 안으로 맞아들인 것이었다.

홀리오는 몇 시간 전까지 고자르 일가가 서 있던 장소에 앉아서 가만히 눈을 감고 있었다.

그의 좌우로 마법진이 전개되고 각각 전이 문이 하나씩 모습을 드러낸 상태였다.

홀리오의 오른쪽에 전개된 전이 문으로 새로이 찾아온 마족들이 들어가고, 홀리오 왼쪽에 전개된 전이 문에서 고자르 일가 면회를 마친 마족들이 나왔다.

"자, 손님, 이쪽 전이 문으로 가시지요."

홀리오 옆에서 안내하는 히야는 미소를 머금은 채, 전이 문으로 마족들을 이끌었다.

반대쪽 문 앞에서는 나온 마족들에게 다말리나세가 말을 건넸다.

"자, 돌아가시는 곳은 저쪽이니까, 조심히 돌아가세요."

다말리나세의 지시에 따라 가도를 돌아가는 마족들.

"정말 감사합니다."

"이것 참, 살아서 고자르 님의 자식을 볼 수 있다니⋯⋯. 이제 저는 아무런 여한도 없습니다."

다들 저마다 인사나 아기를 볼 수 있었던 감동을 다말리나세에게 건네며, 왔던 길을 돌아갔다.

그런 가운데⋯⋯.

"하지만 그러네…… 이만한 인원을 정신세계로 맞아들이니, 역시 유지하는 게 큰일이야."

마력을 컨트롤하며 쓴웃음 짓는 훌리오.

"이런 정신세계를 항상 전개하고 있다니…… 역시 히야는 굉장하네."

눈을 뜨고 히야에게 말을 건넸다.

그런 훌리오의 말에 무심코 고개를 가로젓는 히야.

"……저기…… 지고하신 주인님…… 확실히 저는 항상 정신세계를 전개하고는 있습니다만…… 지금의 지고하신 주인님처럼 수천 명 단위의 사람들을 한 번에 맞아들일 수는……."

이마에 식은땀을 흘리며 대답하는 히야.

하지만 금세 다음 손님을 안내하고자 말을 멈추어야만 했고, 훌리오 역시도 다시금 정신을 집중해야만 했기에, 두 사람의 대화는 여기서 끊어지고 말았다.

정신을 집중하여, 마력으로 정신세계를 안정시키는 훌리오.

그런 훌리오의 모습을, 히야는 손님을 안내하며 곁눈으로 바라봤다.

'세계 정복조차 노릴 수 있을 만큼의 마력을, 친구를 위해서 사용하시다니……. 역시 지고하신 주인님은 아무런 욕심도 없는 분이신가…….'

히야는 입가에 자연스럽게 미소를 짓고 있었다.

◇저녁 무렵 훌리오 가 앞◇

수업을 마친 엘리나자와 가릴이 친구들과 함께 집으로 왔다.

"……가, 가릴 님의 아버님은…… 괴, 굉장하시네링……."

깜짝 놀란 표정의 사리나가 간신히 입을 열었다.

그 말에 아이리스테일도 손에 든 고양이 인형과 함께 끄덕였다.

『저렇게나 많은 사람이 축하하러 오다니…… 엄청 놀랐다고 아이리스테일도 말해.』

"사람도 그렇지만…… 마법으로 만들어낸 저 공간……. 저거, 너무나도 굉장해요……."

"그러네…… 수천 명이 한 번에 들어갈 수 있는 마법의 공간을 전개하다니……. 그런 게 가능한 마법 사용자가 있다니, 들은 적 없어."

레이나레이나와 렙터도 흥분한 모습으로 얼굴을 마주 봤다.

그런 일동의 말에 미소로 끄덕이는 엘리나자.

"그래. 파파는 정말로 굉장하지."

평소에 엘리나자는 얌전한 모습이지만, 좋아하는 파파가 칭찬을 받아서 기쁜지, 모두의 앞에서 몇 번이고『파파는 굉장하지』라고 되풀이했다.

다들 홀리오의 정신세계 안에서 고자르에게 인사하고, 우리미나스와 발리로사의 아기를 보고 왔지만, 홀리오가 전개한 정신세계의 임팩트가 너무나도 강했는지 한동안 그것만이 화제가 된 것이다.

엘리나자와 가릴의 친구들이 귀가하고 해가 저물었을 참에,

"죄송하지만, 오늘은 여기까지로 하겠습니다."

그렇게 그들은 오늘의 면회를 종료했다.

『오늘의 면회는 종료되었습니다. 바쁘신 분께서는~……』

현관 앞에 그런 내용을 적은 입간판을 설치하고, 그들은 집 안으로 들어갔다.

1층의 거실에 집합한 훌리오 가 멤버들.

"하아, 어떻게든 하루가 끝났다냐."

"음…… 무척 힘든 하루가 되어버렸군."

의자에 앉아서 안도의 한숨을 흘리는 우리미나스와 발리로사.

두 사람의 품속에서는 포르미나와 고로가 기분 좋게 잠들어 있었다.

"둘 다, 수고했다."

그런 두 사람의 어깨를 고자르가 툭 두드렸다.

"가장 수고한 건 고자르다냐."

"음, 수고했어요."

고자르에게 미소로 대답하는 우리미나스와 발리로사.

고자르도 그런 두 사람에게 미소를 돌려주고는, 의자에 앉아 있는 훌리오 곁으로 걸어갔다.

"훌리오 경에게도 이래저래 무리를 시켜서 미안했네."

어깨에 손을 얹고 머리를 숙이는 고자르.

그런 고자르에게 홀리오의 평소의 시원스러운 미소를 보냈다.

"같이 사는 친구로서 당연한 일을 했을 뿐이에요."

"친구인가……. 음, 그렇군, 고맙다, 친구여."

홀리오의 말에 미소를 짓는 고자르.

고자르가 내민 오른손을, 홀리오는 단단히 맞잡았다.

그런 두 사람의 광경을 미소로 바라보는 일동.

"자, 그럼 다음 문제인데요…….

홀리오 뒤로 다가온 리스는 거실 안으로 시선을 향했다.

그곳에는 사베어가 사이코 베어 상태로도 들어갈 수 있는 오두 막과, 아이들이 놀 수 있도록 넓은 마루가 펼쳐져 있었는데……
축하하러 온 마족들이 두고 간 선물이 잔뜩 쌓여 있었다.

"참고로 이거…… 마법 주머니 두 개에 가득 넣어도 전부 안 들어가는 양이라서요…….

손에 든 마법 주머니를 두 개, 쓴웃음 지으며 흔드는 리스.

"일단 보존이 어려운 생물 계열을 우선해서 마법 주머니에 넣어뒀으니까, 이곳에 있는 물건의 처리는 서두를 건 아니지만……
아무리 그래도 이대로 둘 수는…….

"그러네……. 이건 우리가 책임을 지고 정리하지."

그러면서 짐을 손에 드는 고자르.

"……음? 치우야 스키장의 별장, 도마뱀 숲의 성……. 음, 무척 거창한 축하 선물이 있는 것 같다만…….

"어? ……추, 출산 축하로 별장이랑 성이라고요?"

고자르의 말에 눈을 동그랗게 뜨는 홀리오.

"어? 별장이랑 성이라니…… 고자르 아저씨네 어디 이사 가는 거야?"

훌리오 옆에 앉아 있던 가릴이 걱정스럽게 물었다.

고자르는 그런 가릴에게 다가가더니 머리에 오른손을 얹었다.

"나는 훌리오 경이 받아들여 준다면 이곳에서 살고 싶다. 친구와 함께 사는 것도 나쁘지 않다고 생각하니까 말이지."

"예, 물론 저도 대환영이에요. 저한테도 고자르 씨는 소중한 친구니까요."

서로 미소를 나누는 둘.

"만세! 앞으로도 고자르 아저씨한테 수련을 받을 수 있겠네!"

그 말을 들은 가릴은 함성을 터뜨리며 펄쩍 뛰었다.

"훌리오 경, 괜찮다면 우리도 그 친구에 들어갈 수 있겠나?"

그곳으로, 푹 잠들어버린 빌레리와 슬레이프를 한 손으로 안아 든 슬레이프가 다가왔다.

"예, 물론이에요. 저야말로 잘 부탁해요."

미소로 대답하는 훌리오.

그런 훌리오에게 기쁜 듯 미소로 답하는 슬레이프.

그런 거실에 메이드복 차림의 타니아가 들어왔다.

"여러분, 오늘 하루 수고하셨습니다. 저녁 식사 준비가 되었으니 가져와도 괜찮겠습니까?"

"그러네, 짐 정리는 나중에 다시 하고, 우선은 저녁을 먹을까요!"

타니아의 말에 맞추어 말을 건네는 리스.

"그럼 모두 항상 앉는 자리에 앉을까."

훌리오의 말에 맞추어, 선물의 산 주위에 모여 있던 일동은 테이블 자리로 이동했다.

"마마, 옮기는 거 도울게!"

"아, 나도 도와줄게!"

"와인도! 와인도…… 우물우물."

"아니, 와인 언니?! 벌써 집어먹으면 안 되잖아!"

엘리나자, 가릴, 와인의 목소리가 거실에서 부엌으로 향했다.

그런 가운데.

"아, 그렇지."

훌리오는 마법 주머니 안에서 병을 하나 꺼냈다.

포션 같은 것을 넣는 데에 자주 사용되는 그 병 안에는, 일곱 빛깔로 빛나는 액체가 들어 있었다.

"이거, 요전에 얻은 소재를 사용해서 만든 신제품 회복약이야. 오늘은 모두 피곤할 테니까, 사양 말고 사용하세요."

고자르와 슬레이프, 그리고 우리미나스와 발리로사, 빌레리에게 회복약이 든 병을 건넸다.

"확실히 녹초다냐. 고맙게 받겠다냐."

얼른 병을 연 우리미나스가 회복약을 단숨에 들이켰다.

"으냐?!"

그러자…… 우리미나스의 몸이 빛을 발하기 시작했다.

빛은 한순간에 꺼졌지만,

"……이, 이 회복약 너, 너무나도 굉장하다냐……. 마, 마신 것만으로 피로가 모두 회복된 것만이 아니라, 마력의 상한치가 상승했다냐……. 게, 게다가 피부가 매끈매끈하게…….”

“어?!”

“어?!”

“어?!”

마지막 한마디를 들은 발리로사, 빌레리, 리스는 다시금 홀리오에게 받은 회복약을 응시했다.

다음 순간, 세 사람은 그 회복약을 단숨에 들이켰다.

그러자 우리미나스와 마찬가지, 세 사람의 몸이 빛에 감싸였다.

“저, 정말이야……. 나는 마력을 거의 가지고 있지 않았는데, 마력을 보유할 수 있게 되었어?!”

자신의 스테이터스를 확인하며 눈을 동그랗게 뜨는 발리로사.

“그보다~, 정말로 피부가 매끈매끈해지다니 굉장하네요~.”

창문에 비치는 자신의 얼굴을 확인하며 빌레리를 감동의 목소리를 높였다.

“서방님, 이 회복약, 재고는 있나요?”

리스는 병을 양손으로 들며 홀리오에게 바싹 다가갔다.

“으, 응…… 언젠가는 홀리스 잡화점에서 판매할 생각으로 한창 양산 중이니까…….”

“서방님, 그 회복약 말인데요, 좀 더 사용하고 싶어요.”

“저기, 저, 저도 꼭!”

“홀리오 님~, 저도 부탁할게요~.”

리스에 이어서 발리로사와 빌레리도 홀리오에게 달려갔다.

게다가 그 뒤로,

"훌리오 님, 저도 원해요! 농사일로 볕에 그을린 피부가 매끈매끈하게 회복되어서, 정말 최고예요!"

"……저, 저기…… 저, 저도…… 시험 문제를 만드느라 철야했던 피로가 순식간에……."

"요염한 내 몸을 더욱 갈고닦았으면 싶을까."

"지고하신 주인님, 저 히야도 꼭 추가분을 부탁드리고자……."

"훌리오 님, 보다 더 효과적인 메이드 업무 운용을 위해서라도, 부디 추가 지급을 부탁드립니다……."

훌리오 가의 여성진이 차례차례 훌리오 곁으로 달려왔다.

그런 일동을 쓴웃음 지으며 둘러보는 훌리오.

'……화, 확실히 굉장한 효능이라고는 생각했지만…… 설마, 이렇게나 인기가 있다니…….'

그런 생각을 하며 마법 주머니 안에서 추가 회복약을 꺼내는 훌리오였다.

◇한 달 뒤 훌리오 가◇

고자르와 슬레이프의 아기가 탄생하고 한 달이 지났다.

역시나 손님의 숫자는 줄고 있지만, 거듭 찾아오는 사람들도 있어서 훌리오 가에는 지금도 마족들이 몇 명인가 방문한 상태였다.

다만 『일몰 이후의 손님은 사절』이라는 훌리오 가의 규칙이 퍼지기도 해서, 밤의 손님은 거의 사라졌지만…….

이날 밤, 훌리오 가를 한 여성이 방문했다.

호위 몇 명과 함께 홀리오 가 현관을 노크하는 그 여성.

똑똑똑…….

"역시 에리 씨야! 어서 와!"

실내에서 기운찬 발소리가 들리는가 싶더니, 활기찬 목소리로 가릴이 그 여성에게 말을 건넸다.

가릴에게 에리라고 불린 그 여성…… 바로 클라이로드 마법국의 여왕이었다.

"바, 밤중에 실례합니다. 홀리오 님께는 사전에 친서를 보냈는데, 제반 사정으로 이런 시간에 방문하게 되어서 정말 죄송합……."

"그런 딱딱한 인사는 됐으니까, 자, 들어와 들어와."

공손하게 인사하려던 에리의 손을 붙잡은 가릴은, 그대로 에리를 실내로 끌어들였다.

"저, 저기…… 가릴 군?!"

허둥지둥하면서도 에리는 가릴에게 손을 잡힌 상태로 실내로 들어갔다.

"저기, 가릴 군…… 또 성장했나요?"

"글쎄, 스스로는 잘 모르겠단 말이지."

미소로 대답하는 가릴.

그의 뒷모습을 바라보며 에리는 눈을 동그랗게 떴다.

'……마왕군과의 휴전 협정 사후 처리가 바빠서 한동안 만나지 못했는데……. 가릴 군도 참, 한층 더 억세고 체격이 좋아져서…….'

그런 생각을 하는 에리.

그녀의 **뺨**은 무의식중에 붉게 물들어 있었다.

그때였다.

"안 돼!"

에리의 손을 잡은 가릴이 거실로 발을 들이자, 여자아이 하나가 에리 앞을 막아섰다.

갈색 피부, 머리에는 짧은 뿔이 난 그 여자아이는, 볼을 잔뜩 부풀리며 에리를 노려봤다.

"저, 저기…… 이 아가씨는……."

"아, 포르미나야. 고자르 아저씨랑 우리미나스 씨 딸이야."

"어머, 이 아가씨가 고자르 님의……."

에리는 무릎을 꿇어 시선을 포르미나에게 맞추고, 싱긋 미소 지으며 말을 건넸다.

"처음 뵈어요, 포르미나 양. 저는 에리라고 해요."

그런 에리를 빤히 노려보던 포르미나는 천천히 가릴의 팔을 끌어안더니 다시금 볼을 부풀렸다.

"가릴 오빠는 내 오빠인걸!"

"미안해, 에리 씨. 어쩐지 포르미나는 날 엄청 따라서 말이지……. 내가 여자랑 손을 잡으면 금세 화를 내서……."

쓴웃음을 짓는 가릴.

그런 가릴에게 얼굴을 붉히며 안겨드는 포르미나.

에리는 그런 포르미나를 바라보며 싱긋 미소 지었다.

"그런가, 포르미나는 가릴 오빠를 정말 좋아하는구나. 가릴 오빠는 다정하고 멋있는걸."

에리가 미소로 가릴을 칭찬하자 포르미나의 표정이 화악 밝아졌다.

"그래! 가릴 오빠 다정하고 멋있는걸! 포르미나 정말 좋아!"

간신히 기분이 좋아진 포르미나를 앞에 두고 에리는 안도의 한숨을 흘렸다.

그때 계단 쪽에서 다른 한 여자아이가 달려왔다.

"아, 포르미나도 참, 또 가릴 오빠를 졸졸 따라다니는구나."

키가 크고 늘씬한 그 여자아이는, 포르미나의 머리를 쓰다듬고는 에리에게 시선을 향했다.

"아, 손님이세요? 전 리슬레이라고 해요."

"정중한 인사 고마워요. 저는 에리라고 해요."

"그리고 이쪽이 고로. 포르미나의 동생이에요."

"어?"

리슬레이의 말에 눈을 동그랗게 뜨는 에리.

리슬레이 말고는 아무도 달려온 기척이 없었음에도 불구하고, 포르미나에게 정면으로 안겨드는 남자아이가 있었던 것이다.

"자, 고로. 인사하렴."

포르미나의 말에 머뭇머뭇하며 고로는 에리에게 시선을 향했다.

그런 고로를 상대로도 에리는 싱긋 미소 지었다.

"처음 뵈어요, 고로 군. 저는……."

에리가 거기까지 말한 참에, 고로는 포르미나 뒤로 숨어 버렸다.

그런 고로를 보며 쓴웃음 짓는 가릴.

"에리 씨, 미안해. 고로는 엄청 수줍음이 많거든. 항상 포르미나한테 숨어 있다고 할까…….”

“그런가요……. 포르미나 누나를 정말 좋아하는군요.”

에리가 그렇게 말하자 포르미나 뒤에 숨어 있던 고로는 살짝 얼굴을 내밀더니, 얼굴을 새빨갛게 물들이며 작게 끄덕였다.

활기찬 포르미나.

성실한 리슬레이.

부끄럼쟁이 고로.

‘……다들 귀엽네요…… 저도 언젠가 결혼해서 이런 아이를…….’

기런 생각을 하며 에리는 무의식중에 가릴에게 시선을 향했다.

“미안해요, 아이들이 방해를 해버렸나요.”

그곳으로 홀리오가 모습을 드러냈다.

가릴을 바라보던 에리는, 갑자기 자신에게 말을 건네자 허둥지둥 일어섰다.

“어, 아, 아뇨아뇨아뇨……. 아, 아이들도 만나고 싶었으니까, 이렇게 만날 수 있어서 기뻤어요. 다들 무척 귀엽고 착한 아이들이네요.”

작게 헛기침을 하며 어떻게든 인사하고는 깊이 머리를 숙이는 에리.

그런 에리에게 홀리오는 평소의 시원스러운 미소를 향했다.

“그렇게 말해주면 고자르 씨나 슬레이프 씨도 기쁠 거예요.”

그러면서 홀리오는 에리를 1층 안쪽에 있는 응접실로 안내했다.

◇같은 시각 홀리오 가 2층◇

홀리오 가의 2층에는 아이들이 함께 지내는 아이 방이 있다.

홀리오의 자식인 엘리나자와 가릴, 그리고 두 사람의 언니이자 누나 같은 존재인 와인.

고자르의 자식인 포르미나와 고로.

슬레이프의 자식인 리슬레이.

이들 여섯은 그 방의 커다란 침대에서 함께 잤다.

"자, 와인 언니도 기다리니까 포르미나도 고로도 잘 준비를 하자. 가릴 오빠는, 오늘도 공부하다가 잘 거야?"

"오늘은 숙제도 마쳤으니까 너희랑 같이 잘래."

'……오랜만에 만난 에리 씨랑 이야길 하고 싶었지만, 오늘은 아빠랑 중요한 이야기를 하러 왔으니까 방해하면 안 되겠지…….'

그런 생각을 하며 씨익 미소를 짓는 가릴.

그런 가릴에게 포르미나가 안겨들었다.

"와~! 가릴 오빠랑 같이 잘 수 있어~."

가릴에게 안겨서 기쁨을 폭발시키는 포르미나.

그런 포르미나를 고로가 빤히 바라봤다.

"……포르미나 누나가 기뻐해…… 나도 기뻐."

싱긋 미소를 지으며 고로는 포르미나의 옷자락을 살며시 붙잡았다.

"그럼 이대로 침실로 갈까. 와인 언니도 기다릴 테니까……."

침실을 향해 이동하는 리슬레이.

그때였다.

"리~슬레~이!"

복도 저편에서 리슬레이의 이름을 부르며 달려오는 사람이 있었다.

"걱…… 또, 파파……."

미간에 주름을 지으며 돌아보는 리슬레이.

그런 리슬레이에게 달려온 것은, 리슬레이의 아버지인 슬레이프였다.

리슬레이를 안아 들고 그녀의 **뺨**에 몇 번이고 자기 **뺨**을 비비는 슬레이프.

"오오, 리슬레이, 오늘도 너는 귀엽구나, 오늘 밤도 푹 잘 수 있겠어."

"아아아아알았으니까, 알았으니까! 부, 부끄러우니까 빨리 내려줘!"

얼굴을 새빨갛게 물들이며 팔다리를 바둥거리는 리슬레이.

하지만 슬레이프는 그런 것 따위는 신경 쓰지 않는다는 듯이 리슬레이를 안아 든 채로 계속 **뺨**을 비볐다.

나이가 들어서 얻은 리슬레이를 슬레이프는 너무나도 사랑했다.

아내 빌레리도 당연히 사랑하지만, 리슬레이는 그 이상으로 사랑했다.

처음에는 스킨십이 조금 많은 정도였지만, 리슬레이가 5세 아동 정도까지 성장한 지금은…….

"그러니가 파파도 참, 번번이 날 안아 들고 뺨을 비비는 건 그만하라고 그랬잖아!"

"그렇게 차가운 소리 말거라, 리슬레이! 나는 네가 너무나도 좋아서 참을 수가 없단 말이다!"

"그그그그러니까, 나를 좋아하는 건 알았으니까……. 아아, 정말로 파파는……."

미간을 찡그리면서도 진심으로 싫어하지는 않는 리슬레이.

'정말이지……. 그럴 거면 적어도 아무도 안 보는 곳에서 해달라고…….'

마음속으로는 슬레이프에게 안기는 것이 아주 싫지는 않은 리슬레이였다.

리슬레이의 목소리를 듣고, 침실에 있던 와인과 엘리나자가 뛰어나왔다.

"아하하 슬레슬레, 또 리스리스를 귀여워하고 있어! 귀여워하고 있어! 그럼 와인도 가릴가릴를 귀여워할래! 귀여워할래!"

등에 용의 날개를 출현시키더니 복도를 단숨에 날아서 가릴을 끌어안는 와인.

잠옷 아래에는 당연하다는 듯이 속옷 따위는 입지 않았기에, 가릴의 몸에 와인의 출렁출렁한 가슴의 감촉이 다이렉트로 전해졌다.

"우와?! 잠깐만, 와인 누나도 참, 부끄럽다니까."

그 감촉에 가릴은 무심코 뺨을 붉혔다.

침실에서 막 뛰어나온 엘리나자는, 리슬레이를 안고 있는 슬레이프를 빤히 바라봤다.

'좋겠다, 리슬레이…… 나도 가끔이라도 괜찮으니까, 파파한테 저렇게 안기고 싶어…….'

엘리나자는 뺨을 붉게 물들이고 어쩐지 황홀한 눈빛으로 리슬레이를 바라봤다.

취침 전의 2층 복도가 이따금 소란스러워지는 것은, 최근의 홀리오 가에서는 연례 행사였다.

◇같은 시각 홀리오 가 1층 응접실◇

"……저기…… 뭘까요…… 어디선가 비명 같은 소리가 들리는 것 같은데……."

2층 복도의 소란이 들리는지 에리는 의아하다는 표정을 지으며 주위를 둘러봤다.

"어, 아뇨아뇨, 별일 아니니까 신경 쓰지 마세요."

그런 에리를 바라보며 쓴웃음 짓는 홀리오.

'또 슬레이프 씨랑 와인이 이것저것 저질러 버린 모양이네.'

2층 복도의 상황을 헤아린 홀리오는 오른손 검지를 작게 한 번 흔들었다.

손끝에 작은 마법진이 전개되고, 동시에 두 사람이 있는 응접실 주위에 방음벽을 전개했다.

홀리오의 기지로 2층의 목소리가 들리지 않게 되기도 해서, 에리와 그녀의 호위들은 홀리오의 안내에 따라 그의 정면 소파로 이동했다.

그때 에리는 깊이 머리를 숙였다.

"우선은, 사람들의 시선을 피하기 위해서라고는, 이런 시간에 방문하게 되어버린 걸 진심으로 사죄드릴게요."

에리에 이어서 호위로 함께한 몇 명도 마찬가지로 머리를 숙였다.

"아뇨아뇨, 신경 쓰지 마세요. 서간으로 사전에 알려주셨고, 게다가 이 정도 시간이라면 저도 항상 깨어 있으니까요……. 그래서, 저한테 상담하고 싶다는 일이라는 건 뭘까요?"

"예…… 사실은……."

홀리오의 재촉에, 소파에 앉은 에리는 얌전한 표정으로 입을 열었다.

"한 달 정도 전, 터무니없는 마력을 가진 몬스터의 출현을 감지했다는 보고를 받았어요. 하지만 그 몬스터는 출현과 동시에 반응이 사라져 버렸고, 그 후로는 아무리 탐색해도 발견할 수가 없었어요. 혹시 이 몬스터가 어딘가에 숨어 있다가 갑자기 날뛰기라도 하면, 이 세계에는 큰일이 벌어지고 말아요."

진지한 눈빛을 홀리오에게 향하고 또다시 깊이 머리를 숙이는 에리.

"그래서, 마법에 해박하신 홀리오 님이시라면, 이 몬스터에 대해서 무언가 알고 계시지는 않을까 해서, 이렇게 실례를 드리게 되었어요…… 아무리 작은 일이라도 상관없으니……."

머리를 숙인 채로 에리는 계속 말했다.

그때 홍차를 든 리스가 들어왔다.

"어머…… 그 몬스터라면, 전날 서방님께서 퇴치하신 재앙의 용 아닌가요?"

"""""예?!"""""

리스의 말에 에리와 호위들은 일제히 어이없다며 소리를 높였다.

그런 그들 앞에서 훌리오가 오른손을 내밀었다.

그의 손 안에, 훌리오가 허리에 찬 마법 주머니 안에서 꺼낸 빛나는 공이 들려 있었다.

"이, 이건……."

그 공을 응시하며 그만 말을 잃은 여왕.

"이 공…… 아, 아무래도 마법진이 공 모양으로 만들어진 것 같은데……. 이 안에 봉인되어 있는 건……."

목소리가 떨리는 에리.

"예, 전날 토벌해서 이 마법진 안에 봉인한 재앙의 용이에요."

그런 에리에게 훌리오는 평소의 시원스러운 미소를 지으며 그렇게 말했다.

훌리오의 말에 눈을 동그랗게 뜨며 그 자리에 굳어버리는 여왕 일행.

'호, 혹시나…… 하는 생각이 없지는 않았지만……. 설마 훌리오 님께서 정말로 전설의 몬스터라 일컬어지는 재앙 몬스터를, 재앙의 용을 퇴치해 주셨다니…….'

그런 생각을 하며 에리는 무심코 침을 삼켰다.

주위에 있는 이들도 그저 공 안에 봉인된 재앙의 용의 모습을 응시하고만 있었다.

"아, 그렇지……."

그러더니 훌리오는 책상 위에 병 하나를 놓았다.

포션 따위를 넣는 것에 자주 사용되는 병 안에는, 일곱 빛깔로 빛나는 액체가 들어 있었다.

"이거, 재앙의 용의 피를 마법으로 정제한 회복약인데, 괜찮으시면 드셔보세요. 리스나 우리 집의 여성들이 최근에 즐겨 사용하고 있어요."

평소의 시원스러운 미소를 짓는 훌리오.

"아…… 어, 예…… 그럼, 감사히 받도록 할게요……."

'전설의 몬스터를 퇴치한 것만이 아니라…… 그 몬스터를 소재로 회복약까지 만들어 내다니…….'

훌리오의 미소를 바라보며 그 이상은 아무 말도 못 하게 되어버린 에리였다.

◇마왕성 지하 치료실◇

마왕성의 지하에 있는 치료실.

본래는 마왕 유이가드의 측근인 후훈의 연구실을 겸하던 이 방은, 현재는 마왕 대행 칼시므의 지시에 따라 치료 시설로만 운용되고 있었다.

"간신히 오늘의 치료도 끝이 났소이다."

이 방에서 치료 행위를 진행하는 악마족 닥터 메피스토는, 마지막 환자가 나간 문을 바라보며 크게 한숨을 내쉬었다.

"수고하셨습니다 입니다. 닥터 메피스토."

옆방에서 치료를 맡고 있던 로리 타입 매드 사이언티스트 코케 슈티가 미소로 닥터 메피스토 곁으로 다가왔다.

코케슈티를 쓴웃음 지으며 바라보는 닥터 메피스토.

"수고……하시었다고 할까…… 딱히 대단한 일은 하지 않았소 이다……. 날이면 날마다 치료를 바라는 마족 상대만 하니까 말 이오이다……. 이것이 인간족들과의 전투로 부상을 입은 자들의 치료라면, 좀 더 보람도 있었을 것이외다. 혹은 후훈 님 직할의 연구실로서 운용되던 시절처럼 마족 강화 수술을……."

"닥터 메피스토, 그건 칼시므 님께서 엄히 금지하실 일인 겁니 다 입니다. 말해서는 안 되는 겁니다 입니다."

입 앞으로 손가락 ×를 만들며 당황하는 코케슈티.

그런 코케슈티 앞에서 닥터 메피스토는 또다시 한숨을 내쉬 었다.

"그럼, 코케슈티…… 당신은 지금의 생활에 만족하고 있소이까? 서로가 마족의 몸을 마음대로 할 수 있는 마력을 가지고 있으면서, 그 마력을 연료한 마족들의 치료 행위에만 사용하는 나날에……."

"으음…… 후훈 님 곁에서 많은 일들을 하던 무렵도 즐거웠습 니다 입니다만, 저는 지금이 즐겁습니다 입니다……. 모두가 건 강해져서 돌아가는 게, 어쩐지 기쁩니다 입니다."

뒤통수를 긁적이며 코케슈티는 수줍은 미소를 지었다.

그런 코케슈티를 상대로 닥터 메피스토는 또다시 한숨을 내쉬 었다.

"당신은 행복한 것이로군요……. 마왕 대행 칼시므 님 곁에서 평화에 길들여져서, 그것으로 만족할 수 있소이까."

"에헤헤…… 그럴 정도는 아닙니다 입니다."

양손으로 뺨을 감싸며 고개를 좌우로 내젓는 코케슈티.

"……비꼬는 것이외다. 칭찬하는 게 아니오이다."

자리에서 일어서더니 닥터 메피스토는 출구로 향했다.

"어쨌든, 오늘은 이만 내 방으로 돌아가겠소이다."

"아, 알겠습니다 입니다, 수고하셨습니다 입니다."

코케슈티의 인사를 등으로 받으며 방을 뒤로하는 닥터 메피스토.

'……나, 닥터 메피스토의 마력은, 이런 평화 바보를 위해서 존재하는 게 아니오이다.'

복도를 지나서 계단을 올라갔다.

하지만 자신의 방이 있는 2층으로 향하지는 않고 그대로 마왕성 밖으로 나가더니, 숲속으로 나아갔다.

한동안 나아가자 닥터 메피스토의 눈앞에, 나무 그늘에서 여자 둘이 모습을 드러냈다.

"기다렸다캥, 닥터 메피스토."

"표정을 보아하니, 각오를 다진 거냐캥?"

"그렇소이다……. 이대로 평화 바보로 살아가는 것보다도, 당신들과 함께 새로운 왕조를 구축하는 편이 재미있을 것 같사오니…… 닥터 메피스토, 당신들 마호 자매와 손을 잡기로 하죠."

닥터 메피스토는 오른손을 가슴 앞에 대고 공손히 인사했다.

그 모습을 각각 금색과 은색 차이나 드레스를 입은 금각 여우와 은각 여우는 만족스럽게 끄덕이며 바라봤다.

"그래서, 닥터 메피스토…… 귀공의 정보 말인데캥, 틀림없겠지캥?"

"물론이오이다. 마왕 대행 칼시므는 남들의 눈을 피해서 나와 코케슈티의 치료를 통해 연명 처치를 진행하고 있소이다만, 이미 그것도 한계에 가깝소이다……."

"그렇다면, 마왕 대행 칼시므가 소멸하고 마왕군이 혼란에 빠진, 그 틈을 타서……."

"이번에야말로 마왕성을 탈취한다캥."

입가를 부채로 가리며 쿡쿡 함께 웃는 마호 자매.

"그때에는, 우리 닥터 메피스토의 일족도 협력을 아끼지 않겠사오니, 새로운 마왕이 탄생하는 그때에는 약속대로 후대해 주시기를 부탁드리오이다."

"그래, 알겠다."

그런 닥터 메피스토에게, 마호 자매 뒤에서 모습을 드러낸 풍채 좋은 남자가 사나운 미소를 지으며 끄덕였다.

"암왕 경, 인간족이면서도 클라이로드 마법국의 옥좌와 마왕국의 옥좌에 모두 앉았다는 역사상 유일한 위업을 이룬 영웅. 무사히 잘 지내셨소이까."

"음, 은혜도 모르는 잔지바르 탓에 지독한 꼴을 당했다만…… 뭐, 그 녀석 따위에게 당할 내가 아니지."

큭큭큭 사나운 웃음을 흘렸다.

"그건 든든하신 말씀, 귀공이야말로 새로운 마왕에 걸맞노라고, 저는 진심으로 생각하고 있소이다."

닥터 메피스토는 한쪽 무릎을 꿇고 깊이 머리를 숙였다.

그런 닥터 메피스토를 빤히 바라보는 암왕.

'흥, 아니꼬운 아첨을 늘어놓지만, 어차피 이 녀석도 마족…….언제 배신할지 알 수 없지……. 뭐, 내가 마왕의 자리에 앉을 때까지는 제대로 이용하겠다만.'

그의 표정이 점차 히죽대는 표정으로 바뀌었다.

그런 암왕을 미소로 마주 보는 닥터 메피스토.

그의 눈동자 안에서는 수상쩍은 빛이 번쩍였다.

◇그 무렵 칼고시 해안◇

"……이, 이곳에 찾아온 것도, 이걸로 몇 번째일까요……."

기억에 있는 해안선을 바라보며 팔짱을 끼고 있는 것은, 마왕 유이가드의 측근 후훈이었다.

"마왕성에서 모습을 감추어 버리신 마왕 유이가드 님을 찾아다니길 벌써 몇 해……라고는 해도, 이번에야말로 이 해안 어딘가에 마왕 유이가드 님께서 계신다고, 제 감이 이야기하는 겁니다."

힘차게 말하는 후훈.

그런 후훈을 백발에 흰 수염을 기른 남자와 자그마한 여자가 멀찍이서 바라보고 있었다.

"포르세이돈…… 저 여성, 일주일 전에도 저기에 서서 뭐라고 그러지 않았나? 인 것 같네."

"그렇군, 로린데므여……. 저 사람, 한 달에 두세 번은 모습을 드러내고, 무언가 바다를 향해 외치는 것 같은데……."

"어떻게 하지? 반비르 주니어 님께 보고하나? 인 것 같네?"

"음…… 확실히 마족의 기척이 느껴진다만, 이제까지 몇 번이나 찾아오면서도 딱히 무언가 나쁜 짓을 저지르려고 하지는 않으니 말이다……."

"그럼 뭐, 한동안 상황을 보는 걸로, 인 것 같네?"

"음, 그러는 게 좋겠지."

이곳 칼고시 해안 일대를 통치하는 반비르 주니어.

그 반비르 주니어를 섬기는 포르세이돈과 로린데므는 서로 고개를 끄덕이더니 후훈의 모습을 멀찍이서 계속 감시했다.

그때였다.

한 마리 큰 까마귀가 후훈 앞에 내려섰다.

"너는…… 마왕 대행을 맡고 있는 칼시므의 사역마인……."

오른손 검지로 패션 안경을 꾹 밀어 올리며 큰 까마귀를 바라보는 후훈.

까우—! 후, 까우—!

그 시선 앞에서 큰 까마귀는 그렇게 큰 소리로 울더니 날개로 북쪽 하늘을 가리켰다.

"……흠, 네 감으로는, 마왕 유이가드 님께서 북쪽에 계신다는 거로군요……."

후훈은 또다시 오른손 검지로 패션 안경을 꾹 밀어 올렸다.

"하지만 저는 제 감을 믿습니다! 마왕 유이가드 님, 지금 후훈이 갑니다!"

그러더니 해안선을 따라서 달려가는 후훈.

황급히 날아오른 큰 까마귀가 그녀의 머리카락을 덥석 물고서 잡아당겼다.

하지만 달려가는 후훈은 결코 멈추지 않고 해안을 따라 계속 달렸다.

"어쩐지 달려갔어, 인 것 같네."

"그렇구나…… 참으로 바쁜 사람이야."

달려가는 후훈.

그녀의 뒷모습을 바라보며, 왠지 모르게 손을 흔드는 로린데므와 포르세이돈이었다.

◇……그 무렵의 금발 용사 일행◇

"에취…….."

호쾌하게 재채기를 한 독슨은 허둥지둥 코를 훌쩍였다.

"젠장…… 누가 내 이야기라도 하는 거냐……."

독슨은 바위 위에 앉아서 밤하늘을 올려다보고 있었다.

그의 표정에는 어쩐지 쓸쓸한 분위기가 감돌았다.

"독슨이여…… 아직도 안 쉬나?"

그곳으로 숲속에서 금발 용사가 걸어왔다.

이날, 근처에 있는 거목 아래에서 야영을 하고 있는 금발 용사 일행.

"아, 금발…… 아니, 뭐, 이래저래 좀 생각에 잠겨서……."

"흠…… 나라도 괜찮다면 대화 상대가 되어주지."

"어…… 좀 미안하네, 신경 쓰게 만들어서……."

자신의 맞은편에 앉은 금발 용사에게 시선을 향하며 독슨은 겸연쩍은 미소를 지었다.

최근에 생각에 잠기는 일이 많아진 독슨을, 금발 용사도 걱정하고 있었다.

"……전에 조금 이야기를 한 적이 있었을 텐데…… 나한테는 배 다른 형님이 있다만, 그 형님이 결혼해서 애가 생겼다는 모양이야……."

"호오, 그건 경사스러운 이야기 아닌가."

"아니, 그게 말이야……. 자세히 말할 수는 없지만…… 형님은 굉장한 역할을 맡고 있었는데…… 내가 그 역할에서 쫓아내 버렸다고 할까……."

그때 한 번, 독슨은 크게 한숨을 내쉬었다.

"그게 말이야, 형님보다 잘 할 수 있겠다고 생각해서 형님을 쫓아내고 내가 그 자리를 빼앗았다만……. 하는 족족 모조리 실패해 버렸지. 그게 싫증이 나서 그 자리에서 도망쳐 버렸거든."

일찍이 형인 마왕 고우르에게 반기를 들고 마왕의 자리를 빼앗은 유이가드.

하지만 폭정에 폭거, 모든 것을 힘으로 해결하려는 억지스러운 수단에 반감을 느낀 마족들은 유이가드에게서 차례차례 이탈하고 반란을 일으켰다. 그 사실에 싫증이 난 유이가드는, 마왕의 자리를 내팽개치고 실종……. 독슨으로 이름을 바꾸고, 우연히 만난 금발 용사와 함께 행동하던 것이다.

"……하지만, 금발과 같이 여행을 하면서 알았어……. 난 아직 미숙하고, 형님을 대신할 수 있는 그릇이 아니었다고……. 하하, 내가 바보 같은 짓을 저지르지 않았다면, 형님도 그 아이들도 많은 녀석들에게 축복을 받았을 텐데……. 그렇게 생각하니, 어쩐지 가만히 있을 수가 없어서 말이야……."

자학적으로 웃으며 독슨은 고개를 가로저었다.

"음…… 독슨의 옛날 일을 자세히 물어보려는 생각은 없지만, 자신이 미숙했다는 사실을 깨달은 것만으로도, 네가 이곳에 있을 가치는 있었던 게 아닌가?"

"……그런, 걸까?"

"혹시 네가 예전의 지위에 집착해서 그 자리에 계속 머물렀다고 치자. 그러면 자신이 미숙하다는 것도 깨닫지 못하고, 최악의 경우에는 그 조직을 모조리 파멸로 몰아넣었을지도 모르지. 하지만 함께 여행을 하고, 자신의 미숙함을 깨달은 지금의 너라면, 그런 어리석은 짓은 저지르지 않을 거라고, 나는 생각한다만."

"금발 형씨……."

"뭐, 이것만큼은 분명히 말할 수 있어."

금발 용사는 독슨의 눈을 똑바로 바라봤다.

"네게 어떠한 과거가 있었을지라도, 나와 네가 동료라는 사실에 변함은 없어."

"금발……."

금발 용사의 말을 들으며 독슨은 그의 얼굴을 가만히 마주봤다.

"……고마워, 금발……."

"감사 따월 할 필요는 없어."

그런 대화를 나누며 두 사람은 한동안 밤하늘을 올려다봤다.

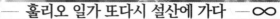

◇아룬프스 산맥◇

클라이로드 마법국 아득히 북쪽에 있는 아룬프스 산맥.

그 산맥의 중턱에 홀리오 일가의 모습이 있었다.

"이곳에 오는 것도 오랜만이네요."

온통 새하얗게 쌓인 눈을 바라보며 리스가 환희의 표정을 지었다.

아랑족 특유의 꼬리가 구현화 되어 좌우로 격렬하게 흔들리고 있었다.

평소의 원피스 차림이 아니라, 방한의 목적을 달성하면서도 보는 이에게 어딘가 귀여운 인상을 주는 옷을 입은 리스.

"가리가리, 눈이네! 눈이네!"

여전히 얇은 복장의 와인은, 설산을 가리키며 웃음을 머금었다.

"정말 굉장해! 이게 전부 눈이라니."

와인 옆에서 가릴 역시도 웃음을 머금었다.

그런 가릴과 와인 옆, 홀리오 옆에 서 있는 엘리나자는 판초풍의 귀여운 옷을 입고서 미소를 지었다.

"모처럼 왔으니까 잔뜩 즐기고 싶어, 파파."

엘리나자는 싱긋 미소 지으며 홀리오의 팔에 안겨들었다.

그런 모두를, 홀리오는 미소로 둘러봤다.

이날, 홀리오 일가는 설산으로 놀러왔다.

재앙의 용의 피해를 미연에 방지한 것에 대한 감사로, 아룬프스 산맥에 있는 클라이로드 마법국의 휴양 시설을 전세 내어 사용할 수 있도록 여왕이 편의를 봐준 것이었다.

당연히 체류 비용은 모두 클라이로드 마법국…… 정확하게는 여왕을 통해 지불된다.

그리고 홀리오 가 일행은 전이 마법으로 현지에 막 도착한 것이다.

이날은 농장 관리가 있는 블로섬과 학교 수업이 있는 벨라노, 그리고 홀리스 잡화점에서 대응 중인 타니아와 미니리오를 제외한 홀리오 가 멤버 전원이 참가했다.

"이게 눈인가, 어쩐지 재밌겠어!"

리슬레이는 눈을 반짝이며 스키장을 둘러봤다.

사마족의 피를 이어받은 리슬레이는, 리스와 마찬가지로 꼬리를 구현화 해서 좌우로 격렬하게 흔들고 있었다.

그러자 그런 리슬레이의 뒤로 몰래 다가온 슬레이프가 그녀를 단숨에 안아 들었다.

"핫핫핫, 설산은 즐겁다고, 파파가 전력으로 즐겁게 해줄 테니까 말이야, 리~슬레~이!"

높이 웃으며 리슬레이를 격렬히 좌우로 휘두르는 슬레이프.

그런 두 사람의 모습을 빌레리는 미소로 바라봤다.

"정말이지~, 슬레이프 님도 참, 리슬레이한테는 엄청 무르다니까요~."

"자, 잠깐만 마마, 무르다든지 그런 게 아니라…… 저기, 부끄러우니까 내려놓으라고 해줘~."

"어~? 하지만 리슬레이, 『부끄럽지만, 조금 즐거울지도』라고 생각하는 거 아니야~? 정말로 그만해도 되겠니~."

뜨끔.

'……마, 마마도 참, 항상 서글서글하면서도, 어째서 이럴 때의 감이 날카로운 걸까…….'

결국 리슬레이는 한동안 슬레이프에게 휘둘리게 되었다.

"처음 왔을 때는, 『이렇게 추운데 눈 위에서 노는 게 대체 뭐가 즐겁다는 거지?』 같은 생각을 했지만, 경험해 보니 무척 즐겁더군."

고자르는 팔짱을 낀 채로 설산을 바라봤다.

설산에는 대형 오두막이 여럿 건설되어 있고, 그 건물 앞의 스키장에는 많은 인간족이나 아인종들이, 발에 가늘고 긴 판자를 달고서 눈 위를 미끄러지는, 스키라는 놀이를 즐기고 있었다.

그중에는 썰매라는 탈것을 타고 경사면을 미끄러져 내려가는 사람이나, 서로에게 눈덩이를 던지며 신이 난 사람들의 모습도 있었다.

마왕군과 휴전 협정을 맺어서 그런지, 스키장에는 지난번 훌리오 일행이 방문했을 때보다도 훨씬 많은 사람들이 나와서는 여기저기서 즐겁게 소리 높이고 있었다.

"그러네…… 특히 이번에는 아이들도 같이 왔고……."

고자르 옆에서 고로와 손을 잡고 있는 발리로사는 기쁨의 미소를 지으며 고자르에게 시선을 향했다.

그런 발리로사에게 만족스러운 미소를 향하는 고자르.

"우리미나스와 포르미나여, 너희도 그렇게 생각하지 않나?"

고자르는, 발리로사와는 맞은편에 서 있는 우리미나스에게 시선을 향했다.

……하지만 우리미나스와 포르미나에게서는 한마디도 대답이 없었다.

아니, 정확하게는 한마디도 대답할 수가 없었던 것이다.

우리미나스와 포르미나는, 머리끝부터 발끝까지 수없이 많은 옷을 껴입어서, 마치 눈사람 같은 모습으로 그 자리에 서 있었다.

얼굴에도 머플러를 몇 겹이나 감아서, 입가가 우물우물 움직이고는 있지만, 머플러 때문에 무슨 소리를 하는지 주위에는 전혀 들리지 않는 상태였다.

"……우리미나스는 몰라도 포르미나도 추위에는 약했나……."

고자르의 말에 포르미나는 몇 번이고 끄덕였다.

우리미나스는 헬 캣이라는 종족으로 추위에 무척 약하여, 이전에 이곳에 왔을 때에도 마찬가지로 두꺼운 옷을 휘감고 있었던 것이다.

그녀의 딸로 헬 캣의 피를 이어받은 포르미나 역시도, 어머니인 우리미나스와 마찬가지로 추위에 무척 약한 것이었다.

("이, 이런 날에는 따뜻한 이불 안에서 웅크리고 싶다냐…….")

("……우리미나스 마마, 포르미나도 그렇게 생각해…….")

그런 말을 서로가 투덜투덜 중얼거리는 우리미나스와 포르미나.

"정말이지, 그렇게나 옷을 입고 있어서야 제대로 걷지도 못하잖아? 어쨌든 우선은 휴양 시설로 이동해서, 방 안에서 몸을 따듯이 하도록 해라."

그러면서 고자르는 우리미나스의 어깨를 툭 두드렸다.

다음 순간.

균형을 잃은 우리미나스는 앞으로 넘어져 버리고, 그대로 경사면을 단숨에 굴러 내려갔다.

"어, 어쩐지 지난번에도 똑같은 일이 있었던 것 같다냐아아아아아아아아아아아아아아아."

절규와 함께 경사면을 굴러 내려가는 우리미나스.

"그러고 보니 지난번에도 그렇게 즐겼군, 우리미나스는."

핫핫핫 웃음을 터뜨리며, 경사면을 굴러 내려가는 우리미나스를 바라보는 고자르.

"아니, 고자르 씨! 지난번에도 그랬지만, 저건 그저 구르는 것뿐이니까요!"

그것을 알아차린 훌리오는 황급히 눈 위를 날아서, 경사면을 굴러 내려가는 우리미나스를 뒤쫓았다.

그 광경을 고자르 옆에서 바라보던 포르미나는, 천천히 고자르를 뒤에서 밀었다.

"으, 음?!"

아직 어리다고는 해도 마왕족과 헬 캣의 혼혈인 포르미나는 무척 힘이 강했다.

그런 포르미나에게 힘껏 떠밀린 고자르는, 우리미나스를 뒤따르듯 경사면을 굴러 내려갔다.

그런 고자르의 모습을, 눈을 반짝이며 바라보는 포르미나.

"구르는 건 싫지만, 굴러 내려가는 걸 보는 건 즐거워!"

그 시선 앞에서는 눈사람 같은 상태가 되어서 경사면을 굴러 내려가는 고자르와, 그것을 알아차린 훌리오가 우리미나스에 이어서 고자르 구출에 나서고 있었다.

◇아룬프스 산맥 스키장 휴양 시설 안◇

클라이로드 성의 휴양 시설은 스키장보다 더 높은 위치에 있어서, 그 주위는 마치 개인용 스키장 같은 모습이었다.

그들의 방은 지난번과 마찬가지로 큰방이었다.

대가족인 훌리오 가 모두가 한 번에 쉴 수 있는 큰방이 한가운데 있고, 그 주위에 작은방이 다수 배치되어 있었다.

그래서 한가운데 방에 모여서 모두 같이 식사를 할 수도 있고, 작은방으로 이동해서 몇 명 단위로 개별적으로 쉬는 것도 가능했다.

또한 베란다에는 온천도 설치되어 있어서 대욕탕에 가지 않더라도 온천을 만끽할 수 있는 구조였다.

"……지, 지독한 꼴을 당했다냐……."

무사히 훌리오에게 회수된 우리미나스는, 큰방 중앙에 있는 난로로 달려가서 차가운 몸을 필사적으로 데웠다.

그런 우리미나스 옆에서 고자르와 포르미나는 웃음을 지었다.

"무척 즐거웠구나, 포르미나여."

"응, 엄청 즐거웠어!"

우리미나스에게 바싹 붙듯이 난로를 쬐는 포르미나는, 팔짱을
낀 고자르와 함께 웃었다.

"고자르 파파 굉장해 굉장해! 좀 더 보고 싶어!"

"좋~아, 포르미나여, 보도록 해라!"

신이 난 포르미나를 앞에 두고 몇 번이고 경사면을 굴러 내려
갔던 고자르.

"저 사람, 뭘하는 걸까……."

"그러고 보니 전에도 저런 걸 하는 사람이 있었지."

주위의 손님들이 싸늘한 시선과 함께 소곤소곤 그런 이야기를
나누어도 개의치 않는다는 듯, 경사면을 잔뜩 구르던 고자르.

'……꼬맹이다냐…… 덩치 큰 꼬맹이다냐…… 하지만…… 포
르미나를 위해서 애써줬다냐…….'

그 광경을 떠올리며 우리미나스는 미소를 지으며, 여전히 난로
에 밀착한 상태로 그 자리에서 전혀 움직이려고 하지 않았다.

그 옆에 포르미나가 찰싹 달라붙고, 그리고 그 옆에서는 고자
르가 팔짱을 끼며 웃고 있었다.

난로 곁에서 계속 부들부들 떠는 우리미나스.

그런 우리미나스에게, 리슬레이를 어깨에 태우고서 실내로 들
어온 슬레이프가 웃으며 말을 건넸다.

"이것 참, 우리미나스여. 그렇게나 춥다면 온천에 들어가면 될
텐데. 베란다에 있으니까 바로 갈 수 있지 않나."

그런 슬레이프에게 우리미나스가 시선만을 향했다.

"······욕조, 여기로 가져다주면 들어가겠다냐."

그렇게 대답하고 우리미나스는 더더욱 난로로 다가갔다.

'······잠깐만 기다려 보라냐······. 그러고 보니, 전에도 이런 대화를 나눈 기억이 있다냐······. 그때는 분명히······.'

퍼뜩 놀라며 눈을 동그랗게 뜨는 우리미나스.

시선을 고자르에게 향하자, 고자르는 팔을 뻗어 우리미나스를 안았다.

"정말이지, 어쩔 수 없는 녀석이군. 그렇다면 내가 욕조까지 옮겨주지."

난로에 찰싹 달라붙은 우리미나스를 한 손으로 가뿐히 안아 들더니, 입고 있는 옷을 차례차례 벗기기 시작했다.

"냐?! 잠깐?! 추워?! 춥다냐?! 그보다, 어째서 또 모두들 앞에서 알몸으로 벗겨져야 되는 거다냐?!"

"그야, 옷을 입은 채로는 욕조에 들어갈 수 없으니까."

"으냐?! 그, 그게 아니라."

필사적으로 저항하는 우리미나스.

하지만 저항은 공허하게, 순식간에 우리미나스가 입고 있는 옷이 벗겨져서 알몸이 되어버렸다.

자신도 옷을 벗어던진 고자르는 그대로 베란다로 향했다.

"이, 이제 시집은 못 간다냐······."

얼굴을 새빨갛게 물들이며 가슴과 사타구니를 가리는 우리미나스.

"무슨 소리냐, 넌 이미 내 아내 아닌가."

그러더니 고자르는 베란다에 설치된 온천 안으로 들어갔다.

"음, 물이 좋군. 어떠냐, 포르미나랑 고로, 그리고 발리로사도 같이 들어가지 않겠느냐."

이마까지 물에 담근 우리미나스 옆에서 고자르는 미소로 말을 건넸다.

"온천 따듯해?"

"그래, 굉장히 따듯하다고, 포르미나."

"그럼 들어갈래!"

고자르의 말에 환한 미소를 짓더니 옷을 벗어던지며 온천으로 달려가는 포르미나.

"아, 포르미나 누나가 간다면…… 나도……."

그 뒤를, 고로도 옷을 벗어던지며 따라갔다.

그런 일동을 새빨간 얼굴로 바라보는 발리로사.

"아, 아니, 그게, 뭐라고 할까…… 저, 저는 말이죠, 그게……."

팔랑팔랑 양손을 움직이며 발리로사는 당황한 목소리로 웅얼거렸다.

그런 발리로사의 모습을 알아차린 우리미나스는, 욕조 안에서 천천히 고개를 들었다.

"같은 남자의 아내잖냐…… 혼자만 치사하다냐……."

그러더니 오른손을 까딱까딱 움직여서 발리로사를 욕조로 불렀다.

"으…… 그, 그건 그렇지만…… 아, 알았어, 알았으니까, 그렇

게 노려보지 마⋯⋯."

체념한 발리로사는 얼굴을 새빨갛게 물들이며 베란다로 달려
가고, 그곳에서 옷을 벗고 온천으로 들어갔다.

이리하여 베란다의 온천은 고자르 일가가 차지했다.

고자르 일가의 즐거운 목소리를 들으며 홀리오는 미소를 지
었다.

"슬레이프 씨, 이 방에는 노천온천과는 별도로 가족 욕조도 있
지만, 오늘은 이 시설은 우리가 전세를 냈으니까, 공동 대욕탕도
빌려서 사용할 수 있을 텐데, 어떻게 할까요?"

"그렇군. 모처럼의 기회니까, 홀리오 경 가족과 함께 대욕탕을
이용하는 것도 하나의 재미일지도 모르겠군."

홀리오의 말에 미소로 끄덕이는 슬레이프.

그 말에 리슬레이는 얼굴을 새빨갛게 물들였다.

"으에에?! 파파랑 같이 들어가는 거야?!"

"왜 그러느냐, 리슬레이? 오랜만에 서로 등을 씻어주지 않겠느
냐, 핫핫핫."

"시, 싫어, 어쩐지 부끄러우니까⋯⋯."

"뭐, 그런 소리 말고! 정했다면 쇠뿔도 단김에 빼야겠지!"

"어, 자, 잠깐만 파파?!"

리슬레이를 어깨에 태우고 공동 대욕탕으로 향하는 슬레이프.

그 뒤로 갈아입을 옷을 든 빌레리가 따라갔다.

"파파, 우리도 가자!"

훌리오의 오른손을 미소의 엘리나자가 잡아당겼다.

"파파! 목욕목욕!"

왼손을 미소의 와인이 잡아당겼지만…….

"와, 와인, 벌써부터 옷을 벗으려고 하면 안 돼."

걸치고 있는 판초풍 의상을 벗어던지려던 와인을 제지하는 훌리오.

"아~, 그런가, 탈의실까지는 참아야지, 참아야지!"

옷을 다시 입은 와인은, 다시금 훌리오의 팔을 잡아당겼다.

그 뒤로, 모두가 갈아입을 옷을 든 리스가 따라갔다.

"있잖아, 아빠. 사베어도 같이 데려가도 될까?"

"응, 괜찮아. 사베어는 매일 깨끗하게 씻으니까 문제없어."

"만세! 사베어도 같이 가자."

『흐흥! 흐흥!』

가릴에게 안기며 기쁜 듯 울음소리를 높이는 혼 래빗 모습의 사베어.

방에 고자르 일가를 남기고, 훌리오 일가와 슬레이프 일가는 공동 대욕탕을 향해 이동했다.

◇ ◇ ◇

"오늘도 일 등―! 일 등―!"

탈의실에 도착하자 곧바로 옷을 벗어던진 와인은, 대욕탕 안으로 뛰어 들어가서는 그대로 욕조에 뛰어들었다.

첨버—엉!

굉장한 물보라를 일으키며 물에 잠기는 와인.

그대로 욕조 바닥에 양발을 짚은 다음.

"푸하아아아아아아아아아아아아아아."

그 자리에서 있는 힘껏 뛰어올랐다.

날개를 펴고 양팔 양다리를 있는 힘껏 뻗으며 상승.

첨버~엉!

또다시 물속으로 떨어지는 와인.

"나도나도!"

기분 좋아 보이는 와인의 모습을 본 가릴은 와인에 이어서 노천온천으로 뛰어들⋯⋯려고 하다가, 멈추었다.

"이런⋯⋯ 안 되지. 우선은 몸을 씻어야지."

욕조의 물을 퍼서 그것으로 몸을 씻은 다음에 들어갔다.

그런 가릴 곁으로, 먼저 욕조에 들어온 와인이 쏴~아 헤엄치며 다가왔다.

"가리가리 착한 아이 착한 아이!"

"와인 누나, 칭찬은 기쁘지만, 와인 누나도 제대로 씻어야지."

"에헤헤, 다음에는 조심할게, 조심할게."

혀를 날름 내밀며 가릴을 끌어안는 와인.

어릴 적에 부모를 잃은 용족 와인.

어릴 적부터 마왕군 최강 부대의 젊은 정예로 항상 최전선에서 싸우던 와인은, 가족이라는 것을 모르고 살았다.

그런 와인은, 홀리오와 리스에게 친자식처럼 사랑을 받으며 가족의 온기를 알고, 두 사람을 완전히 따르고 있었다.

그리하여 두 사람의 아이인 엘리나자와 가릴을, 자신의 친동생처럼 귀여워하는 것이다.

"저기저기 가리가리."

"응, 왜? 와인 누나?"

"가리가리는 있지…… 에리링, 좋아해? 좋아해?"

"에리링이라니, 엘리나자 누나 말이야? 그야 당연히 정말 좋아하지."

"아니~, 그게 아니라, 왜, 왜, 머리카락이 샤라락 길쭉길쭉하고, 항상 눈 밑이 어둑어둑한……."

"눈 밑이…… 어어?! 에리 씨 말이야?!"

눈 밑……. 그것은, 매일 늦게까지 격무에 시달리느라 항상 수면 부족, 눈 밑에 다크서클이 사라지지 않는 여왕 에리를 말하는 것이었다.

일단 화장으로 가리고는 있지만, 와인이나 가릴의 눈을 속일 수는 없던 것이다.

"아니, 그건 가, 갑자기 무슨 소리야, 와인 누나도 참."

얼굴을 새빨갛게 물들이며 가릴은 목소리가 뒤집어졌다.

그런 가릴의 반응을 본 와인은 히죽~ 미소를 지었다.

"우후후~. 와인도 에리링 좋아, 좋아. 가리가리랑 어울려! 어울려! 아이 기대 돼! 기대 돼!"

"으에에?! 아, 아이라니…… 와인 누나, 아무리 그래도 너무 성급하다고."

와인의 말에 얼굴을 새빨갛게 물들이는 가릴.

그런 둘의 대화를, 홀리오는 조금 떨어진 장소에서 바라보고 있었다.

"가릴의 아이인가…… 확실히 벌써 저만큼 자랐으니까, 그렇게 먼 이야기는 아닌가."

"그러면 저희는 할아버지, 할머니라는 거네요."

욕조에 잠겨 있는 홀리오에게 리스가 몸을 붙였다.

욕조에서 엿보이는 모양 좋은 가슴에, 홀리오는 그만 시선이 고정되고 말았다.

"뭐, 뭐라고 할까…… 할아버지, 할머니라고 그래도, 영 와닿지가 않는다고 할까……."

"예…… 저도, 아직 서방님의 아이를 받고 싶은걸요."

리스는 싱긋 미소 지으며 홀리오의 품에 안겼다.

팔로 전해지는 리스의 가슴 감촉에, 홀리오는 저도 모르게 뺨이 붉어졌다.

그렇게 좋은 분위기인 두 사람 옆으로, 슬레이프가 첨벙 욕조로 들어봤다.

"핫핫핫, 무서울 것 없던 말괄량이 아가씨가, 남편과 함께 사이좋게 목욕을 만끽하다니…… 나도 나이를 먹었군."

"정말이지. 과거 이야기는 그만해 달라고, 항상 그러잖아요?"

한창 좋은 분위기였는데 방해를 받은 리스는, 입술을 삐죽이며 슬레이프를 노려봤다.

"뭐, 그런 소리 마라, 리스여. 일찍이 마왕이었던 고자르 경, 측근이었던 우리미나스, 마왕군 사천왕이었던 나, 차기 사천왕 후보라고 일컬어지던 리스……. 사정은 제각각이지만, 다들 마왕군을 떠나고, 그리고 홀리오 경 곁에 모인…… 참으로 신기한 인연 아닌가……. 그렇게 생각하지 않나?"

"……그러네요, 그건 부정하지 않을게요."

리스는 슬레이프의 말에 끄덕이더니 홀리오의 팔을 또다시 끌어안았다.

그런 둘에게, 평소의 시원스러운 미소를 향하는 홀리오.

그곳으로 와인이 쏴아~ 헤엄치며 다가왔다.

"파팡, 등을 씻어줄게, 줄게!"

"어, 괜찮아 와인, 내가 할 수 있으니까."

"괜찮아 괜찮아, 마망도! 마망도!"

"어, 저도?"

와인에게 손을 붙들려서 씻는 곳으로 이동하는 홀리오와 리스.

"으랴~! 깨끗이! 깨끗이!"

두 사람을 목제 의자에 앉히더니 와인은 목욕용 수건 두 장에 거품을 내고 나란히 앉아 있는 홀리오와 리스의 등을 씻었다.

"아~! 와인 언니, 치사해! 나도 할래!"

그러자 리슬레이와 대화를 나누며 물에 잠겨 있던 엘리나자가 황급히 달려왔다.

"마망의 등을 와인이 씻을게! 씻을게!"

"그럼, 내가 파파의 등을 씻겨 줄게!"

엘리나자는 와인에게서 수건 한 장을 넘겨받았다.

"영차! 영차!"

그것을 훌리오의 등에 대고, 즐겁게 구호를 맞추며 씻기기 시작했다.

"영차! 영차!"

그 옆에서 와인도 리스의 등을 씻겼다.

"영차! 영차!"

어느샌가 두 사람은 목소리를 맞추며, 함께 훌리오와 리스의 등을 씻고 있었다.

엘리나자에게 등을 맡기고서 미소를 짓는 훌리오.

그 옆에서 리스도 미소를 짓고 있었다.

"아무래도 저는 오늘도 서방님의 등을 씻겨주진 못할 것 같네요."

"뭐, 그건 그것대로 괜찮지 않을까."

리스에게 미소를 향하는 훌리오.

그곳으로 이번에는 가릴이 달려왔다.

"그럼 난 아빠의 머리를 감겨 줄게!"

"자, 잠깐만 가릴, 아무리 그래도 그건……."

"괜찮아 괜찮아!"

그러더니 가릴은 놓여 있던 샴푸를 호쾌하게 훌리오의 머리에 뿌렸다.

너무나도 양이 많았기에, 홀리오의 머리카락은 순식간에 거품 투성이가 되었다.

홀리오는 눈 주위로 작은 방어 마법을 전개하여 샴푸가 눈에 들어가는 것을 막았다.

'……그러고 보니, 지난번에도 이렇게 됐던가…….'

가릴이 마구 머리를 감겨주는 가운데, 홀리오는 쓴웃음을 지었다.

그런 홀리오 가의 모습을 가만히 바라보던 슬레이프는, 그 시선을 천천히 리슬레이에게 향했다.

그 시선 앞의 리슬레이는 조금 전까지 엘리나자와 대화를 나누며 욕조에 몸을 담그고 있었지만, 지금은 어머니인 빌레리 옆에서…… 마치 슬레이프에게서 숨듯이 목욕 중이었다.

그런 리슬레이를 발견한 슬레이프가 천천히 다가갔다.

"리~슬레~이, 나랑 같이 서로 등 씻겨주지 않을래~?"

"시, 싫어, 어쩐지 부끄러우니까……."

"그런 말 하지 말고, 최근에는 집에서도 아이들끼리만 목욕하니까, 나, 쓸쓸하구나. 그러니까 적어도 이럴 때 정도는 괜찮지 않겠느냐!"

"아니, 우와?! 욕조 안에서 안아 들지 말라니까?!"

갑자기 리슬레이를 안아 들더니 목말을 태우는 슬레이프.

슬레이프는 리슬레이를 어깨에 얹은 채로 씻으러 갔다.

"자, 잠깐만, 파파도 참?! 부끄러우니까 내려달라니까."

얼굴을 새빨갛게 물들이며 슬레이프의 머리를 퍽퍽 때리는 리슬레이.

　그런 리슬레이를 신경 쓰지도 않고, 목적지에 도착한 슬레이프는 리슬레이를 의자 위에 내려놓았다.

　"자, 리슬레이여, 내가 등을 씻겨줄 테니까."

　"어, 돼, 됐어, 됐다고…… 내가 할 수 있으니까."

　"핫핫핫, 뭐, 그런 소리 말아라."

　부끄러워하는 리슬레이.

　그런 리슬레이의 등을, 슬레이프를 거품 낸 수건으로 기쁜 듯 씻겼다.

　"……리슬레이여, 태어나 줘서 정말로 고맙구나."

　살며시, 속삭이는 슬레이프.

　그 말을 들은 리슬레이는 더욱 얼굴을 붉혔다.

　'……정말이지, 파파도 참…… 그런 말을 들으면, 싫어할 수가 없잖아…….'

　그 후, 리슬레이는 새빨간 얼굴 그대로 슬레이프에게 등을 맡겼다.

　그런 두 사람을 빌레리는 미소로 바라봤다.

　그날 밤, 식사를 마치고 큰방에 모여 잠든 훌리오 일행.

　그런 가운데, 훌리오는 천천히 눈을 뜨더니 모두가 깨지 않도록 조심스럽게 방 밖으로 나갔다.

'……뭘까, 이 감각. 마력을 가진 무언가가 설산을 돌아다니는 것 같은데…….'

상시 탐색 마법을 전개하고 있는 훌리오.

그것은 고자르나 히야, 다말리나세도 마찬가지지만…….

'이 마력…… 이 세계의 것이 아닌 데다가, 교묘하게 기척을 은폐하고 있어…….'

눈이 내리는 설산, 자신 주위에 방벽 마법을 전개하며 떠올라서 이동하는 훌리오.

스키장에서 삼림 지대로 이동하자…….

덜그럭…… 덜그럭…….

희미하게, 뼈가 삐걱대는 것 같은 소리가 훌리오의 귀에 들렸다.

자신에게 다시금 은폐 마법을 건 다음, 훌리오는 소리가 들리는 쪽으로 이동했다.

"……응?"

그 시선 앞으로 묘한 물체가 모습을 드러냈다.

스켈레톤 같은 물체가 탐색 마법을 전개하며 숲속을 이동하는 것이었다.

'……저 스켈레톤 같은 물체…… 아무래도 이 세계의 존재가 아닌 것 같은데…… 굳이 따지자면, 반신 반해골 상태로 변했을 때의 타니아에 가깝다고 할까…….'

훌리오가 그런 생각을 하는데,

"……훌리오 님이십니까?"

그곳에서, 공중 부유를 하며 모습을 드러낸 타니아가 놀란 표정을 지었다.

"타니아도 이 반응을 알아차렸어?"

"예…… 그렇습니다."

"참고로, 저게 뭔지 알겠어?"

"그렇군요……. 제 기억에는 단편적으로 결손이 있습니다만……
저것이 무엇인지는 기억하고 있습니다. 신계의 사역마인 『스컬에
이프』입니다."

"스컬에이프?"

"예, 신계의 사도가 사역하는 사역마의 일종입니다. 사고를 지
니지 않고, 튼튼한 골격뿐인 생물이지만, 그 뇌에 명령 마법을 흘
려 넣으면 명령 그대로 행동하는 겁니다."

"그렇다는 건…… 이 스컬에이프는, 무언가 명령을 받고서 행
동한다는 건가……."

"아무래도 그런 모양입니다."

훌리오와 타니아가 그런 대화를 나누는 사이, 스컬에이프는 천
천히 훌리오를 돌아봤다.

"응?"

훌리오는 의아하게 고개를 갸웃거렸다.

스컬에이프는 그런 훌리오를 향해 똑바로 다가오기 시작했다.

"어? 이 스컬에이프…… 나를 향해서 오는 것 같은데……."

반사적으로 오른손을 뻗어서 마법진을 전개했다.

곧바로 중력 마법이 전개되어 스컬에이프는 눈 위로 쓰러졌다.

훌리오가 만들어 낸 중력장에 붙잡힌 스컬에이프는, 눈에 파묻

힌 상태로 더는 꼼짝도 하지 않았다.

그 광경에 타니아는 박수를 쳤다.

"훌륭하십니다, 훌리오 님……. 이 스컬에이프, 겉모습은 **뼈만** 있는 존재라서 쉽게 얕보고는 합니다만, 설령 몸을 반으로 쪼개더라도 명령을 수행하려고 하는, 깊은 집념도 갖추고 있기에. 이렇게 완전히 움직이지 않게 만드는 것은 무척 힘들다고 할까……."

"어? 그, 그렇구나……."

깜짝 놀란 표정을 짓는 훌리오.

그런 훌리오 앞에서 타니아는 스컬에이프 앞으로 걸어갔다.

"목적은 모르겠지만, 훌리오 님께 맞섰으니 이 자리에서 파괴해 버리죠."

오른손을 휘두르자 그곳에 거대한 낫이 출현했다.

타니아는 그 낫을 크게 들었다.

"저기, 타니아……."

"예, 왜 그러십니까?"

"소박한 의문인데 이 스컬에이프, 명령을 해제할 순 없을까?"

"명령 해제 말씀이십니까?"

"응. 요전에, 재앙의 용을 포박했는데 말이지, 그 몬스터의 시체를 써서 이 세계에서는 생성이 곤란한 무기나 약을 만들 수 있는데…… 이 스컬에이프도 마찬가지로 이용할 수는 없을까, 싶어서."

"그렇군요……. 누군가의 사념체가 섞여 있을 경우에는 파괴할 수밖에 없겠지만, 명령 마법이 들어 있을 뿐이라면……."

낫을 등에 지고 오른손을 스컬에이프의 뒤통수에 댔다.

"……아무래도 명령 마법이 들어 있을 뿐인 것 같습니다."

타니아는 그러더니 작게 영창했다.

그러자 스컬에이프의 머리가 빛을 발하고, 이윽고 빛을 잃었다.

그때 스컬에이프의 머리 위에 『명령 해제』라는 글자가 한순간 떠오르고, 사라졌다.

"이것으로 이 스컬에이프는 움직일 수 없습니다. 이제 중력 마법을 해제하셔도 괜찮습니다."

타니아의 말에, 사용하던 중력 마법을 해제했다.

타니아가 말했다시피, 스컬에이프는 쓰러진 채로 꿈쩍도 하지 않았다.

훌리오는 스컬에이프를 마법 주머니 안에 수납했다.

"이 스컬에이프는, 명령 마법을 원거리에서 보낼 수는 있을까?"

"불가능할 것도 없습니다만, 훌리오 님께서 가지신 마법 주머니라면 마법 효력 무효화가 걸려 있으니까 문제없지 않을까 합니다."

"그런가…… 그럼, 작업할 때에도 방에 마법 효력 무력화를 걸어두면 괜찮다는 거네."

"예, 그것으로 문제없지 않을까요."

훌리오의 말에 타니아가 끄덕였다.

훌리오는 마법 주머니 안에 스컬에이프를 보존할 수 있는지를 확인하고는 또다시 공중으로 몸을 띄웠다.

"그럼 타니아, 숙박 시설로 돌아갈까."

"예, 훌리오 님."

훌리오가 비행하자 타니아도 그를 뒤따랐다.

숲속에는 스컬에이프가 눈에 파묻혔던 흔적만이 남겨졌다.

◇같은 시각 아룬프스 산맥의 산속◇

숲속에서 여자들 몇 명이 걸음을 멈추었다.

"어, 어떻게 된 거야? 스컬에이프의 반응이 소실되었다니……."

"소실이라니 무슨 소리지? 스컬에이프를 파괴할 수 있을 정도의 마력을 가진 자가 이 세계에 있다고 여겨지지는 않는단……."

"하지만…… 재앙의 용의 미약한 반응을 감지하여 이동을 개시하더니 금세……."

이 여자들, 인간족의 모습을 하고 있지만 신계의 사도들이다.

수개월 전, 재앙의 용을 이송 중에 놓치는 바람에, 그 후의 흔적을 추적하여 클라이로드 세계로 찾아온 것이었다.

……하지만 전혀 행방을 찾을 수 없었기에, 사도 하나가 소지하고 있던 스컬에이프에게, 『재앙의 용을 찾아라』라는 명령 마법을 넣고 탐색을 맡긴 것이었다.

"스컬에이프라면, 우리가 감지할 수 있는 마력보다도 미약한 마력을 감지할 수 있으니까 풀어놓았는데……."

"실제로 예상되는 반응을 감지하면서, 그걸 쫓고 있던 모양입니다만……."

사도들은 서로 얼굴을 마주 보았다.

그들의 얼굴에는 다들 곤혹스러운 표정이 드리워 있었다.

"……어, 어쨌든, 스컬에이프의 반응이 끊어진 곳 부근을 탐색하자."

"그렇군요……. 수단은 그것밖에 남지 않았으니……."

"……이제는 차라리 재앙의 용을 놓쳤다고 신계의 여신님께 보고하는 건……."

"멍청하긴! 그런 짓을 해봐라……. 우리는 전원 사도의 자격을 박탈당하고, 지하 세계 도고로구마의 관리 담당이 되어버린다고."

"도, 도고로구마만큼은……."

"그렇기에, 어떻게든 재앙의 용을 찾아내는 것이야. 우리가 신계의 사도로서 앞으로도 활동하려면, 이제는 그것밖에……."

다들 새파란 얼굴로 숲속을 탐색하는 신계의 사도들.

재앙의 용이 훌리오에게 퇴치되었다고는 꿈에도 생각하지 못하고서…….

◇다음 날 아침 아룬프스 산맥 스키장◇

아침식사를 마친 훌리오 일행은, 이날도 곧장 스키장으로 나섰다.

"오늘 저녁에는 돌아갈 테니까, 오늘은 제대로 놀자."

"파팡, 맡겨줘! 맡겨줘!"

훌리오의 말에 여전히 평소의 판초풍 상의 한 벌뿐인 와인이 미소로 오른손을 들었다.

그런 와인의 모습을, 이쪽은 여전히 굉장한 양의 옷을 잔뜩 입은 우리미나스가, 부들부들 몸을 떨며 곁눈질로 바라봤다.

"으냐. 이런 추위에, 어떻게 저런 모습으로 괜찮은 거냐……."

그런 우리미나스 곁으로, 걱정스러운 표정의 발리로사가 다가왔다.

"우리미나스 경……. 무리하지 말고 방에 따듯이 있으면 될 텐데……. 아이들은 내가 책임을 지고 돌볼 테니까."

"……뭐, 모처럼 왔으니까. 게다가, 포르미나도 즐거워 보이니까, 그 모습을 봐줘야지……. 여하튼, 포르미나는 성장이 빠르니까 말이다냐."

"아, 확실히…… 그 기분, 잘 알겠어."

우리미나스의 말에 미소로 끄덕이는 발리로사.

"뭐야. 추운 것이냐, 우리미나스여."

그런 우리미나스의 모습을 깨달은 고자르가 미소를 지으며 다가왔다.

그러자 퍼뜩 놀란 우리미나스가 발리로사를 방패로 삼아 그녀의 뒤로 몸을 감추었다.

"지난번에도 그렇게 다가와서는, 또 경사면으로 던졌다냐! 이번에는 그렇게 두지 않겠다냐!"

"음? 하지만 지난번에도 굴러 내려가서 따듯해졌을 텐데?"

"샤아―! 절대로 거절하겠다냐!"

사이에 발리로사를 두고서 말다툼을 벌이는 고자르와 우리미나스.

"정말이지…… 저 두 사람은 또 싸우고 있네."

"뭐, 싸울 만큼 사이가 좋다고도 할 수 있고."

리스의 말에 쓴웃음 지으며 대답하는 홀리오.

그때였다.

"여러분, 안녕하세요!"

기운찬 목소리를 높이며 홀리오 일행에게 다가온 것은, 겨울용 코트를 입은 여왕 에리였다.

여왕임이 알려지지 않도록 서민적인 방한복을 입은 에리.

그녀의 주위에는 성의 기사단원인 볼라리스나 마크타로가, 비슷한 차림으로 에리를 따르고 있었다.

"아, 에리 씨. 무사히 오셨군요."

어젯밤, 성의 연락으로 『여왕은 공무가 바빠서 가실 수 없습니다』라는 연락을 받았던 홀리오는, 생각지도 못한 에리의 방문에 미소를 지어 맞이했다.

"예, 이것도 홀리오 님 덕분이에요."

"제 덕분?"

"예, 전날 주신 일곱 빛깔의 회복약, 그걸 사용했더니 수면 부족도 전부 사라져서, 쌓여 있던 공무를 하룻밤에 전부 해치울 수 있었거든요. 그건 그렇고 정말로 굉장한 효능이네요, 그 회복약! 이렇게나 기분이 상쾌해진 건 오랜만이에요."

언제나 격무에 쫓기는 에리는, 항상 수면 부족 상태로 일을 하며 눈 밑에 언제나 짙은 다크서클이 있었다.

……하지만 지금의 에리는, 피부는 매끈매끈하고 눈 밑에도 다크서클은 없었다.

그런 에리를, 홀리오는 쓴웃음 지으며 바라봤다.

'으음, 회복했다고 철야로 일을 해버리면…… 또 반동으로 피로가 쌓이지는 않을까…….'

마음속으로는 그런 생각을 하면서도,

"모쪼록 무리하진 마세요."

진심으로 기뻐하며 미소 짓는 에리에게, 그런 말을 건네는 것이 고작이었다.

훌리오와 에리가 그런 대화를 나누는 사이.

"아, 에리 씨다!"

에리의 방문을 알아차린 가릴이 미소로 달려왔다.

"가릴 군, 안녕하세요."

"에리 씨, 안녕. 오늘은 같이 지낼 수 있어?"

"예, 바쁜 일을 마쳤으니까 괜찮아요."

"우와! 만세!"

에리의 말에 무심코 펄쩍 뛰는 가릴.

그 동작은 나이에 걸맞았지만…….

'……가, 가릴 군도 참…… 정말로 남자다워졌다고 할까…….
요전에 집에서 만났을 때에는 알아차리지 못했는데…… 키가, 이미 저만큼이나 크고 생김새도 단정하게…….'

눈앞의 가릴에게 무심코 빠져들고 마는 에리.

얼굴을 붉히며 멍하니 가릴을 계속 바라봤다.

"……리 씨? 에리 씨?"

"아, 예?!"

가릴이 부르는 것을 한동안 깨닫지 못했던 에리는, 정신을 차리고는 갈라진 목소리로 급히 대답을 했다.

"에리 씨, 괜찮아? 어쩐지 빨개졌는데, 춥진 않아?"

가릴은 자신의 양손으로 에리의 뺨을 감쌌다.

필연적으로 가릴의 얼굴이 에리의 얼굴 가까이 접근했다.

'……우, 우와?! 가, 가릴 군의 얼굴이, 이, 이렇게나 가까이…….'

"저저저저저기…… 이이이이제 괜찮다고 할까요…… 예, 저기, 뜨거울 정도가 되었으니까까까……."

얼굴에 더해 목까지 붉히며 뒤집어진 목소리를 높였다.

"확실히 괜찮은 것 같네. 그럼, 다 같이 놀자."

"아, 예, 기꺼이."

에리는 가릴에게 손을 잡힌 채, 손을 흔들고 있는 엘리나자나 와인에게 걸음을 옮겼다.

"저, 저기, 에리, 씨, 모쪼록 무리하진 마세요. 우리 아이들은 기운이 조금 과하니까……."

"맡겨주세요. 이래 봬도 체력에는 조금 자신이 있어요."

걱정하는 홀리오에게 미소로 대답하는 에리.

'……정말로 괜찮을까…….'

걱정스러운 표정을 지으며 에리의 뒷모습을 바라보는 홀리오였다.

"서방님, 기사들도 같이 갔으니까, 걱정할 것 없다고 생각해요."

리스의 말대로, 에리의 뒤를 기사단의 브릴리언과 그의 부하 여기사들이 따르고 있었다.

"응, 그렇다면 좋겠는데……."

리스의 말에 끄덕이면서도 어딘가 불안한 기분을 씻어낼 수 없는 훌리오였다.

◇ ◇ ◇

"소개하지, 이 아이가 딸 리슬레이다."

에리와 동행한 마크타로에게 리슬레이를 소개하는 슬레이프.

전직 마왕군 사천왕이었던 슬레이프와 클라이로드 마법국 기사단장인 마크타로는, 서로 군대를 이끌고 몇 번이나 검을 맞댄 전우였다.

서로의 역량을 인정하던 둘은, 슬레이프가 마왕군을 그만두고 훌리오 가에서 살기 시작하자 친구로서 교류하던 것이다.

"안녕, 리슬레이. 나는 마크타로. 아버지의 친구다."

"처음 뵙겠습니다, 마크타로 씨. 전 리슬레이에요."

마크타로 앞에서 깊이 머리를 숙이며 인사하는 리슬레이.

"예의 바른 아이구나. 그리고 빌레리와도 무척 닮았어. 잘 됐군, 너랑 닮지 않아서."

"핫핫핫, 참으로 그렇지."

마크타로의 말에 크게 웃는 슬레이프.

리슬레이를 안아 들고 뺨을 비비는 슬레이프.

"설마 이 나이가 되어서 아이를 얻을 줄은 몰랐다고. 나는, 리슬레이를 위해서라면 무슨 일이든 할 생각이다."

"파파, 그럼 부탁이 있어."

"갑작스럽구나, 리슬레이."

"저기…… 이제 좀 치덕치덕하는 걸 그만뒀으면 좋겠는데…….

특히 많은 사람들 앞에서는……."

뺨을 붉히며 리슬레이는 슬레이프에게 그렇게 말했다.

그런 리슬레이를 보고 슬레이프는 고개를 갸웃거렸다.

"흐음…… 확실히 뭐든 할 생각이라고 그랬다만…… 그건 좀 어려운 부탁이구나."

"이것 참, 슬레이프. 그럼 안 되잖아?"

"어쩔 수 없어, 리슬레이가 너무 귀여우니까 말이야."

그러더니 또다시 리슬레이에게 뺨을 비비는 슬레이프.

……다만 평소보다 조금 짧은 것 같다는 느낌이 없지도 않은 리슬레이였다.

반나절 후…….

"에리링, 괜찮아? 괜찮아?"

와인은 쪼그려 앉으며 에리를 바라봤다.

그런 와인의 눈앞에서, 에리는 눈 위에 큰대자로 쓰러져 있었다.

씨익씨익 거친 숨을 내쉬며 하늘을 올려다봤다.

와인에게 『괜찮아요』라고 말하려 했지만, 거친 호흡이 방해가 되어 한마디도 할 수가 없었다.

이날, 가릴과 엘리나자, 와인과 함께 눈싸움을 즐기던 에리.

처음에는 나름대로 선전하던 에리였지만, 서서히 움직임이 둔해지고…… 끝내는 한 발짝도 움직일 수가 없게 되어버린 것이었다.

'……이, 이상하네요…… 이, 이럴 리가…….'

그런 에리 곁으로 가릴이 달려왔다.

"에리 씨, 괜찮아? 숙소까지 데려다줄게."

그러더니 에리의 무릎과어깨쪽으로 손을 넣어 안아 올렸다.

'……잠깐?! 이, 이건…….'

그 시추에이션에 에리는 온몸을 새빨갛게 물들였다.

『걸을 수 있으니까요』라고 말하려던 에리…….

'하, 하지만…… 이, 이건 이것대로…….'

가릴에게 공주님 안기로 안긴 기쁨을 느끼고, 말을 삼켰다.

'저, 저기…… 가, 가릴 군의 목에 손을 두르면…… 여, 역시 이상할까…….'

이런저런 생각을 하면서도, 에리는 손가락 하나 움직이지 못했다.

"에리 씨, 괜찮아?"

에리가 그런 생각을 한다고는 꿈에도 모르는 가릴은 이따금 에리에게 말을 건네며, 흔들리지 않도록 조심하며 그녀를 옮겼다.

그 후, 한동안 숙소에서 휴식한 에리는, 홀리오의 회복약을 마시고는 순식간에 회복되었다.

"……이 회복약, 정말로 굉장하네요, 순식간에 피로가 풀리는 것만이 아니라 기운이나 기력까지 충만해진다고 할까……."

막 비운 병을 바라보며 에리는 눈을 동그랗게 떴다.

"저기, 홀리오 님, 이 회복약을 홀리스 잡화점에서 판매하실 때에는, 모쪼록 소식을 전해주세요. 저, 반드시 구입할 테니까요."

진지한 눈빛으로 홀리오에게 매달렸다.

"알겠어요, 꼭 알릴 테니까요…… 아, 그리고, 시험 삼아 만든 게 좀 더 있으니까……."

그런 에리에게 홀리오는 시원스럽게 답했다.

"꼭! 꼭 받고 싶어요!"

홀리오가 마법 주머니로 손을 뻗자 에리는 곧바로 양손을 내밀었다.

"아, 그렇지."

에리에게 회복약은 건넨 홀리오는, 옆에 서 있던 타니아에게도 회복약을 건넸다.

"타니아도, 항상 집안일이나 가게 일을 열심히 해주니까 한 병 줄게."

"세상에…… 이런 귀중한 약을 메이드인 제게 주시다니……."

회복약 병을 받아들더니 타니아는 그 자리에서 깊이 머리를 숙였다.

그리고 그대로, 그 병을 가슴 계곡에 끼웠다.

"저, 저기 타니아…… 어, 어디에 넣는 거야?"

"아, 예, 여기가 제 수납 창고의 출입구라서…… 보시겠습니까?"

그러더니 가슴께를 양손으로 확 열어젖혔다.

그 탓에 타니아의 가슴 계곡이 홀리오에게 훤히 드러나 버렸다.

"어, 아, 아니…… 그, 그런 건 됐으니까…… 아니, 그보다, 그런 곳에 입구가 있다니, 아무래도 불편하진 않아?"

"아뇨, 저는 딱히……?"

홀리오의 말에 태연한 태도로 대답하는 타니아.

무슨 일에도 동요하지 않는 타니아를 앞에 두고, 제아무리 홀리오라도 그만 허둥지둥하고 말았다.

저녁때…….

"다들, 잊은 건 없지?"

"예, 괜찮아요 파파!"

"나도 괜찮아."

"와인도 괜찮아, 파팡."

홀리오의 말에, 손에 든 짐을 확인하며 대답을 하는 홀리오 가 멤버들.

이날, 해가 기울기 시작할 때까지 설산을 만끽한 홀리오 일행.

모두 돌아갈 채비가 갖추어진 것을 확인한 홀리오는, 숙소 입구에 서 있는 에리에게 시선을 향했다.

"이번에는 여러모로 편의를 봐주셔서 정말 감사합니다."

"당치도 않아요, 홀리오 님 덕분에 이 세계가 구원받았다고 해도 과언이 아닌걸요……. 오히려 좀 더 답례를 할 수는 없을까,

그렇게 생각해요."

훌리오의 말에 진지한 표정으로 대답을 하는 에리.

'……전설에나 나오는 재앙의 용을 간단히 퇴치한 것만이 아니라, 그것을 소재로 굉장한 효능의 회복약까지 만드신걸요…….'

훌리오와 대화를 나누는 에리.

그곳으로, 가릴이 미소로 달려왔다.

"에리 씨, 오늘은 엄청 즐거웠어."

미소로 그렇게 말하더니 가릴은 오른손을 내밀었다.

"예, 가릴 군. 저도 무척 즐거웠어요."

에리도 미소를 짓더니 가릴이 내민 오른손을 맞잡았다.

미소로 악수를 나누는 둘.

그곳으로, 와인이 미소로 달려왔다.

"아하하, 역시 가리가리, 에리링을 좋아해! 좋아해!"

와인은 즐겁게 가릴을 끌어안았다.

"뭐, 어때…… 에리 씨, 다정하고 미인인걸."

그러자 그런 와인에게 가릴은 뺨을 붉게 물들이며 말했다.

"……예?"

갑자기 칭찬을 받은 에리는, 손을 뻗은 채로 그 자리에 굳어 버렸다.

"가릴, 와인, 슬슬 돌아갈까."

전이 문 쪽으로 이동한 훌리오가, 에리 앞에서 장난을 치는 가릴과 와인에게 말을 건넸다.

"파팡, 알았어! 알았어!"

"그럼 에리 씨, 또 봐!"

가릴은 에리를 향해 손을 흔들더니, 훌리오 곁으로 달려가는 와인을 뒤따랐다.

'그, 그러니까…… 다, 다정하고, 미, 미인……?'

에리의 머릿속에서는 가릴의 말이 몇 번이고 계속 되풀이되었다.

그런 에리와, 그 주위를 경계하는 마크타로나 볼라리스 일행 앞에서 전이 문이 닫히고, 이내 사라졌다.

◇……그 무렵의 금발 용사 일행◇

아룬프스 산맥 일각.

"으~랴아!"

거대한 눈덩이를 품어든 독슨이 그것을 내던졌다.

"싫어라, 정말! 지지 않아!"

그 눈덩이를, 밸런타인은 가볍게 점프하고 오른발로 걷어찼다.

독슨의 괴력으로 굳힌 눈덩이는, 그 발차기에 둘로 쪼개져서 그대로 수직 낙하했다.

그 파편을 간발의 차이로 피하는 금발 용사와 츠야.

"저, 정말이지……. 아무리 밸런타인이 오랜만에 설산에 왔다고 해도, 이건 지나치게 들떴어!"

"그러네요~. 하마터면 둘로 쪼개질 참이었으니까요오."

"네, 조심할게요! 그럼 독슨, 다음은, 내가 이 판자에 탈 테니까, 네가 끌어줘."

"이, 이봐, 밸런타인…… 조금 전부터 나한테만 힘쓰는 일을 시키는 거 아닌가?"

"어머, 그런 말 하지 말고. 오랜만에 여기 올 수 있어서 엄청 기쁘니까."

밸런타인은 만면의 미소를 지으며 나무판자에 타고, 손에서 방출한 사악의 실을 독슨에게 던졌다.

"예예, 알았어 알았어. 그럼 잡아당길 테니까, 판자를 단단히 붙잡으라고."

"네!"

밸런타인의 대답을 확인하고, 사악의 실을 잡아당기며 독슨을 눈 위를 달렸다.

밸런타인을 태운 판자가 독슨의 속도에 맞추어서 점점 빨라졌다.

"모두와 이 세계를 잔뜩 돌아다녔지만, 역시 이 설산이 최고로 좋아! 이 썰매가 정말 좋아!"

평소에는 요염한 미소가 끊이지 않는 밸런타인.

그런 밸런타인은, 설산에 도착하자마자 마치 어린아이처럼 잔뜩 신이 났다.

일찍이 클라이로드 세계를 멸하고자 사계에서 이 세계로 찾아온 밸런타인.

그러나 이 설산에서 눈 놀이를 즐기며, 『이 세계를 좀 더 즐기고 싶어』라고, 진심으로 생각한 밸런타인은, 사계와 클라이로드 세계를 잇는 게이트를 폐쇄하고 이 세계에서 사는 것을 선택했다.

'……아아, 역시 이 세계에서 사는 걸 고르길 잘 했어…….'

밸런타인은 바람을 가르는 감각에 환희의 목소리를 높이며, 어린아이처럼 신이 났다.

"……저렇게까지 기뻐하니, 데려오길 잘했다는 생각이 드는군."

"그러네요~, 어쩐지 저까지 즐거워져요~."

그런 밸런타인의 모습을, 미소로 바라보는 금발 용사와 츠야.

그곳으로 숲속에서 리리안주가 달려왔다.

"금발 용사님…… 무언가 옵니다."

"음……."

리리안주의 말에 후방으로 시선을 향하는 금발 용사.

그 시선 끝, 상공에 큰 까마귀 한 마리의 모습이 있었다.

"……어라~? 저 까마귀의 뒤에, 뭔가 있네요~……."

하늘을 올려다본 츠야가 의아한 듯 소리를 높였다.

그 말대로, 큰 까마귀를 따르듯이 커다란 날개를 퍼덕이는 무언가가 있었다.

그것은 천천히 강하하기 시작하고, 이윽고 독슨 앞에 내려섰다.

"너, 너는…… 후훈인가?"

자신 앞에 한쪽 무릎을 꿇고 공손히 머리를 숙인 여자를 바라보며, 독슨은 미간에 주름을 지었다.

"마왕 유이가드 님……. 저 후훈, 당신을 계속 찾고 있었습니다. 그리고 지금, 저의 직감에 따라 마침내 이렇게 재회할 수 있어……."

까악~! 까악, 까악~!

후훈의 말을 가로막고, 『내가 데려다주지 않았다면 평생 다다르지 못했을 텐데』라고 그러듯이, 후훈의 뒤통수를 마구 쪼아대는 큰 까마귀.

"아, 아파요, 아프다고요, 큰 까마귀?! 확실히 여기까지 안내해 준 건 당신이지만, 그런 당신을 믿자고 결정한 제 직감이 말이죠……."

까악, 까악~! 까악~!

말을 잇는 후훈에게 『그러니까 그건 내 덕분이라는 거야!』라고 그러듯이, 후훈의 뒤통수를 마구 쪼아대는 큰 까마귀.

"뭐…… 뭘 하는 것이냐, 저 여자와 까마귀는……."

"글쎄~ 잘 모르겠어요~……."

큰 까마귀와 말다툼을 벌이는 후훈을 바라보며, 금발 용사와 츠야는 고개를 갸웃거렸다.

잠시 후…….

"……유이가드 님, 저와 함께 마왕성으로 돌아가시죠."

오른손 검지로 패션 안경을 꾹 밀어 올리며, 후훈은 독슨에게 바싹 다가갔다.

그런 후훈의 말에 독슨은 말문이 막혔다.

"……그렇군……."

간신히, 그렇게 한마디 입에 담더니, 천천히 일어섰다.

"이래저래 어중간한 상태로 내동댕이쳤으니…… 마무리를 내야만 하겠군."

"그, 그럼……."

"……그래, 마왕성으로 돌아가겠다."

"가, 감사합니다. 마왕 유이가드 님."

깊이 머리를 숙이는 후훈.

그 모습을 확인한 독슨은 금발 용사에게 시선을 향했다.

"……금발…… 오랫동안, 신세를 졌군."

"무슨 소리냐. 너는 앞으로도 내 동료 아니냐. 그런 인사를 할 필요 없다."

"금발……."

크게 끄덕이는 금발 용사.

그런 금발 용사 앞에서 독슨은 필사적으로 눈물을 참고 있었다.

"……그럼, 갈게."

"그래, 몸 조심해라."

짧은 대화를 나누고, 독슨은 하늘로 날아올랐다.

후훈과 큰 까마귀가 그를 뒤따랐다.

고속으로 날아가는 그들의 모습은, 순식간에 구름 사이로 사라졌다.

그 뒷모습을 금발 용사, 츠야, 밸런타인, 리리안주 네 사람은 가만히 바라보고 있었다.

"……자, 그럼 이만 갈까."

"어디로 가나요~."

"아니, 어…… 어쩐지 좋지 않은 예감이 들어서 말이다……."

그러더니 금발 용사는 독슨이 사라진 방향으로 향해 빠른 걸음으로 나아가기 시작했다.

그 뒤를 다른 이들이 허둥지둥 쫓아갔다.

◇호우타우 훌리오 가◇

"안녕하세요~."

아침식사를 마치고 얼마 후, 훌리오 가의 현관을 노크하는 소리와 함께 활기찬 아이들의 목소리가 울렸다.

"예~."

아침식사 뒷정리를 하던 리스는 큰소리로 대답하고는 우선 계단 쪽으로 향한 뒤.

"엘리나자, 가릴, 친구들이 마중 왔어."

2층 쪽으로 한마디 건네고는 현관으로 이동했다.

리스가 현관문을 열자 그곳에는 아이들 다섯이 서 있었다.

사리나.

아이리스테일.

레이나레이나.

렙터.

사지타.

엘리나자와 가릴의 동급생들이었다.

학교에서 항상 엘리나자와 가릴과 함께 행동하는 그들은, 최근에는 매일 아침 이렇게 엘리나자와 가릴을 마중 오게 되었다.

항상 보는 아이들의 모습을 확인하고 싱긋 미소를 짓는 리스.

"다들, 항상 마중을 와줘서 고마워. 둘 다 곧 올 테니까 조금만 기다려 줘요."

그 말에 사리나는 한 걸음 앞으로 나오더니 애교 있는 미소를 짓고,

"아뇨아뇨, 친구인걸요. 통학 도중에 소중한 친구 마중을 오는 건 당연한 일이에요링."

그 말과 동시에 깊이 머리를 숙였다.

그런 사리나의 안면에 아이리스테일은 고양이 인형을 밀어 붙였다.

"므규……."

『뭐가 통학 도중이야, 너희 집은 반대 방향이잖아? 굳이 멀리 돌아서 가릴 군이랑 가릴 마마의 환심을 사려고 하다니, 너무 필사적이라 질릴 지경이야~라고, 아이리스테일도 말해.』

인형 입을 뻐끔거리며 복화술처럼 입을 다문 채로 말을 꺼내는 아이리스테일.

"섯~~~~~업링!"

사리나는 굉장한 기세로 인형을 밀어젖히더니 아이리스테일에게 얼굴을 가져다 댔다.

"알겠어? 사리나는 어디까지나 친구로서, 친구를 부르러 왔을 뿐이다링. 그 이상도 그 이하도 아니다링……. 다만 결과적으로 가릴 님 어머님의 환심을 사서『장래에 가릴의 아내는 모쪼록 사리나를』같은 말을 듣고 말지도 모르겠지만, 그건 어디까지나『결과적으로』인 거야링. 결코 그것을 노린 게 아니다링. 그거, 틀리

면 안 된다링."

눈을 부릅뜨며 단숨에 쏟아냈다.

그런 사리나에게 사지타가 다가갔다.

"자, 잠깐만 사리나. 네 약혼자는 나잖아. 그런데 가릴 어머니의 환심을 사려고 하다니……."

"셧~~~~~업링!"

이번에는 사지타에게 얼굴을 가져다 대는 사리나.

"알겠어, 사지타, 너와 사지타의 약혼은 어디까지나 부모님 사이의 구두 약속이다링. 그런 거 본인들이 성인이 되었을 때, 따로 마음속의 상대가 있다면 유연하게 대응하는 게 상식인걸링! 적어도 사리나는 그렇게 생각해링."

"하, 하지만……."

"셧~~~~~업링!"

필사적으로 반론하려는 사지타.

그러나 사리나는 그런 사지타에게 또다시 소리를 높였다.

그때였다.

"다들 기다렸지!"

그곳으로, 현관에서 가릴이 뛰어나왔다.

"가릴 님! 당신의 사리나가, 오늘도 마중을 왔어요링!"

그러자 사리나가 양손을 뺨 옆으로 맞대고, 애교 있는 미소를 지었다.

조금 전까지 아이리스테일과 사지타를 상대로 미간에 주름을 지으며 으르렁거렸다고는 여겨지지 않는 빠른 변신을 앞에 두고,

레이나레이나와 렙터는 무심코 쓴웃음을 지었다.

"여러분, 기다렸죠."

가릴에 이어서, 자신의 어깨 폭보다도 챙이 넓은 모자를 쓴 엘리나자가 현관 앞에 모습을 드러냈다.

그리고 그 뒤로 홀리오와 와인, 그리고 혼 래빗 모습의 사베어가 이어졌다.

"사리나 양, 아이리스테일 양, 레이나레이나 양, 렙터 군, 사지타 군. 여러분 항상 엘리나자와 가릴을 마중 와줘서 고마워."

마중을 와준 아이들, 하나하나에게 말을 건네며 미소를 향하는 홀리오.

홀리오의 말에 사리나의 애교 있는 미소가 더욱 빛을 발했다.

'……가릴 님의 아버님께서 이름을 기억해 주셨어.'

'……가릴 님의 아버님께서 이름을 불렀어.'

'……가릴 님의 아버님께서 며느리로 오지 않겠냐고…….'

"……아니, 거기까지 말하진 않았어. 그보다도, 너는 내 약혼자니까……."

자신의 세계에 몰입해서 계속 중얼중얼하는 사리나. 그 말에 사지타는 그만 딴죽을 걸었다.

하지만 그런 것 따위는 개의치 않고, 사리나는 자신만의 세계에 계속 빠져들었다.

"파파, 마마, 다녀올게요."

"다녀올게요!"

현관에 서 있는 가족들에게 미소로 손을 흔드는 엘리나자와 가릴.

두 사람은 마중을 와준 모두와 함께 학교를 향해 걸어갔다.

"다들 조심히 다녀오렴."

리스는 미소로 손을 흔들며 모두를 배웅했다.

홀리오도 리스 옆에서 손을 흔들며 평소의 시원스러운 미소를 지었다.

"학교에 친한 친구도 생긴 모양이라 정말 잘 됐어."

"예, 정말로……. 엘리나자와 가릴은 다른 아이들보다도 조금 성장이 빠른 모양이라 걱정했는데…… 정말 다행이에요."

홀리오에게 몸을 기대며 리스는 미소를 지었다.

홀리오는 그런 리스와, 학교로 향하는 아이들을 교대로 바라봤다.

'……클라이로드 마법국과 마왕군이 휴전 협정을 맺은 뒤로는 평온한 나날이 이어지고 있는데, 이 평온한 나날이 계속 이어진다면 좋겠네…….'

그런 생각을 하며 손을 계속 흔드는 홀리오…….

◇몇 시간 후 호우타우 훌리스 잡화점 안◇

이날, 호우타우에 있는 훌리스 잡화점에 마인형 차룬의 모습이 있었다.

현 마왕 유이가드가 실종되었기에 대리로서 마왕 대행을 맡고 있는 칼시프의 측근인 차룬.

클라이로드 마법국과 마왕군 사이에 휴전 협정이 맺어지고, 마왕성 및 그 인근에서 생활하는 마족들에게 식량이나 생활필수품을 판매하는 목적으로 설치된 홀리스 잡화점 마왕성 앞 지점에서 취급하는 상품 상담을 위해, 홀리스 잡화점 본점까지 걸음을 옮겼다.

"……학교 말임까?"

상담을 마치고 우리미나스와 잡담을 나누던 차룬은, 그리 되물었다.

"그렇다냐. 요전에 태어난 우리 딸 포르미나랑, 발리로사의 아들 고로도 순조롭게 성장하고 있으니까, 슬슬 호우타우 마법 학교에 보낼 생각이다냐."

가게에서는 항상 쿨하게 접객을 소화하는 우리미나스.

하지만 아이 이야기가 나오자 어딘가 기쁜 듯 목소리에 신이 난 티가 났다.

그런 우리미나스를 싱긋 미소 지으며 마주보는 차룬.

"그건 정말로 기대됨다."

그러더니 차룬은 후우, 작게 한숨을 내쉬었다.

"저 차룬도…… 마인형만 아니라면, 칼시프 님의 아이를 잉태할 수 있었을지도 모르는데……."

──마인형.

강력한 마력을 가진 마도사가, 그 마력을 구사하여 만들어 낸 움직이는 인형이다.

자신이 주인이라 정한 자의 명령에 절대복종하고, 마력이 끊어지면 더는 행동할 수 없다.

마력이 끊어져서 폐기된 차룬을 칼시므가 주워서 다시 움직이게 되었다.

자신을 구해준 칼시므를 주인으로 정하고, 칼시므를 위해서 계속 행동하는 차룬…….

"마인형을 생성할 수 있는 홀리오 경이라면, 어쩌면 좋은 방안이 있을지도 모른다냐."

"……아무리 홀리오 님이라도 그건 무리겠죠……. 애당초 이 몸에는 그런 기능은 갖추어져 있지 않고……. 그런 일을 시험해 봤다는 기록이야 있다지만, 그것이 성공했다는 기록은 단 한 사례도 없었습다……."

"그런가…… 이미 조사해 봤구나."

"……예, 조금……."

어쩐지 거북한 분위기가 둘 사이에 흘렀다.

그것을 헤아린 차룬이 미소를 지었다.

"자, 잡담은 여기까지로 하겠습다. 그럼 우리미나스 님, 홀리스 잡화점 마왕성 앞 지점, 잘 부탁드림다."

"알겠다냐. 홀리오 경한테도 나중에 전해 두겠다냐."

서로 악수를 나누는 우리미나스와 차룬.

가게를 나선 차룬은, 세워둔 마차에 탔다.

이윽고 차룬을 태운 마차는 마왕성 방향으로 달려갔다.

◇마왕성 알현실◇

마왕 대행을 맡고 있는 칼시므는, 오늘도 옥좌 앞에 깔개를 깔고서 그 위에 정좌하고 있었다.

그 광경을, 옆에 있는 베리안나가 미간을 찌푸리며 바라봤다.

"있잖아, 마왕 대행 칼시므 님…… 당신은 빌어먹을 대행이라고는 해도 마왕님이니까, 이제 그만 그 빌어먹을 옥좌에 앉아도 되지 않을까? 당신, 그만한 일을 했다고 생각하는데……."

"아니아니아니, 나는 어디까지나 대행의 몸…… 이번 같은 비상사태만 아니라면 마왕을 맡는다니 있을 수 없는 일이야. 그런 내가 옥좌에 앉다니 건방진 짓이겠지."

해골의 뼈를 달각달각 울리며 웃는 칼시므.

"아아…… 정말이지, 빌어먹게 고집쟁이라니까, 마왕 대행 칼시므 님도 참."

베리안나는 혀를 차고, 손에 든 커다란 낫을 어깨에 짊어졌다.

"……뭐, 하지만 그러는 편이 칼시므 님답다면 답지만."

씨익 미소를 짓는 베리안나.

칼시므는 그런 베리안나에게 시선을 향하며 만족스럽게 끄덕였다.

칼시므가 마왕 대행의 자리에 앉고 수개월…….

당초에는 언제 소멸해도 이상하지 않은 늙은이 마족이 마왕 대행에 취임했다며, 그때까지 마왕군을 따르던 마족들은 모두 떠나 갔다.

그런 와중에…… 칼시므는 클라이로드 마법국과 휴전 협정을 맺고 마왕령 내의 반란 진압에 힘을 쏟았다.

클라이로드 마법국과의 휴전으로, 클라이로드 마법국군의 조력자로서 무용을 떨치던 울프 저스티스의 조력을 얻은 칼시므가 이끄는 신생 마왕군은, 마족 최대의 반란이었던 잔지바르의 난을 멋지게 진압하고 마왕령 내에 평온을 가져왔다.

측근 차룬과 함께 마왕성의 내정 재건에도 진력하며, 그러는 한편으로 마족령 내에서 발생하는 다툼이나 분쟁을 진압하고자, 자신이 임명한 마왕군 사천왕(임시)인 베리안나와, 예전 반란군의 주모자였던 잔지바르를 파견하여 평화적인 진압에 계속 애썼다.

힘으로 진압하지 않고 가능한 한 대화로 해결하려는 마왕 대행 칼시므의 방침.

"마왕이라면 마왕답게, 힘으로 진압하지 않겠느냐!"

"마왕답지 않다!"

"마왕의 수치다!"

"냉큼 뒈져라!"

마족들은 그 모습에 비난의 목소리를 일제히 퍼부었다.

……하지만 칼시므를 중심으로 하는 사천왕들의 끈질긴 활동으로, 마족령 내에서 다툼이 눈에 띄게 줄어들었다.

"……의외로 좋은 수단이었을지도 모르겠네."

"……이런 군림도 있을지도 모르겠네."

"……결과가 뒤따른다면 따라도 될지도 모르겠군."

"……의외로 꽤 하잖아, 저 늙은이."

그리하여 마왕 대행 칼시므에 대한 평가는 서서히 변화한 것이었다.

◇며칠 뒤의 마왕성 알현실◇

이날, 마왕 대행 칼시므는 평소처럼 옥좌 옆에 깐 깔개 위에 정좌하고서 서류를 보고 있었다.

"차룬, 미안하지만 차를……."

그러면서 오른손을 뻗는 칼시므.

하지만 평소에 차룬이 있는 장소에는 누구의 모습도 없었다.

"이런, 그랬지. 차룬은 호우타우에서 아직 돌아오지 않았나."

뻗은 오른손을 겸연쩍은 듯 물렸다.

……응?

칼시므는 자신의 오른손을 바라봤다.

시선 끝……. 팔뼈의 일부가 보기에도 바짝 메마른 것이었다.

칼시므가 왼손으로 만져보자, 그 부분은 너덜너덜하게 벗겨져 나갔다.

'……흠, 아무래도 나도, 지나치게 오래 존재한 모양이구나…….'

벗겨진 부분을 바라보며 작게 한숨을 내쉬는 칼시므.

그때였다.

"칼시므 님께 보고입니다 달그락달그락……."

스켈레톤 병사가 온몸의 뼈를 달그락달그락 울리며 알현실로 달려왔다.

"음…… 무슨 일이냐?"

칼시므는 위병에게 시선을 향했다.

그 시선 앞에서 스켈레톤은 일단 멈추고 칼시므에게 경례하더니,

"예, 마왕 유이가드 님께서 돌아오셨습니다 달그락달그락……."

"오오, 간신히……."

스켈레톤 병사의 보고를 들은 칼시므는 그 자리에 일어섰다.

그러자 알현실로 베리안나가 뛰어 들어왔다.

"……마왕 대행 칼시므 님, 빌어먹을 들었나? 그 빌어먹을 마왕 유이가드가 이제 와서 돌아왔다는 모양이라고."

혐오의 표정을 감추려고 하지도 않는 베리안나.

하지만 칼시므는 그런 베리안나에게 싱긋 미소 지었다.

"이것 참, 베리안나여……. 마음은 모를 것도 아니지만, 그건 좀 참아라. 나는 어디까지나 마왕 유이가드 님께서 돌아오실 때까지 대리를 맡은 마왕이 아니었느냐. 마왕 유이가드 님께서 돌아오셨다면 이 역할도 끝이라는 건 처음부터 정해진 일이었으니까 말이야."

칼시므는 그렇게 말하더니 고개를 가볍게 가로저었다.

그때였다.

"……그게 말이다만."

알현실에, 마왕 유이가드가 모습을 드러냈다.

그리고 후훈이 그 뒤를 따르고 있었다.

동시에 옥좌 후방에서 날아든 큰 까마귀가, 마왕 대행 칼시므 옆에 내려섰다.

알현실로 들어온 마왕 유이가드는, 칼시므의 눈앞에 멈춰 섰다.

다시금 칼시므를 응시하는 마왕 유이가드.

마왕의 정장으로 갈아입은 유이가드는, 천천히 한쪽 무릎을 꿇었다.

"유, 유이가드 님, 대체 무엇을……."

자신 앞에서 가신처럼 행동하는 유이가드를 보고, 칼시므는 곤혹스럽게 소리 높였다.

그런 칼시므 앞에서 유이가드는 천천히 머리를 숙였다.

"칼시므…… 내가 없는 동안, 마왕군을 잘 통솔해 주었어……. 그 공적을 칭송하여, 네게 마왕의 자리를 선양하고자 한다."

그러더니 유이가드는 오른팔에 끼고 있는 마왕의 증표인 팔찌를 벗고, 칼시므에게 건넸다.

"뭐, 뭐라고요?!"

마왕 유이가드의 갑작스러운 행동에, 그 뒤에 서 있던 후훈은 오른손 검지로 패션 안경을 허둥지둥 계속 밀어 올리며 곤혹스러운 목소리를 높였다.

"유, 유이가드 님, 대체 무슨 말씀을 하시는 겁니까?! 당신께서 하셔야 할 말씀은, 이런 게 아니라, 또다시 마왕군을……."

"아니…… 그렇지 않아."

흥분한 모습으로 유이가드에게 계속 말하는 후훈.

그런 후훈을, 유이가드는 차분한 목소리로 제지했다.

"내가 해야만 한다고 생각하던 건, 정말로 걸맞은 자에게 마왕의 자리를 넘기는 일이야……. 그건 내가 아니지……."

"세, 세상에……."

후훈은 말을 잃고, 그 자리에 우뚝 서서는 더 이상 움직이지 못했다.

그런 후훈의 눈앞에서, 유이가드는 한쪽 무릎을 꿇은 상태로 마왕의 팔찌를 칼시므에게 내밀었다.

그런 유이가드를, 칼시므는 계속 침묵하며 바라봤다.

◇마왕성 근처 마의 숲◇

마왕 유이가드가 마왕성으로 귀환했다.

그 정보는 순식간에 마왕성 주변으로 퍼졌다.

그 소식을 들은 닥터 메피스토는 팔짱을 끼며 마왕성을 바라봤다.

"흠…… 마왕 유이가드가 귀환한 탓에, 마왕성이 대혼란에 빠진 모양이오."

"흠, 그럼 마왕성 탈취 작전을 실행하는 것이냐."

닥터 메피스토의 뒤에서 궐련을 피우던 암왕은, 입가에 씨익 미소를 지었다.

그런 암왕을 향해 닥터 메피스토는 크게 고개를 끄덕였다.

"원래 우리 작전은『마왕 대행 칼시므가 소멸하여 마왕성 안이 혼란한 틈을 타서 마왕성을 빼앗는다』라는 것이었소이다. 그렇다면 마왕 유이가드 귀환으로 마왕성 안이 혼란한 틈을 타서 마왕성을 빼앗는 것도 마찬가지……. 다만 중요한 건 임기응변의 대응이겠소이다."

"그래, 확실히 네 말대로겠군."

씨익 미소를 짓더니 오른손을 딱 튕겼다.

그러자 암왕 뒤에서, 우선 금각 여우와 은각 여우가 모습을 드러내고, 그리고 그 뒤에서 다수의 마족들이 몬스터의 모습으로 변하여 모습을 드러냈다.

"각지에서 그러모은 우리 부하들도, 날뛸 준비 만반이다캥."

"다들, 언제라도 갈 수 있다캐캥."

——마호 자매.

일찍이 마족령 내의 서방을 통치하고 많은 마족을 이끌던 유력 귀족이었다.

그 후, 마왕 유이가드에게 반기를 들었지만 패배.

그때, 살아남은 부하들은 각지로 도주하여 숨어 있었지만, 이번 마왕성 탈취 작전의 실행에 맞추어 마호 자매는 그 부하들을 그러모은 것이었다.

"나도, 준비 만반이오."

닥터 메피스토가 오른손을 들자, 그 뒤의 숲에 있던 악마족들이 모습을 드러냈다.

악마족의 명문 출신인 닥터 메피스토.

그 역시도 이번 마왕성 탈취 작전에 맞추어 본가의 사병을 부른 것이었다.

"음, 나도 준비 만반이다."

이어서 암왕도 오른손을 튕기자, 그 뒤의 숲속에서 무장한 검은 옷 남자들이 모습을 드러냈다.

클라이로드 마법국의 국왕 시절부터 뒷세계의 일에 손을 대고 있던 암왕.

그 뒷세계의 일을 운영하기 위해 암왕이 비밀리에 조직한 비밀 조직 집단이었다.

암왕.

닥터 메피스토.

마호 자매.

그들은 서로 고개를 끄덕이고는, 마왕성으로 시선을 향했다.

"좋아, 그럼 단숨에 공략하자고."

"다들, 우리를 따르라캥."

"지금이야말로 우리가 마족의 정점에 서겠다캐캥!"

"자, 여러분, 사양할 것 없소이다, 잔뜩 날뛰도록 하시오!"

선두에 서서 마왕성을 향해 달려가는 네 사람.

그 뒤로 각자가 소집한 자들이 따라갔다.

숲속에 집결한 대군이 마왕성을 향해 일제히 이동을 개시했다.

그때였다.

선두에서 달리던 그들의 발밑이 갑자기 무너졌다.

"아니, 뭐냐?!"

"꺄아~캥."

"어~라~캐캥."

"무, 무슨 일이 벌어진 것이오이까아아아아아."

각자 소리를 높이며, 갑자기 출현한 함정으로 떨어졌다.

그 뒤를 따르던 자들 역시도 무슨 일이 벌어졌는지 이해하지 못한 채, 차례차례 함정으로 떨어졌다.

"이, 이런…… 전방에서 예상 못 한 사태가 발생한 모양이다."

"다들 일단 숲속으로 산개해라!"

함정으로 떨어지는 것을 피한 자들은, 뿔뿔이 흩어져서 숲속으로 달려갔다.

"어라? 도망칠 수 있다고 생각했어?"

요염한 목소리와 함께 모습을 드러낸 것은 밸런타인이었다.

손끝에 사악의 실이 출현하고, 숲속을 도망치는 자들을 뒤쫓았다.

실이 뻗어나가서 도망치는 자들의 목을 조이고, 꿰뚫고, 빙글빙글 감아서는 움직임을 봉인했다.

"저, 저 여자는 뭐냐……."

"어, 어쨌든 도망치는 거다!"

동료들이 차례차례 당하는 상황에서, 겁을 먹은 자들이 더더욱 도망쳤다.

"……안타깝지만, 이 이상은 놓치지 않겠소이다."

그곳으로, 팔꿈치 앞쪽을 칼날 형태로 바꾼 리리안주가 덮쳐들었다.

굉장한 속도로 숲속을 이동하며, 밸런타인이 뻗은 사악의 실을 벗어난 자들을 베었다.

운 좋게 둘의 마수에서 벗어난 자들도 있기는 있었지만…….

"으, 으아…… 이, 이런 곳에 함정이이이이."

"이, 이쪽에도오오오오오."

새로운 함정에 번번이 걸려들었다.

그 광경을, 숲 근처의 언덕 위에서 바라보는 두 사람의 모습이 있었다.

"……좋지 않은 예감이 들어서 와봤더니, 독슨을 방해하려는 녀석들이 집결했을 줄이야……."

함정을 파는 데 사용한 삽을 어깨에 짊어지며 숲을 내려다보는 금발 용사.

금발 용사가 손에 든 삽은 드릴 불도저 삽이라는 전설급의 아이템으로, 한순간에 깊고 거대한 구멍을 팔 수 있는 것이었다.

일찍이 클라이로드 마법국의 보물 창고에서 이 아이템을 강탈한 금발 용사는, 이번에 이 드릴 불도저 삽의 힘을 이용해서 모여든 이들 주위에 무수한 함정을 만들었다.

그런 금발 용사 옆에서, 츠야는 열심히 시선을 집중하며 숲속을 계속 둘러봤다.

"아무래도~, 이제 남은 건 없는 모양이에요~."

"그런가, 그럼 밸런타인과 리리안주가 돌아오면, 우리도 떠나도록 하지."

그러더니 마왕성을 흘끗 보는 금발 용사.

"저기~…… 독슨 씨랑 만나러 가진 않나요~?"

금발 용사의 팔을 잡아당기는 츠야.

그런 츠야를 향해, 금발 용사는 고개를 가로저었다.

"그럴 필요는 없다……. 독슨이라면 틀림없이 잘하겠지."

그러더니 금발 용사는 숲을 향해 걸어갔다.

"자, 그보다도 말이다. 떠나기 전에 쓰러뜨린 녀석들한테서 돈이 될 걸 뜯어내야지."

"아, 예! 저도 열심히 할게요!"

그런 대화를 나누며 금발 용사와 츠야는 숲속으로 모습을 감추었다.

◇다음 날 마왕성 알현실◇

"유이가드가, 칼시므 님께 마왕의 자리를 넘겨줬다는 겁까?"

호우타우에서 돌아온 차룬은, 입가를 양손으로 막으며 놀랐다.

그런 차룬에게, 베리안나가 어깨에 커다란 낫을 짊어진 채로 계속 이야기했다.

"그래…… 갑자기 빌어먹게 돌아온 순간에, 그런 소리를 해대고는……. 게다가, 마왕의 증표인 팔찌까지 넘겨댔지."

"어머…… 어머…… 어머……."

베리안나의 말에 할 말을 잃은 차룬.

말문이 막힌 채, 시선을 옥좌로 향했다.

그 시선 앞…….

그곳에는 평소처럼 옥좌 앞에 깔개를 깔고, 그 위에 정좌한 칼시므의 모습이 있었다.

차룬은 그런 칼시므 곁으로 걸어갔다.

"……칼시므 님께서는, 어떻게 하실 생각이심까?"

칼시므의 얼굴을 들여다보는 차룬.

차룬 앞에서 칼시므는 고개를 조금 숙인 채로 무언가 생각에 잠긴 모습이었다.

"……저기, 칼시므 님?"

전혀 반응이 없어서 고개를 갸웃거리던 차룬은, 또다시 칼시므에게 말을 건넸다.

그러자 칼시므는 퍼뜩 정신을 차린 듯이 천천히 고개를 들었다.

"아, 차룬이냐……. 호우타우 출장, 수고했구나."

"가, 감사함다…… 하, 하지만 그보다도……."

"흠…… 차룬이 하고 싶은 말은 잘 안다……. 뭐라고 할까…… 유이가드 님께서 돌아오셔서, 간신히 마왕 대행이라는 분수에 맞지 않은 자리에서도 해방되겠다고 생각했던 만큼…… 이것 참, 어쩌면 좋을지……."

칼시므는 그러더니 크게 한숨을 내쉬었다.

그런 칼시므에게 차룬은 싱긋 미소 지었다.

"……칼시므 님, 이럴 때는 차라도 마시고 한숨 돌리는 게 좋습다. 생각이 지나치면 변변한 게 떠오르지 않는다고 하니까 말임다."

일단 물러난 차룬은, 별실에서 준비한 차를 담아서 칼시므에게 건넸다.

"차룬, 항상 미안하…….."

칼시므가 그 찻잔을 받아들며 입을 연…… 그때였다.

찻잔을 받아든 칼시므의 팔이 팔꿈치 쪽부터 빠져서, 찻잔과 함께 떨어진 것이었다.

"카, 칼시므 님?!"

예상치 못한 일에 차룬은 새파래져서는 떨어진 칼시므의 팔을 주워들고, 그것을 칼시므의 원래 있던 부분에 가져다 댔다.

동시에 항상 가지고 있는 치료 포션을 팔 부분에 뿌렸다.

"역시나 훌리스 잡화점의 포션임다……. 어떻게든 원래대로 돌아온 모양임다……."

칼시므의 팔이 원래대로 돌아온 것을 확인한 차룬은, 안도의 한숨을 흘렸다.

칼시므는 그런 차룬의 머리에 손을 얹었다.

"차룬, 항상 미안하구나."

평소처럼 그렇게 말하더니, 어딘가 면목 없다는 표정을 짓는 칼시므.

"아뇨…… 칼시므 님께서 무사하시다면, 그걸로 충분함다."

이제까지도 칼시므의 팔이 빠진 적은 몇 번인가 있었지만…….

'……하지만 지금 떨어지는 모습은, 이제까지와는 어딘가 다른 느낌임다…….'

차룬은 일말의 불안을 느끼며 칼시므를 계속 바라봤다.

◇ ◇ ◇

차룬이 다시 타준 차를 홀짝이는 칼시므.

알현실에 모여 있던 이들을 일단 퇴실시키고 홀로 남은 칼시므는, 조금 전에 빠진 팔을 바라봤다.

'……흠…… 뼈 본체는 비교적 튼튼해 보이지만, 여기저기에 금이 갔고 내용물은 이미 구멍이 숭숭 뚫렸구나…….'

찻잔을 손에 든 채로 팔을 위아래로 움직이자 차룬이 수복해준 부분이 부들부들 떨려서, 또 언제 빠지더라도 이상하지 않게 보였다.

"……아무래도, 마지막으로 몸을 바칠 때가 온 모양이야."

칼시므는 그렇게 중얼거리더니 큰 까마귀를 찾아 크게 소리 높였다.

"큰 까마귀여, 잠깐 와주겠느냐?"

그러자 천장 근처의 창문에서 큰 까마귀가 날아들어서 칼시므의 눈앞에 내려섰다.

"미안하지만 큰 까마귀여, 어느 이에게 편지를 좀 전해주지 않겠느냐…… 바로 준비할 터이니."

그러더니 칼시므는 품에서 종이와 펜을 꺼냈다.

◇ ◇ ◇

마왕 유이가드가 마왕 대행 칼시므에게 마왕의 자리를 선양하겠다고 선언했다.

이 이야기는 순식간에 마족 사이에 퍼졌다.

그것을 들은 마족들 다수는…….

"어차피 칼시므 님이 거절할 걸 계산하고 벌인 연극이겠지?"

"자리를 지킨 칼시므 님에게 마왕의 자리를 넘기는 척해서 자신의 인기 회복에 이용하려는 속셈이겠지?"

마왕 유이가드의 행동을 액면 그대로 받아들이는 자는 거의 없었다.

마왕성에 남아 있는 이들 다수는, 마왕 대행 칼시므와 함께 고락을 함께하고, 같이 마왕성을 재건하고자 노력한 이들뿐이었다.

그래서 마왕의 자리를 휙 내던지고 실정된 마왕 유이가드에게 부정적인 생각을 가진 이가 대부분이었다.

그것이 마왕 유이가드의 행동을 액면 그대로 받아들이지 못하게 만드는 요인이 된 것이었다.

◇마왕성 안 유이가드 개인실◇

『잠시 생각할 시간을 받았으면 한다.』

칼시므가 그리 말했기에, 유이가드는 마왕성 안에 남아 있던 자신의 방에 틀어박혀 있었다.

"어째서 그러한 말씀을 하셨습니까!"

후훈은 분노한 표정을 지으며 오른손 검지로 패션 안경을 꾹 밀어 올렸다.

유이가드의 개인실 안에는 침대에 누워 있는 유이가드와, 그런 유이가드를 둘러싸듯이 후훈, 그리고 그녀의 부하인 로리 타입 매드 사이언티스트 코케슈티가 서 있었다.

이들 둘만이 마왕성 안에서 마왕 유이가드의 지지자라고 할 수 있었다.

둘에게 교대로 시선을 향하더니, 유이가드는 자조하듯 미소를 지었다.

"……이미 정한 일이야. 마왕의 자리를 내팽개치고 도망친 내게, 마왕의 자격은 없겠지."

후훈은 그런 유이가드의 얼굴 앞으로 자신의 얼굴을 들이밀었다.

"당신 말고 이 마왕성에 군림하며 마왕군을 이끌기에 적합하신 분은 없습니다! 그것은 저, 측근 후훈이 다른 누구보다도 가장 잘 알고 있습니다!"

"그렇습니다 입니다. 코케슈티도 그렇게 생각합니다 입니다."

후훈의 말에 코케슈티도 크게 끄덕였다.

"……나도 말이지, 그렇게 생각하던 시기도 있었어. 하지만."

하지만 두 사람을 또다시 둘러본 유이가드는 크게 한숨을 내쉬더니 천천히 침대에서 일어섰다.

"칼시므는, 내가 사라진 마왕군을 멋지게 다시 일으켜 세웠어. 반란군에게 휘둘려서 궤멸 상태에 빠진 마왕군을, 말이야……."

"화, 확실히, 그건 부정하지 못하지만……, 그렇다고 해서……."

곤혹스러운 표정을 지으며 말을 잇는 후훈.

유이가드는 그런 후훈의 어깨에 손을 얹었다.

"바로 그러니까, 야……. 나로서는 할 수 없었던 일을 해낸 그 녀석을 인정하지 않고서 뭘 어쩌겠어?"

일어서서 창가로 걸어가는 유이가드.

"게다가 말이야……. 보라고, 인망 없는 내 모습을."

유이가드는 돌아보며 오른손을 흔들었다.

"이 몸이 귀환했는데도, 따라주는 건 너희 둘뿐이라고? 그저 우습지 않아?"

그러면서 자조하듯 웃음을 터뜨렸다.

후훈은 그런 유이가드를 계속 바라봤다.

"……그래도…… 그래도, 저는……."

말문이 막힌 후훈.

그녀의 눈에서는 대량의 눈물이 넘쳐흘렀다.

그것은 그 뒤에 서 있는 코케슈티도 마찬가지였다.

유이가드는 그런 그들 곁으로 걸어갔다.

"고마워, 너희들. 최후의 마무리만큼은, 내 손으로 짓게 해줘."

그러더니 유이가드는 두 사람을 끌어안았다.

◇그날 밤 마왕성 알현실◇

칼시므는 여전히 옥좌 앞에 깐 깔개 위에 정좌하고 있었다.

그런 알현실에 마법진이 전개되기 시작했다.

그 안에서 전이 문이 출현하고, 그 문이 열리자 훌리오가 모습을 드러냈다.

칼시므는 훌리오가 찾아왔음을 깨닫고 깊이 머리를 숙였다.

"오오, 홀리오 경, 이렇게 불러내어 죄송하군요."

"아뇨, 편지를 봤습니다…… 하지만, 정말로 괜찮을까요? 알현실로 직접 전이를 하다니……."

전이 마법은 사용자가 한 번 간 적이 있는 장소로 이동할 수 있는 마법이다.

그래서 알현실에 온 적이 있는 홀리오에게 전이 마법으로 이동하는 것은 어려운 일이 아니었다.

……하지만 항상 복수의 방어 마법이 깔려 있는 마왕성인 만큼, 그 방어 마법을 돌파하여 이동할 수 있는 사람은 홀리오밖에 없을 터지만…….

"음음, 편지에도 적은 내용입니다만, 조금 비상사태라서…… 뭐, 어쩔 수 없다고 할까요……."

칼시므는 한 번 작게 헛기침을 하더니 다시금 홀리오를 바라봤다.

"……그게, 사실은 말이지요, 오늘은 간절히 부탁드릴 일이 있어서 모신 겁니다."

그리 말하고는 진지한 눈빛을 홀리오에게 향했다.

"내용에 따라 다르겠지만…… 클라이로드 마법국과 휴전 협정을 맺어주신 마왕 대행 칼시므 씨의 부탁이니, 가능한 한 들어드리고 싶은데요……."

홀리오의 말에 끄덕이더니 칼시므는 한 번 크게 심호흡했다.

"사실은 말입니다……. 나는 내일, 마왕 유이가드 님을 앞에 두고 중요한 이야기를 할 예정인데, 그 내용이 조금 성가셔서…….

경우에 따라서는 마왕성 안이 대혼란에 빠져버릴지도 모릅니다. 그러니, 홀리오 경의 친우 울프 저스티스 경에게 참석을 부탁드 릴 수는 없을까 하여……."

"울프 저스티스 씨에게, 말인가요?"

"음, 울프 저스티스 경이 참석하시어, 제 생각에 찬동해 주셨으 면 합니다."

"칼시므 씨의 생각이라면, 이 편지에 적힌 내용 말인가요?"

그러더니 허리에 찬 마법 주머니 안에서 편지 한 장을 꺼내는 홀리오.

그것은 전날 칼시므가 준비하여 큰 까마귀를 통해 홀리오에게 전해진 편지였다.

"그렇습니다…… 내용이 내용인 만큼 혼란스러워하는 사람도 나올 겁니다. 하지만 일찍이 반란군으로부터 마왕성을 구해주시 고, 마족 사이에서도 영웅시되고 있는 울프 저스티스 경이 찬동 해 주신다면 모두 틀림없이 이해해 줄 거라 생각합니다만……. 어떻겠습니까? 제 부탁, 부디 들어주시지 않겠습니까……."

깊이 머리를 숙이는 칼시므.

그런 칼시므 앞에서 잠시 생각에 잠긴 홀리오는, 고개를 끄덕 였다.

"……알겠어요. 울프 저스티스 씨한테 전하도록 할게요……. 다만, 찬동해 줄지는 본인에게 달렸다는 걸로……."

울프 저스티스란 클라이로드 마법국의 군대를 습격하던 마족 들을 토벌할 때, 정체가 들키지 않도록 늑대 마스크를 썼을 때 홀리오가 자칭한 이름이었다.

하지만 칼시므를 비롯한 마족들은, 그 정체를 아직 모르고 있다.

"오오! 그렇습니까!"

칼시므는 번쩍 고개를 들더니 기쁜 듯 미소를 지었다.

훌리오의 손을 붙잡고서 몇 번이고 감사의 말을 되풀이하는 칼시므.

그런 칼시므를 훌리오는, 평소의 시원스러운 미소로 바라봤다.

◇다음 날 마왕성 연회장◇

이날, 마왕성 안에 있는 연회장에는 마왕성 내부만이 아니라 근처에 사는 마족들까지도 다수 모여 있었다.

그런 마족들 앞, 연회장의 단상에는…….

단상 중앙을 경계로 하여 한쪽에는 마왕 유이가드가 측근 후훈과 함께, 반대편에는 마왕 대행 칼시므가 측근 차룬과 나란히 앉아 있었다.

"……대체, 어떻게 되는 겁니까 입니까…….."

단상 아래 가장 앞 열에서는 코케슈티가 마른침을 삼키며 단상을 올려다보고 있었다.

그 옆에는 마왕 대행 칼시므에게 마왕군 사천왕(임시)으로 임명된 베리안나와 잔지바르의 모습도 있었다.

"오늘, 마왕 대행 칼시므 님이 빌어먹을 마왕 유이가드한테서 마왕의 자리를 선양받는 거로군."

"그렇군…… 뭐, 결과를 지켜보기로 할까."

베리안나와 잔지바르는 서로 그런 대화를 나누며 단상의 모습을 바라봤다.

"유이가드 님……."

후훈은 마왕 유이가드 옆에 앉아서 살짝 눈을 내리깔고 있었다.

"……이날까지 많은 일이 있었지만, 부디 뜻하시는 대로……. 저 후훈은, 당신을 어디까지든 섬길 생각입니다."

"그래…… 고맙다."

후훈의 어깨에 살며시 손을 얹는 유이가드.

후훈은 그 손을 단단히 맞잡았다.

그 손을 놓더니 마왕 유이가드는 단상 아래에 모여 있는 마족들을 돌아보고, 오른손을 드높이 치켜들었다.

"알겠느냐, 이 녀석들아! 지금부터 마왕 선양의 의식을 진행하겠다!"

유이가드의 그 한마디에, 그때까지 술렁대던 연회장 안은 단숨에 적막해졌다.

그런 연회장의 모습을 흘끗 살핀 마왕 유이가드는 오른팔에 차고 있는 마왕의 증표인, 마왕의 팔찌를 벗었다.

유이가드는 천천히 칼시므에게 걸어가서, 그의 눈앞에서 멈춰 섰다.

"마왕 유이가드의 이름으로, 마왕 대행 칼시므를 다음 마왕으로 인정하고, 이 마왕의 팔찌를 양도하겠다."

한쪽 무릎을 꿇고, 왼손에 든 마왕의 팔찌를 칼시므에게 내미는 유이가드.

항상 로브로 몸을 두르고 있는 칼시므는, 유이가드를 가만히 바라봤다.

내민 팔찌를 바라보며 미동도 하지 않는 칼시므.

"……저기…… 칼시므 님?"

칼시므가 아무 말도 하지 않는 것을 의아하게 여긴 차룬이, 칼시므의 귓가에 말을 건넸다.

"……차룬, 알고 있다."

작게, 그렇게 대답하더니 칼시므는 천천히 일어섰다.

그리고 연회장에 모여 있는 마족들 전원이 지켜보는 가운데…… 칼시므는 천천히 오른손을 내밀었다.

"마왕 선양의 의식, 확실히 받들었습니다…… 저 칼시므, 마왕이 되어 모두를 이끌 것을 이곳에서 맹세하지요."

유이가드로부터 마왕의 팔찌를 받아드는 칼시므.

그 순간…… 연회장 안에 엄청난 환호성이 터져 나왔다.

"새 마왕님 만세!"

"마왕 칼시므 님 만세!"

저마다 새로운 마왕이 된 칼시므를 환영하고, 그 탄생을 축복하는 목소리를 높이는 마족들.

그들을 앞에 두고 칼시므는, 양팔을 들며 함성에 답했다.

"마왕 대행 칼시므 님…… 아니, 마왕 칼시므 님."

칼시므에게 다가간 차룬은 공손히 인사하더니 그 자리에서 한쪽 무릎을 꿇고, 오른손을 가슴 앞으로 댔다.

"저 마인형 차룬, 칼시므 님의 측근으로서 앞으로 한층 더 충성을 맹세하고, 이제까지 이상으로 일할 것을 이곳에서 맹세함."

칼시므는 차룬의 말에 단 한 번 끄덕였다.

함성으로 뒤덮인 칼시므의 모습을, 유이가드는 단상 한편으로 물러나서 바라봤다.

"……유이가드 님…… 멋지셨습니다."

그런 유이가드에게, 후훈은 복잡한 표정을 지으며 다가갔다.

유이가드는 후훈의 어깨에 팔을 둘렀다.

"……이걸로 된 거야, 이걸로."

두 사람은 단상 구석에서 그런 대화를 나누었다.

그런 두 사람의 대화는, 마족들의 대함성에 지워졌다.

한바탕 새로운 마왕 칼시므 탄생을 축하하는 함성이 울려 퍼지던 연회장…….

"자, 갑작스럽게 미안하지만, 모두에게 확인해 두고 싶은 일이 있다."

그 단상의, 마왕이 된 칼시므는 연회장에 모여 있는 마족들을 둘러보며 입을 열었다.

마족들은 모두 마왕 칼시므의 말을 놓치지 않겠노라고, 목소리를 죽이고 가만히 칼시므에게 시선을 향했다.

"……여러분은, 새로운 마왕에게 충성을 맹세하겠는가?"

칼시므는 그렇게 말하더니 다시금 마족들을 둘러봤다.

그러자…….

"당연합니다! 마왕 칼시므 님!"

"이제까지 이상의 충성을 맹세합니다!"

"마왕 칼시므 님 만세!"

"마왕 칼시므 님 만세!"

마족들은 입을 모아 칼시므의 말에 동의의 뜻을 표하고, 차례차례 찬사의 말을 건넸다.

그 말로 연회장 안은 또다시 엄청난 함성으로 뒤덮였다.

그 광경을, 칼시므 옆에 있는 차룬도 미소로 둘러보며 공손히 인사했다.

그런 차룬에게 시선을 향하는 칼시므.

"……차룬도, 새로운 마왕에게 충성을 맹세하겠느냐?"

"저 차룬, 칼시므 님께 평생 충성을 맹세한 몸임다. 그 뜻에 따르는 건 당연함다."

차룬은 그리 말하며 미소로 인사했다.

그 말에 만족스럽게 끄덕인 칼시므는, 다시금 연회장에 모여 있는 마족들을 돌아본 뒤, 입을 열었다.

"그럼, 이제부터 마왕 선양의 의식을 진행하겠다."

마왕 칼시므의 말에 연회장 안이 술렁이기 시작했다.

"……이, 이봐…… 마왕 칼시므 님은 지금, 뭐라고 그러셨지?"

"……어째 마왕 선양의 의식이 어쩌고, 그러지 않으셨나?"

"무슨 일이야? 마왕 선양의 의식은 지금 막 끝난 게 아닌가……."

연회장 안을 둘러보며, 차룬 역시도 곤혹스러운 표정을 칼시므에게 향했다.

"……카, 칼시므 님?"

차룬은 칼시므의 왼쪽 어깨에 손을 얹었다.

그 순간, 칼시므의 왼쪽 어깨가 무너져, 팔이 바닥으로 떨어졌다.

"카, 칼시므 님?!"

갑작스러운 일에, 얼굴이 새파래진 차룬은 황급히 그 팔을 주워 들었다.

하지만 차룬의 손 안에서, 칼시므의 팔은 모래처럼 부서지며 차룬의 손에서 빠져나갔다.

"세, 세상에…… 무, 무슨 일이 벌어지는 겁까……."

바닥 위에 퍼지는 칼시므의 신체 파편을 필사적으로 그러모으는 차룬.

그런 차룬의 귓가에, 칼시므는 살며시 얼굴을 가져다 댔다.

"차룬…… 이제 됐다……. 이제까지 정말 고마웠다."

그러더니 남겨진 오른팔로 차룬의 머리를 쓰다듬었다.

"카, 칼시므 님…… 대체 무슨 말씀을 하시는 겁까?"

새파란 얼굴 그대로, 칼시므를 올려다보는 차룬.

그런 차룬을, 칼시므는 오른팔로 살며시 끌어안았다.

"……자."

칼시므는 차룬에게서 떨어지더니, 단상 구석으로 물러난 유이가드 곁으로 천천히 걸어갔다.

그의 눈앞에 멈추더니 유이가드를 가만히 바라봤다.

그리고 천천히 입을 열었다.

"마왕 칼시므의 이름으로, 유이가드에서 개명한 독슨을 다음 마왕으로 인정하고, 이 마왕의 팔찌를 양도하겠다."

한쪽 무릎을 꿇고, 남은 오른팔로 유이가드에게 마왕의 팔찌를 건넸다.

독슨.

그것은 마왕으로서의 자신을 잃어버리고 스스로를 다시 찾기 위해 여행을 떠난 유이가드가, 세상에 숨어들기 위해서 자칭하던 가짜 이름이었다.

"칼시므…… 너, 너…… 나는 마왕을 물러났다고? 마왕을 물러난 자는, 두 번 다시 마왕이 될 수……."

유이가드는 아연실색하며 칼시므를 바라봤다.

그 시선 앞에서 칼시므는 싱긋 미소 지었다.

"……한 번 마왕을 그만둔 자가 두 번 다시 마왕성에 관여할 수는 없다. 하지만 개명하면, 그 속박은 적용되지 않는 모양이더군요. 제대로 확인하였습니다."

그러더니 마왕의 팔찌를 다시금 유이가드에게 건네는 칼시므.

"……아니, 안 되지."

그 시선 앞에서 유이가드는 격렬히 고개를 가로젓고, 양 손바닥을 칼시므에게 향하여 거절의 의사를 드러냈다.

"설령 그럴지라도 말이야, 네 제안을 받아들일 수는 없어……. 내게는, 너한테서 마왕의 자리를 선양받을 자격 따윈……."

그렇게 말하려던 유이가드는, 눈앞의 광경에 말을 잃었다.

유이가드의 눈앞에서 칼시므의 몸은 여기저기가 모래로 변하기 시작하고, 그 발밑에 모래의 산을 쌓았다.

"……수명입니다. 저희 스켈레톤은, 몸이 사멸하면 최후엔 모래가 되어 대지로 돌아가는 겁니다."

칼시므는 그런 자신의 모습을 바라보며 턱뼈를 달그락달그락 울리며 웃었다.

하지만 그 턱뼈도 금세 모래로 변하여 무너져 내렸다.

칼시므는 다시금 단상 아래의 마족들에게 시선을 향하더니 말을 이었다.

"이들은 모두, 새로운 마왕에게 충성을 맹세하였으니, 틀림없이 새로운 마왕이 되신 독슨 님의 힘이 되어주겠지요."

칼시므의 말에 연회장 안이 소란스러워졌다.

"자, 잠깐만 기다려 줘, 칼시므 님, 내가 충성을 맹세한 건 당신이라고……."

"……어어?! 그러고 보니 칼시므 님은, 『새로운 마왕에게』라고만 그랬어……."

"설마, 칼시므 님은 처음부터 개명한 유이가드에게 마왕의 자리를 선양할 생각으로……."

술렁이기 시작한 마족들에게서 시선을 되돌린 칼시므는, 다시금 유이가드에게 시선을 향했다.

"……저 칼시므, 생애 최후의 부탁입니다, 독슨 님."

칼시므는 오른손에 든 마왕의 팔찌를 독슨의 품에 안겼다.

"새로운 마왕이 되어, 마족들을 올바른 미래로 이끌어 주시……."

말을 이어나가던 도중, 칼시므의 몸은 모두 모래로 변하여 단상으로 무너져 내렸다.

유이가드는 그 광경을 멍하니 바라보는 수밖에 없었다.

이내 칼시므가 마지막으로 건넨 마왕의 팔찌를 손에 든 채로, 그 자리에 우두커니 서 있었다.

잠시 후.

유이가드는, 천천히 그 자리에 넙죽 엎드렸다.

"……나, 독슨…… 아직 미숙한 자이지만, 새로운 마왕으로서, 마왕 칼시므 님의 유지를 이을 것을 맹세합니다."

그러면서, 머리를 바닥에 댔다.

그 모습에서는, 일찍이 폭군이라 험담을 듣던 마왕 유이가드의 흔적은 전혀 느껴지지 않았다.

그 광경을, 차룬은 멍하니 바라보고 있었다.

유이가드가 독슨이 되어 머리를 조아린 모습 따위는, 그녀의 시야에는 전혀 들어오지 않았다.

그저, 모래의 산이 되어버린 칼시므만을 계속 바라봤다.

……그리고.

간신히 몸을 움직이기 시작한 차룬은 양손으로 얼굴을 뒤덮고,

"싫어어어어어어어어어어, 칼시므 니이이이이이이이이이이임."

절규하고, 그 모래의 산으로 달려갔다.

모래의 산을 필사적으로 그러모으려 하는 차룬.

필사적으로 손을 계속 움직이는 차룬에게, 누구 하나 말을 건넬 수는 없었다.

◇ ◇ ◇

연회장 안은 대혼란에 빠져 있었다.

"어, 어떻게 된 거냐…… 칼시므 님, 죽어버린 건가?"

"그리고, 마왕은 독신이라니…… 영문을 모르겠다고……."

"이런 거, 어떻게 받아들여야 하는 거냐고, 이봐……."

여기저기서 노성이 오가고, 그중에는 드잡이를 시작하는 이들까지 있었다.

그런 연회장의 모습을, 멍하니 둘러보는 베리안나.

"……아니아니아니, 대체 빌어먹게 어떻게 된 거냐고, 이거."

그 옆에서 잔지바르도 팔짱을 낀 채로 고개를 계속 갸웃거렸다.

"아아, 정말이지……. 나도 어쩌면 좋을지, 판단이 안 되는군."

연회장에 모인 마족들이 혼란에 빠진 가운데…….

단상에 한 남자가 모습을 드러냈다.

푸른 늑대 마스크를 쓰고, 등에 망토를 걸친 그 남자…….

"우…… 우…… 울프, 저스티스 니임?!"

그 모습을, 단상 아래 가장 앞 열에서 알아차린 베리안나가 환호성을 높였다.

일찍이 울프 저스티스와 싸우고, 꼼짝도 할 수 없었던 베리안나.

그런 절대적 강자인 울프 저스티스를, 베리안나는 경애하여 큰 팬이 된 것이었다.

베리안나만이 아니다.

피아 불문하고 강한 자를 존경하는 기질을 강하게 가진 마족들 중에는, 울프 저스티스를 경애하는 이가 다수 존재했다.

단상에 모습을 드러낸 울프 저스티스는 연회장 안을 둘러보았다.

"나는 칼시므 경의 부탁으로 이곳에 온, 칼시므 경의 결단을 전면적으로 지지하는 자이다!"

울프 저스티스가 그렇게 소리 높이자, 연회장 안이 일제히 함성으로 뒤덮였다.

"울프 저스티스 님이 그렇게 말한다면 따를 수밖에 없겠지."

"아아…… 마왕성을 구해주신 울프 저스티스 님이 지지하는걸."

"아, 울프 저스티스 님이 그렇게 말한다면……."

그때까지 혼란에 빠져 있던 마족들은, 울프 저스티스의 한마디에 간신히 마왕 독슨을 인정하게 되어, 연회장 안에서는 박수가 터지기 시작했다.

그런 연회장의 모습을 확인하고, 울프 저스티스는 망토를 크게 휘날렸다.

다음 순간, 그 모습이 단상에서 사라졌다.

"……어라? 차룬 님의 모습도 사라졌다고……."

울프 저스티스가 사라진 단상을 바라보던 마족들은, 차룬의 모습도 사라졌다는 사실을 깨닫고 곤혹스러운 목소리를 높였다.

◇호우타우 훌리오 가◇

훌리오 가 뒤에 있는 공방.

2층의 한 방에 전이 문이 출현했다.

그 전이 문 안에서 울프 저스티스의 의상을 걸친 훌리오가 출현했다.

그의 품에는 차룬이 안겨 있었다.

"서방님, 어떻게 되었나요?!"

그런 훌리오 곁으로, 언제라도 아랑의 모습으로 변할 수 있도록 천 한 장만 두른 모습으로 대기하던 리스가 달려왔다.

전이 문을 통해 마왕성으로 향한 훌리오.

만약의 사태에 대비하여 공방 2층에 리스와 와인, 히야, 다말리나세, 그리고 타니아를 대기시켰던 것이다.

"칼시므 님…… 칼시므 님……."

훌리오의 품에 안겨 있는 차룬은 잠꼬대처럼 칼시므의 이름을 중얼거리며, 그러모은 칼시므의 모래를 양손으로 움켜쥐고 있었다.

"칼시므, 어떻게든 해주고 싶었지만, 어떻게 하면 좋을까……."

차룬을 바라보며 훌리오는 생각에 잠겼다.

마법 원도를 전개하여 『소생』을 검색했다.

……하지만.

"부상이나 사고로 죽은 사람을 되살릴 수 있는 마법은 있지만, 수명으로 죽은 사람을 되살릴 수 있는 마법은 하나도 안 나와……."

입술을 깨물며, 그럼에도 훌리오는 마법 윈도를 몇 번이고 확인했다.

그때였다.

("……훌리오 경…… 이만 됐습니다.")

"……칼시므?"

귓가에 칼시므의 목소리가 들린 것 같아서, 훌리오는 황급히 주위를 둘러봤다.

그 시야 안…… 소파로 옮긴 차룬 주위를, 작은 빛이 맴도는 것을 훌리오는 발견했다.

"저건…… 칼시므의 사념체……."

훌리오 곁으로 히야가 다가왔다.

"지고하신 주인님……. 확실히 저건 칼시므 경의 사념체입니다만, 칼시므 경은 원래 마력을 지니지 않은 스켈레톤이기에, 저 상태로 존재할 수 있는 것만으로도 기적이라고 할까요……. 아마도 곧 사라져 버리지 않을까 합니다……."

차룬은 자신의 주위를 맴도는 작은 빛을 필사적으로 바라봤다.

"싫어…… 싫어…… 칼시므 님…… 사라지지 말아요……."

그 광경을 바라보며 훌리오는 또다시 생각에 잠겼다.

'사념체……. 사념체라면…… 어쩌면.'

훌리오는 허리에 찬 마법 주머니 안에서 어느 물건을 꺼냈다.

그것을 본 타니아가 고개를 갸웃거렸다.

"훌리오 님…… 스컬에이프를 어떻게 하실 생각이십니까?"

그렇다…… 훌리오가 꺼낸 것은 스컬에이프였다.

전날, 아룬프스 산맥에서 타니아와 둘이 포박한 신계의 생물이 었다.

"그러니까 이 스컬에이프는, 사고 마법을 흘려 넣거나 사념체를 빙의시켜서 움직이는 거지?"

"확실히 그렇습니다만…… 설마, 그자의 사념체를 스컬에이프 안에?"

"제대로 될지는 알 수 없지만, 어쨌든 해보겠어!"

오른손을 스컬에이프에게, 왼손을 차룬에게 향하는 훌리오.

이미 차룬 주위를 맴도는 빛의 구슬을 거의 보이지 않는 상태 였다.

"웃~……."

훌리오의 양손 앞으로 마법진이 전개되었다.

그 마법진은 복잡기괴한 구조를 이루어, 훌리오가 상당히 복잡한 마법을 사용하려 한다는 것을 의미했다.

그런 가운데…… 차룬 주위를 맴돌던 빛을 마법진이 뒤덮었다.

훌리오는 그 마법진을 스컬에이프의 머리에 댔다.

하지만…….

칼시므의 사념체를 끌어들인 마법진은 크게 튕겨나갔다.

"거부 반응?! ……젠장, 한 번 더!"

훌리오는 또다시 마법진을 스컬에이프의 머리로 이동시켰다.

또다시 튕겨나가려고 했지만, 마력을 이용하여 억지로 눌렀다.

"……으읏~……."

마력을 전부 개방하여 스컬에이프 안으로 마법진을 억지로 밀어 넣었다.

이윽고, 마법진이 모두 스컬에이프의 머릿속으로 들어가고…… 스컬에이프의 몸이 크게 빛나는가 싶더니…… 그 몸이 점점 줄어들어 이윽고 칼시므와 같은 정도의 사이즈가 되었다.

"서, 설마…… 칼시므의 경의 사념체가, 스컬에이프에게 빙의할 수 있었던 겁니까?!"

항상 가늘게만 뜨고 있는 눈을 부릅뜨며, 히야는 칼시므 사이즈까지 줄어든 스컬에이프를 바라봤다.

"모르겠어. 모르겠지만, 가능한 만큼의 일은 했어. 했는데……."

그러더니 홀리오는 그 자리에서 휘청거렸다.

"서방님?!"

"파팡?! 괜찮아? 괜찮아?"

쓰러지려던 홀리오를 리스와 와인이 좌우에서 끌어안았다.

"응, 괜찮아……. 마력을 좀 과하게 썼나 봐……."

쓴웃음 지으며 다시금 스컬에이프에게 시선을 향하는 홀리오.

"칼시므 님! 칼시므 님!"

스컬에이프에게 달려가서 필사적으로 부르는 차룬.

……하지만 스컬에이프는 차룬 앞에 그저 우두커니 서 있을 뿐이었다.

◇그 무렵 훌리오 가 상공◇

"이곳인가, 스컬에이프의 반응이 있었던 건."

"예, 틀림없습니다. 아마도 저 집 뒤쪽에 있는 건물 2층이 아닐까 합니다."

훌리오 가 상공에 반신이 어린 소녀, 반신이 해골 모습으로, 몸에 너덜너덜한 외투를 걸친 이들이 집결해 있었다.

모두 손에 커다란 낫을 들고, 전투태세로 훌리오 가를 내려다보고 있었다.

"……좋아, 스컬에이프를 어떻게든 탈환해서, 재앙의 용을 찾도록 만들자고."

"""예!"""

리더로 보이는 자의 말에, 다른 자들이 일제히 대답했다.

그리고 신계의 사도들이 강하하려던 그때였다.

"당신들, 훌리오 님의 자택에 무슨 용건입니까?"

그곳에 메이드복 차림의 타니아가 버티고 서 있었다.

그녀의 등에는 천사의 날개가, 손에는 신계의 사도들이 들고 있는 것과 같은 커다란 낫이 들려 있었다.

"너…… 신계의 사도인가?"

"아뇨, 아닙니다. 저는 훌리오 가의 메이드입니다."

"무, 무슨 소리야……. 등에 천사의 날개를 지니고, 신계의 사도의 커다란 낫을 손에 들고 있지 않나!"

타니아를 향해 거칠게 말하는 신계의 사도들.

그런 신계의 사도들을 상대로 타니아는 천천히 고개를 갸웃거렸다.

"글쎄…… 당신들이 무슨 말을 하는지, 전혀 이해할 수 없군요."

그러더니 타니아는 커다란 낫을 교묘하게 휘둘렀다.

"……어쨌든, 스컬에이프는 제반 사정으로 홀리오 님께서 사용하고 계시니, 여러분께서는 포기하셨으면……."

"바, 바보 같은 소리 마라!"

"그래, 스컬에이프가 없으면 재앙의 용을 찾을 수 없잖아!"

타니아를 향해 저마다 반론하는 신계의 사도들.

"예, 그 사정은 먼저 이야기하시는 걸 들었기에 알고 있습니다. 재앙의 용을 찾으시는 거로군요?"

"어, 어어…… 그렇다. 반응이 너무나도 미약해서 발견할 수 없기에, 스컬에이프를 이용해서 찾으려고……."

신계의 사도의 말에 크게 한 번 한숨을 내쉬는 타니아.

"그건 그렇겠죠. 여하튼 이 세계에 침입한 재앙의 용은, 제 주인 홀리오 님께서 이미 퇴치하셨으니."

"뭐?!"

"뭐라고요?!"

타니아의 말에 신계의 사도들은 일제히 경악해서 소리 높였다.

"말도 안 되는…… 재앙의 용은, 재앙 몬스터 중에서도 특히 튼튼하며 생명력이 강한 개체다……. 신계의 사도가 열 명이 달라붙어도 퇴치할 수 없었는데……."

"그렇군요……. 말만으로는 믿을 수 없습니까. 그럼, 이걸로 괜찮겠지요?"

그러더니 타니아는 가슴의 계곡에서 병 하나를 꺼냈다.

"이건 홀리오 님께서 재앙의 용의 혈액을 이용하여 만드신 회복약입니다."

"뭐, 뭐라고?!"

"재, 재앙의 용의 혈액으로……."

"그 단단한 피부와 비늘에서 혈액을 채취했다는 것인가……."

타니아에게서 회복약이 든 병을 받아든 신계의 사도들은 일제히 그것을 바라봤다.

일동 앞에서 일곱 빛깔의 빛을 발하는 회복약.

"……미, 믿을 수 없지만…… 이 회복약에서는 확실히 재앙의 용의 반응이……."

"……살아있는 재앙의 용에게서 혈액을 채취하는 건 불가능……."

"그래, 이게 있다면, 재앙의 용을 퇴치했다는 증거가 되겠지."

일곱 빛깔로 빛나는 회복약 병을 바라보며 신계의 사도들은 그런 대화를 나누었다.

"그럼 그 회복약과 스컬에이프를 교환……하는 건 어떻습니까?"

타니아의 말에 신계의 사도들은 얼굴을 마주봤다.

"어, 어떻게 하지?"

"응, 스컬에이프도 희소한 몬스터지만, 찾으면 또 못 발견할 건 아니야."

"그보다도 이 회복약이야."

"그래, 이 회복약이 있다면, 재앙의 용이 퇴치된 증거로 삼을 수 있어."

"그러니까…… 우리도, 신계로 돌아갈 수 있다는 거야……."

"……그렇다면, 대답은 하나……로군."

일제히 끄덕이더니 신계의 사도들은 타니아에게 시선을 향했다.

"……알았다. 그 조건을 받아들이도록 하지."

"알겠습니다. 그럼 그 회복약을 가지고 돌아가십시오."

"그래, 그 대신에 스컬에이프는 두고 가겠다."

신계의 사도들은 일제히 하늘 높이 날아올랐다.

진행 방향의 하늘에 균열이 생기고, 신계의 사도들은 그 안으로 사라졌다.

이윽고 모든 신계의 사도가 균열 너머로 사라지자, 하늘의 균열도 사라졌다.

"……자, 어떻게든 이쪽은 정리된 모양이군요."

타니아는 신계의 사도들이 사라진 하늘을 가만히 바라보고는 훌리오 가를 향해서 천천히 강하했다.

◇며칠 뒤 훌리오 가◇

"상태는 어떤가요? 서방님."

침실로 음료와 간단한 먹을거리를 가져온 리스는, 침대에 누워 있는 훌리오에게 말을 건넸다.

그날…… 칼시므의 사념체를 스컬에이프에게 흘려 넣은 훌리오.

그때 휘청거리기도 해서, 훌리오는 리스에게 『절대 안정』을 선고받았다.

"……고마워, 리스. 이제 완전히 괜찮으니까."

홀리오는 평소의 시원스러운 미소를 지으며 상반신을 일으키려고 했다.

"안 돼요, 서방님!"

리스는 홀리오에게 달려오더니 그의 몸에 손을 대고, 홀리오를 다시 침대에 눕혔다.

"……마음은 모를 것도 아니지만, 며칠은 더 절대 안정으로 부탁해요."

홀리오에게 얼굴을 가져다 대며 리스는 걱정스러운 표정을 지었다.

'……이제 괜찮다고는 생각하는데. 그래도 리스한테 걱정을 끼쳤으니까, 좀 더 느긋하게 보내도록 할까…….'

그런 생각을 하며 홀리오는 몸을 뉘었다.

"……그러고 보니, 차룬은 어때?"

차룬은 홀리오 가 뒤편에 있는 공장 2층의 한 방에 있었다.

의자에 앉아서 창밖을 바라보는 차룬.

그 옆에는 전날 홀리오가 칼시므의 사념체를 흘려 넣은 스컬에이프가 의자에 앉혀져 있고, 차룬은 스컬에이프에게 몸을 몸을 기댄 채, 함께 창밖을 바라보고 있었다.

"칼시므 님, 오늘은 바람이 기분 좋습다."

차룬은 싱긋 미소 지으며 스컬에이프에게 말을 건넸다.

칼시므의 크기가 된 스컬에이프.

그 몸에는 칼시므가 입고 있던 로브를 입혀서, 옆에서 보면 칼시므가 그곳에 앉아 있는 것으로밖에 안 보였다.

……하지만 스컬에이프는 차룬의 말에 아무런 반응도 않고, 의자에 앉은 채로 창밖으로 시선을 향하고 있었다.

차룬은 일어서더니 방 안쪽에 있는 부엌에서 물을 끓이고 차를 탔다.

"자, 칼시므 님, 뜨거울 때 드시는 겁다."

그러면서 해골에게 찻잔을 건네는 차룬.

그 손에 찻잔을 들려도, 역시나 스컬에이프는 아무런 반응도 없이 의자에 앉아 있었다.

최근 며칠…… 몇 번이고, 몇 번이고 반복된 이 광경.

그럼에도 차룬은 기쁜 듯 미소 지으며, 스컬에이프의 무릎 위에 머리를 얹고 있었다.

'……움직여 주시지는 않습다만…… 이건 분명히 칼시므 님임다.'

차룬은 뺨으로 전해지는 스컬에이프의 뼈 감촉을 확인하며, 기쁜 듯 계속 미소 지었다.

"……칼시므 님, 홀로 쓸쓸해하실 것 없습다…… 앞으로는, 저 차룬이 계속 함께 있겠습다……. 계속……."

그러면서 차룬은 살며시 눈을 감았다.

그런 차룬의 입가에 갑자기 몇 줄기 선이 생기기 시작했다.

얼굴은 생기를 잃기 시작하고, 서서히 나무 표면처럼 열화되었다.

마인형은…… 생을 마칠 때, 원래의 모습인 나무로 돌아간다고
한다.

스컬에이프의 무릎에 머리를 얹은 채, 차룬의 몸은 점점 나무
로 바뀌었다.

그녀의 눈에서 한 줄이 눈물이 흘러내렸다.

"……칼시므 님……."

호록.

그때, 실내에 무언가 소리가 울렸다.

차룬은 감고 있던 눈을 저도 모르게 떴다.

호록, 호로록…….

그 소리는 차룬의 머리 위쪽에서 들렸다.

차룬은 천천히 얼굴을 들었다.

그 시선 끝에서…… 그때까지 꿈쩍도 않던 스컬에이프가 찻잔
을 들어 차를 홀짝인 것이었다.

차룬은 그 광경을 그저 계속 바라봤다.

그 시선 앞의 스컬에이프는 찻잔의 차를 모두 비우더니, 차룬
을 향해 싱긋 미소 지었다.

"……이것 참, 역시 차룬이 타준 차는 각별하구나……. 더 줄
수 있겠느냐?"

차룬은 그 광경을 그저 계속 바라봤다.

나무로 돌아가려던 차룬의 몸은 어느샌가 마인형의 몸으로 돌

아왔다.

차룬은 얼굴을 눈물로 흠뻑 적시며 스컬에이프…… 아니, 칼시므의 얼굴을 끌어안았다.

크게 오열하느라 말도 못 하고 입만 뻐끔뻐끔하며, 차룬은 칼시므의 머리를 끌어안고서 계속 눈물을 흘렸다.

칼시므는 그런 차룬의 머리를 천천히 쓰다듬으며 기쁜 듯 미소지었다.

◇ ◇ ◇

차룬의 목소리를 듣고 방 입구로 달려온 훌리오.

"다행이야……. 잘 됐구나."

그 옆에서 타니아가 크게 끄덕였다.

"어쩌면 스컬에이프의 몸과 칼시므의 사념체가 동조하는 데 시간이 걸렸을지도 모르겠군요."

"어쨌든…… 잘 됐어…… 응."

타니아의 말에 끄덕이며, 훌리오는 서로 끌어안은 칼시므와 차룬을 바라봤다.

◇호우타우 훌리오 가◇

"파파! 이제 괜찮아?!"

그 사건 이후로 2주 정도 지난 아침.

훌리오는 오랜만에 거실에 모습을 드러냈다.

그런 훌리오에게, 모두의 아침식사를 준비하던 엘리나자가 환한 얼굴로 달려왔다.

"걱정 끼쳐서 미안해, 이제 괜찮아."

훌리오는 그런 엘리나자에게 평소의 시원스러운 미소를 지어주고, 안겨드는 엘리나자를 다정하게 끌어안았다.

칼시므의 사념체를 스컬에이프의 몸으로 흘려 넣을 때, 마력을 과도하게 사용했기에 휘청거린 훌리오.

그래서 리스가 『절대 안정』을 선고하고, 이날까지 화장실 이외에는 일어나는 것을 금지했던 것이다.

'……사실은 훨씬 전부터 문제없이 움직일 수 있었지만…….'

내심 그런 생각을 하는 훌리오.

"훌리오 님, 이제 괜찮으십니까?"

"파팡, 정말로 괜찮아? 괜찮아?"

"……훌리오 님, 무리는 안 돼요…….'"

그러나 훌리오 가의 모두는 입을 모아 그런 말을 건네는 것이었다.

"서방님, 정말로 이제 괜찮은 건가요?"

훌리오 곁으로 달려온 리스는, 훌리오의 몸을 손으로 만지며 상태를 확인했다.

"걱정해줘서 고마워, 리스. 정말로 이제 괜찮으니까."

훌리오는 그런 리스에게 평소의 시원스러운 미소를 지어주고 식탁의 자기 자리에 앉았다.

리스는 그런 홀리오를 기쁜 듯 미소로 바라보며, 부엌을 돌아 봤다.

"잠시만 기다려 주세요, 지금 차를 가져올 테니까요."

……그러자 부엌에서 차룬이 모습을 드러냈다.

찻잔에 차를 담아서 천천히 가져온 차룬은, 홀리오 옆에 섰다.

"홀리오 님, 안녕하심까. 자, 차룬의 차를 드시는 검다."

그러면서 홀리오의 자리 앞에 차가 담긴 찻잔을 내밀었다.

"안녕, 차룬. 어때, 새로운 생활에는 이제 익숙해졌어?"

그것을 받아든 홀리오는 차를 입으로 옮기며 평소의 시원스러 운 미소를 차룬에게 향했다.

"익숙해질 리가 없습다."

차룬은 홀리오를 똑바로 바라보며 만면의 미소를 지었다.

"이렇게나 행복한 기분으로 하루하루 보낼 수 있다니, 어떻게 생각해도 이상하니까 말입다."

차룬은 그러면서 뺨을 붉게 물들이고, 입가를 풀었다.

◇ ◇ ◇

칼시므가 의식을 되찾은 이후, 차룬과 칼시므는 일단 홀리오 가 3층에 머무르고 있었다.

아직 새로운 몸에 익숙하지 않은 칼시므는 3층의 방 안에서 느 긋하게 지내며, 이따금 홀리오 가 주변에 있는 슬레이프와 빌레리 의 방목장을 방문하거나, 블로섬이 운영하는 농장의 일을 돕거나,

무리가 없는 범위에서 행동하며 그 몸에 익숙해지고자 애썼다.

차룬이 그런 칼시므를 따라다니는 것은 말할 필요도 없었다.

이날, 창가에 의자를 놓고 창밖을 바라보는 칼시므.

"칼시므 님, 오늘은 바람이 따스함다."

차룬은 싱긋 미소 지으며 칼시므에게 갓 탄 차를 건넸다.

"음음, 역시 따듯한 게 좋구나."

차룬에게서 받아든 찻잔을 손에 들고 창밖을 바라보던 칼시므는 찻잔을 입으로 옮기고 호로록 그것을 들이켰다.

차룬은 그런 칼시므의 모습을 기쁜 듯 바라봤다.

"칼시므 님, 차를 더 드림까?"

차룬의 말에 싱긋 미소 짓는 칼시므.

"음…… 그렇구나, 그럼 미안하지만 부탁할 수 있을까, 차룬."

"예, 기꺼이 준비해 드리겠슴다."

차룬은 빈 찻잔을 받아들더니 방 안쪽에 있는 간이 부엌에서 물을 끓이고 새로 차를 탔다.

"자, 칼시므 님, 뜨거울 때 드시는 검다."

그러면서 칼시므를 향해 찻잔을 건네는 차룬.

칼시므는 싱긋 미소 지으며 그 찻잔을 받아 들었다.

호로록.

"음, 역시 차룬이 타준 차는 최고구나."

후우, 숨을 돌리며 칼시므는 기분 좋은 듯 창밖의 광경으로 시선을 향했다.

차룬은 그런 칼시므의 무릎 위에 천천히 자신의 머리를 얹었다.

뺨으로 전해지는 칼시므의 뼈 감촉을 확인하며 기쁜 듯 계속 미소 지었다.

칼시므는 그런 차룬의 머리를, 싱긋 미소 지으며 천천히 쓰다듬었다.

"……차룬, 슬프게 만들고 말아서 미안하구나……. 앞으로는 계속 함께 있을 테니까……."

칼시므는 그렇게 말하며 차룬의 머리를 사랑스럽게 계속 쓰다듬었다.

이때 칼시므는 갑자기 허둥지둥했다.

"아…… 그게, 뭐냐, 물론 차룬만 괜찮다면, 말이라고? 어쩐지 미안하구나, 일방적으로 내 마음만 밀어붙여서……."

살짝 목소리가 뒤집어지며 당황스레 말을 끊는 칼시므.

그 입에 차룬이 오른손 검지를, 살며시 가져다 댔다.

"으…… 음?"

그만 말을 멈추는 칼시므.

차룬은 머리를 들고 칼시므의 눈앞으로 자신의 얼굴을 가져갔다.

그 결과, 지근거리에서 마주 보는 모양새가 된 차룬과 칼시므.

"……칼시므 님, 차룬은 당신만의 것임다. 앞으로도 계속……."

그러더니 차룬은 눈을 감았다.

"……으, 으음?! 저, 저기, 이건…… 그게, 말이다……."

눈앞에서, 눈을 감고, 입술을 살짝 내민 차룬의 모습에, 칼시므는 그만 두근두근하며 주위를 둘러봤다.

그런 칼시므의 모습에 차룬은 작게 한숨을 흘리더니 그의 얼굴을 좌우에서 덥석 붙잡고 말했다.

"……여자를 너무 부끄럽게 하면 안 됩다."

그러더니 또다시 눈을 감았다.

칼시므는 그런 차룬을 곤란하다는 표정으로 바라보면서도 한 번 작게 헛기침을 하고, 그리고 천천히 그 입술에 자신의 입 부분을 겹쳤다.

마인형은 삶을 마칠 때, 원래의 모습인 나무로 돌아간다고 한다.

그리고 진정으로 살아가는 기쁨을 안 마인형은, 어느샌가 사람과 다름이 없는 존재로 변한다고도 한다.

하지만 이 세계에서, 사람이 된 마인형의 존재는 단 하나도 확인되지 않는다.

차룬은 천천히 눈을 뜨더니,

"칼시므 님…… 차룬은 행복함다."

뺨을 붉게 물들이며 기쁜 듯 미소 지었다.

칼시므는 그런 차룬을 미소로 마주보는 것이었다.

'차룬…… 이렇게나 감정이 풍부했던가……. 어쩐지 나날이 많은 표정을 보여준다고 할까…… 마치 마족이나 인간족같이…….'

◇ ◇ ◇

칼시므와 차룬이 함께 웃는 창밖.

그곳에 한 마리 큰 까마귀의 모습이 있었다.

칼시므의 사역마였던 큰 까마귀는, 그날 마왕성에서 갑자기 모습을 감춘 차룬을 찾아서 이곳저곳 날아다닌 것이었다.

차룬은 물론 칼시므까지 찾아낸 큰 까마귀는, 곧바로 방 안으로 날아들려고 했다.

……하지만 칼시므와 차룬이 좋은 분위기였기에 눈치를 봐서 참은 것이었다.

창틀 위에서 조마조마하며, 큰 까마귀는 방 안으로 날아들 기회를 계속 엿봤다.

◇마왕성 알현실◇

"……그럼 달리 전달 사항이 없다면, 아침 조례는 마치겠습니다만?"

옥좌 앞에 선 채로 회의를 진행하는 마왕 독슨 옆에서, 측근 후훈은 오른손 검지로 패션 안경을 꾹 밀어 올리며 알현실에 모인 마족들을 둘러봤다.

그런 가운데…… 이번 회의로, 새로이 사천왕으로 임명된 잔지바르가 천천히 오른손을 들었다.

"……저기, 잠깐 괜찮을까?"

"음, 뭐냐 잔지바르."

"마왕 독슨 님……. 조금 전에, 내가 새로이 사천왕 중 하나로 임명되었습니다만, 이건 어떻게 된 겁니까? 나는, 반란군을 이끌고 마왕 독슨 님에게 반기를 든 남자라고요…….”

　'……오늘 회의에 호출된 것도, 틀림없이 모두의 앞에서 처형될 것이라 생각해 각오까지 했다만…….'

　이마에 식은땀을 흘리며 마왕 독슨에게 시선을 향하는 잔지바르.

　“아, 그거 말이다만……. 잔지바르여, 악마족을 오랫동안 이끈 네 지식과 인망, 그리고 반란군을 이끌던 때의 통솔력과 작전, 입안 능력…… 그런 우수한 능력을 부디 마왕군을 위해 살렸으면 했거든.”

　그러더니 마왕 독슨은 깊이 머리를 숙였다.

　“과거는 물에 흘려보내고, 부디 마왕군에게 힘을 빌려다오, 이런 이야기다.”

　그 광경에, 알현실에 모인 모두가 술렁거렸다.

　(“……저, 저 마왕 독슨 님이 머리를 숙이셨어?!”)

　(“……유이가드 시절에는, 무슨 일이 있어도 절대로 머리를 숙이지 않았는데…….”)

　(“……마, 마왕 독슨 님은, 정말로 변하셨다고 할까…….”)

　소곤소곤, 그런 대화를 나누며, 이따금 마왕 독슨을 흘끗흘끗 바라보는 마족들.

　그런 가운데, 잔지바르는 마왕 독슨 앞으로 걸어 나왔다.

　그리고는 한쪽 무릎을 꿇고 머리를 숙였다.

　“그렇게까지 말씀하신다면 저 잔지바르, 거절할 이유가 없습니다. 앞으로 저 잔지바르, 마왕 독슨 님을 위해 분골쇄신…….”

　“어, 아니…… 말을 가로막아서 미안한데…….”

오른손을 들고 겸연쩍은 표정을 짓는 마왕 독슨.

"날 위해서가 아니라, 마왕군을 위해서 열심히 해다오, 부탁하마."

"……알겠습니다. 그럼 저 잔지바르, 마왕군을 위해 분골쇄신 일할 것을 맹세하죠."

"그래, 잘 부탁한다."

잔지바르의 말에 다시금 마왕 독슨은 머리를 숙였다.

마왕으로 복귀한 독슨은 매일 아침 마왕성의 간부를 모아서 조례를 진행했다.

'……금발도, 매일 아침 이렇게 모두를 모아서 이야기를 들었으니까 말이야.'

일찍이 함께 여행한 금발 용사를 떠올리며 저도 모르게 미소를 지었다.

회의가 끝나고 간부들이 알현실을 나가자, 교대하듯이 마인족 여자 하나가 마왕 독슨 앞으로 달려왔다.

"마왕 독슨 님, 잠깐 괜찮으실까 해?"

"오, 무슨 일이냐, 팔메르?"

금발 용사 일행 중에 척후로서 정보 수집을 맡고 있던 리리안 주를 가까이서 본 마왕 독슨은 정보 수집의 중요성을 배우고, 마왕으로 복귀하자마자 마인족을 모집하여 응모한 팔메르를 첩보부 요원으로 채용한 것이었다.

팔메르는 깊은 슬릿이 있는 차이나드레스에, 귀에 은제 종이 달린 귀걸이를 장착한 모습으로 마왕 독슨 앞으로 걸어 나왔다.

"마왕성 북쪽의 바위산 산맥 기슭의 얼음거인족 수장의 장남이 오늘 축언을 바친다해. 그리고 마왕성 근처의 숲속에서 이전부터 이어진 전투 행위도 아무래도 가라앉은 모양이다해."

팔메르는 마인답게 변장, 잠입, 조사 등등 모든 첩보의 기술을 익혀서, 마왕성 안이나 인근 마족의 정보 등을 자세히 조사하여 그것을 독슨에게 전달하는 역할을 맡고 있었다.

독슨은 팔메르의 보고를 모두 듣고 후훈에게 시선을 향했다.

"이봐, 후훈. 얼음거인족 수장의 집에 감사의 선물을 전달하러 가고 싶은데. 미안하지만 저쪽 사정을 확인해 주겠어? 그리고 감사의 선물도 골라줘. 추가로 숲의 전투 행위에 대해서도, 일단 조사대를 보내서 주변을 확인해줘."

"알겠습니다, 그럼 바로 수배하겠습니다."

후훈은 공손히 인사하더니 알현실 출구로 향했다.

……하지만 그곳에서 한 번 멈춰 선 후훈은, 다시금 마왕 독슨을 돌아봤다.

"……저기, 마왕 독슨 님, 하나 여쭈어도 되겠습니까?"

"어, 뭐지?"

"예…… 그게, 대단한 일은 아니지만…… 알현실에 계시는 동안, 옥좌에 안 앉으시고 계속 서 있으시는 것 같은데, 왜 그러시는 겁니까?"

오른손 검지로 패션 안경을 꾹 밀어 올리며 마왕 독슨에게 물었다.

그런 후훈 앞에서 마왕 독슨은 조금 부끄러운 듯 헛기침을 했다.

"이건…… 그거야…… 칼시프조차, 옥좌에 앉는 게 황송하다고 그랬잖아……. 나같이 미숙한 녀석이 옥좌에 앉을 수 있을 리가 없다고 할까…… 뭐, 그런 생각을 한 거지."

뺨을 긁적이는 마왕 독슨.

그런 마왕 독슨을, 후훈은 미소로 바라봤다.

"그렇습니까…… 그건 무척 좋은 마음가짐이 아닐까 합니다."

공손히 인사하더니 후훈은 이번에야말로 알현실을 뒤로했다.

'여행에서 돌아오시고, 마왕 독슨 님은 정말로 변하셨습니다.'

만족스럽게 끄덕이는 후훈.

……하지만 다음 순간, 그녀의 얼굴에 불만의 기색이 드리웠다.

'하지만……『시답잖은 걸 일일이 묻지 마라!』라고 화를 내시며 후려치시지 않는 것도…… 조금 쓸쓸하다고 할까요…….'

후훈…….

그녀는 마왕 유이가드에게 얻어맞고 날아가는 것은 최상의 기쁨으로 여기던 마조히스트 서큐버스였다.

마왕 독슨은 하루하루 할 수 있는 일을 열심히 계속 소화했다.

마왕성 안에서 마왕 독슨이 노성을 터뜨리는 일은 사라지고, 모두의 의견을 잘 듣고 제대로 생각한 다음에 행동하게 되었다.

그런 마왕 독슨의 변화는, 느리지만 마족 사이에 퍼지기 시작했다.

◇⋯⋯그 무렵의 금발 용사 일행◇

금발 용사 일행은 마왕성 근처의 숲에 있었다.

"⋯⋯아무래도 끝난 모양이군."

금발 용사는 조금 전에 다시 메운 함정을 발로 단단히 다지며 후우, 숨을 돌렸다.

"상당히 놓쳐 버렸지만, 마왕성 탈취 작전의 잔당도 역시나 사라진 모양이네. 자, 이걸로 맛있는 걸 먹으러 갈 수 있겠어."

밸런타인은 있는 힘껏 기지개를 켜며 기쁜 듯 소리 높였다.

밸런타인의 말에, 척후에서 막 돌아온 리리안주도 끄덕였다.

"마왕성 주위에, 마왕성 탈취하려던 녀석들의 기척은 전무했소이다."

"음, 그렇군⋯⋯ 이만큼 철저히 사냥해 두면, 이제 막 마왕의 자리로 돌아간 독슨도 조금은 편해지겠지."

어깨에 지고 있던 드릴 불도저 삽을 마법 주머니 안에 넣고, 금발 용사는 가도를 향해 이동하기 시작했다.

"자, 용건도 마쳤으니까 인간족의 마을로 가서, 오늘은 맛있는 걸 먹자고."

"찬서~엉! 역시 금발 용사님."

금발 용사 곁으로 달려온 밸런타인이 목에 팔을 두르며 끌어안았다.

"저기~, 금발 용사님."

"음, 왜 그러느냐, 츠야?"

"아, 예…… 독슨 씨랑~, 정말로 안 만나고 가시는 건가요~?"

나무들 사이로 보이는 마왕성으로 시선을 향하는 츠야.

그런 츠야에게, 금발 용사는 고개를 가로저었다.

"그 녀석도, 이래저래 바쁠 테니까 말이다."

그러더니 마왕성에서 등을 돌리고 가도로 향했다.

그런 금발 용사의 뒷모습을 바라보며 츠야는 미간에 주름을 지었다.

'……으음~, 개인적으로는, 마지막으로 한 번만 더, 밸런타인 씨가 독슨 씨의 마력을 배불리 빨아뒀으면 좋겠다고 할까~.'

그런 생각을 하는 츠야.

"독슨이 없어져 버렸으니까, 마력 보충을 위해서라도 오늘밤은 잔뜩 먹어야지!"

그 시선 앞에서 밸런타인은 활기차게 말했다.

사계 출신인 밸런타인이, 사계와 비교해서 대기 중의 마력 농도가 지극히 낮은 이곳 클라이로드 세계에서 살아가기 위해서는, 항상 대량의 마력을 계속 보충할 필요가 있었다.

이제까지는 무진장한 마력량을 자랑하는 독슨한테서 입을 통해 마력을 흡수했지만, 그런 독슨이 사라진 이상, 앞으로는 이전처럼 음식이나 마석을 체내에 받아들여서 그런 물질에 포함된 마력을 흡수할 수밖에 없는 것이었다.

'……아으~…… 독슨 씨 덕분에~, 최근에는 식비가 무척 줄어들었는데~…….'

지갑 내용물을 확인하며 눈물을 글썽이는 츠야였다.

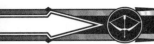

"영……차."

집 앞에 있는 빨랫줄에 리스는 모두의 시트를 널고 있었다.

그 옆에는 막 널어놓은 모두의 옷이 나란히 널려 있었다.

"매일 나오는 세탁물이 굉장히 늘어났네……."

빨랫줄 가득 걸린 빨래를 둘러보며 리스는 만족스럽게 끄덕였다.

"리스 님!"

2층 창문에서 타니아가 몸을 내밀었다.

타니아는 복도를 청소하고 있었는지, 손에 든 대걸레를 커다란 낫처럼 휘둘러서 주위로 회전시키더니 마지막에는 자신의 어깨에 얹었다.

동시에 등의 날개를 전개해서 공중을 활공, 리스 바로 옆에 착지했다.

"빨래 정도는 저 타니아에게 말씀해 주신다면……."

"고마워요, 타니아. 하지만 이 정도는 하게 해줘요."

타니아에게 싱긋 미소를 향하는 리스.

"그보다도 타니아. 조금은 쉬라고, 전부터 말했잖아요? 당신, 항상 아침부터 밤까지 일만 하니까."

"배려는 감사합니다만…… 오히려 저는 일하는 편이 마음이 편하다고 할까요……."

"안 돼요, 타니아. 요전에도 서방님이 마력을 지나치게 사용해서 몸이 나빠졌으니까…… 쉴 때는 제대로 쉬도록 해요."

훌리오의 아내로서, 리스는 훌리오 가에 사는 모두의 몸 상태도 염려하고 있었다.

"알겠습니다…… 리스 님께서 그렇게까지 말씀하신다면, 다음 휴식 시간은 전력으로 쉬도록 하겠습니다."

"그래요, 그렇게 해준다면 기쁘겠어요."

'……전력으로 쉰다……는 게, 어쩐지 조금 신경이 쓰이는데…….'

내심 무언가 걸린다고 느끼면서도 그것이 무엇인지 판별할 수 없었던 리스는, 그 자리에서 작게 끄덕였다.

그런 가운데…… 훌리오 가의 현관 앞에 마법진이 전개되기 시작했다.

그 안에서 전이 문이 출현했다.

그것을 본 리스는 표정이 화악 밝아졌다.

"아, 서방님이야!"

빨래 바구니를 내려놓고 마법진을 향해 달려갔다.

리스가 문 앞에 도착하는 것과 동시에, 전이 문이 열리고 안에서 훌리오가 모습을 드러냈다.

"서방님, 다녀오셨어요."

"다녀왔어, 리스. 이렇게 마중을 나와줘서 고마워."

웃어주는 리스에게 평소의 시원스러운 미소로 답하는 훌리오.

마법진을 지우고 훌리오는 현관으로 향했다.

리스도 그 옆으로 다가갔다.

"서방님, 회의는 어떻게 되었나요?"

"응, 클라이로드 마법국과 마왕군 사이에 체결된 휴전 협정에 대한 회의였는데, 마왕 독슨 씨한테서 마왕은 바뀌었지만 휴전 협정은 지속하겠다는 서간이 온 모양이라서. 특별히 논의할 것이 사라져 버렸거든."

"어머, 그래서 이렇게 빨리 돌아오셨군요."

"그렇기는 한데……. 역시 나한테는 짐이 무겁단 말이지, 『클라이로드 마법국 고문』이라니……."

일찍이 홀리오는 용사 후보로서 이 세계에 소환되었지만, 클라이로드 성의 잘못으로 용사 실격이라 판단되어버려 추방되었다.

그 후, 여왕이 왕위에 앉자 홀리오야말로 용사에 걸맞은 인물이라고 인정했지만…… 전 클라이로드 왕이 다른 자를 용사로 임명했기에, 법률에 따라 홀리오를 새로운 용사로 인정할 수는 없게 되었다.

그럼에도 클라이로드 마법국의 평화를 위해서 남몰래 계속 헌신하는 홀리오의 공헌에 보답하기 위해, 여왕이 새로이 설치한 것이 바로 『클라이로드 마법국 고문』이라는 직함이었다.

수줍은 듯 머리를 긁적이는 홀리오.

리스는 그런 홀리오를 미소로 바라봤다.

"……아, 그렇지 리스, 오늘은 이 다음 예정은 있어?"

"오늘 말인가요? ……그러네요, 사베어랑 같이 사냥이라도 갈까 싶을 정도로, 딱히 바쁜 용건은 없지만……."

"그럼 동방의 화물 수송에 가지 않을래? 그게, 전이 마법으로 갈 수 있는 장소를 늘리기 위해서, 급하지 않은 화물 운반 업무를 갔던…… 그걸 계속하러."

"아아?! 그러고 보니, 아기들이나 이런저런 일이 있었으니까 까맣게 잊고 있었어요."

홀리오의 말에 리스는 크게 끄덕였다.

"아무리 급하지 않다고는 해도, 슬슬 전달해야 하니까……. 게다가 리스랑 둘이서 느긋하게 여행을 할 수 있는 것도 기쁘고."

그러더니 평소의 시원스러운 미소를 짓는 홀리오.

그런 홀리오에게 리스는 미소로 끄덕였다.

그러자 그런 두 사람 곁으로 혼 래빗 모습의 사베어가 달려왔다.

홀리오와 리스 옆에 서더니 사이코 베어의 모습으로 변했다.

"사베어는, 자기 모습을 자유자재로 바꿀 수 있게 되었구나. 정말로 굉장해."

『바호! 바호!』

홀리오가 칭찬하자 기쁜지, 사베어는 두 발로 서며 양팔로 자신의 가슴을 마구 두드렸다.

"그럼 서방님, 바로 출발할까요."

"그러네. 짐마차는 마법 주머니에 넣어뒀으니까……."

그러더니 마법 주머니 안에서 짐마차를 꺼내는 홀리오.

그러자 두 사람 앞에 짐마차가 출현했다.

짐마차로 달려간 사베어가, 스스로 짐마차를 끌 준비를 했다.

"사베어도, 우리랑 같이 여행을 갈 수 있는 게 정말로 기쁜가 봐요."

『바호! 바호!』

리스의 말에 사베어는 몇 번이고 끄덕였다.

"그럼 준비도 됐으니까, 바로 가기로 할까."

그러더니 홀리오는 오른손을 뻗었다.

사베어 앞쪽으로 마법진이 전개되고, 그 안에서 거대한 전이 문이 출현했다.

조금 전에 홀리오가 클라이로드 성에서 돌아올 때에 사용한 문이 아니라, 양쪽으로 열리는 성문 같은 문이 출현했다.

"좋아, 그럼 요전에 돌아온 장소로 갈까."

마부석에 탄 홀리오가 오른손 검지를 한 번 휘둘렀다.

그러자 전이 문이 좌우로 열렸다.

그 너머에는 지난번 그들이 물러난 가도가 펼쳐져 있었다.

전이 문을 지나서, 숲속의 가도를 나아가는 짐마차.

나무 사이로 햇빛이 비쳐들고, 사베어가 끄는 짐마차는 천천히 가도를 나아갔다.

몸이 큰 사베어인 만큼, 그 한 걸음이 넓어서 느리게 보여도 사실은 상당히 고속으로 나아가고 있었다.

"……서방님, 가끔은 이렇게 느긋하게 이동하는 것도 좋네요."

미소를 지으며 홀리오에게 몸을 기대는 리스.

"응, 그러네…… 나도 그렇게 생각해."

리스의 어깨에 팔을 두르고 살며시 끌어안는 홀리오.

그런 두 사람을 태운 짐마차는, 숲속의 가도를 천천히 계속 나아갔다.

◇어느 숲속 깊은 곳◇

클라이로드 성에서 멀리 떨어진 산속의 숲.

그곳에 전직 마왕군 사천왕 중 하나인 쌍두조 후기 무기가 인간족의 모습으로 변하여 살고 있었다.

마왕 유이가드의 폭거에 질려서 마왕군을 떠난 후기 무기는 자신의 신분을 숨긴 채, 은둔하기를 택한 것이다.

""그건 그렇고 요전의 낙뢰, 정말로 뭐였을까…….""

숲속을 걸으며 고개를 갸웃거리는 후기 무기.

그 뒤에는 늑대 계열과 곰 계열의 거대한 몬스터들이 따르고 있었다.

이 몬스터들은 후기 무기보다도 전부터 이 숲에 살던 몬스터들이었다.

자신들의 구역 한가운데 태연하게 살기 시작한 후기 무기를, 몬스터들은 모두 나서서 쫓아내려고 했지만……. 본래의 모습인 쌍두의 거대조 모습을 드러낸 후기 무기를 앞에 두고, 『이길 수 없다』라는 걸 본능적으로 헤아린 몬스터들이, 이후로 후기 무기의 사역마로서 살아가게 된 것이다.

몬스터들을 거느리듯이 숲속을 걷고 있는 후기 무기.

그런 후기 무기의 좌우에 찰싹 달라붙어서 걷고 있는, 두 여자의 모습이 있었다.

"뭔가 하늘에서 금색의 용 같은 게 출현하는가 싶었더니, 갑자기 번쩍번쩍 콰과~앙이었단 말이지……. 하마터면 우리 집까지 타버릴 참이었는데, 후가 불을 끄러 와줘서 정말 살았어~."

숲 밖에서 농사를 하는 카사는, 미소를 지으며 후기 무기의 오른팔을 끌어안았다.

그 모습을 곁눈으로 보고 있던 다른 한 여자, 마을에서 잡화점을 경영하는 시노는 카사가 후기 무기의 팔을 단단히 끌어안은 것을 깨닫고는, 카사 이상의 미소를 지으며 후기 무기의 왼팔을 끌어안았다.

"정말정말, 후기 무기 씨가 돌아다니며 불을 꺼준 덕분에 짐마차의 화물이 재가 되는 일은 피할 수 있었으니까요."

""딱히 너희 둘을 구하려는 건 아니었고. 하늘에서 나타난 몬스터 탓에 숲에 불이 났으니까, 그걸 끌려고 돌아다녔을 뿐이고. 그대로 계속 번졌다면 이 녀석들이 위험했을 테니까.""

뒤쪽으로 시선을 향하는 후기 무기.

그 시선 앞에는 후기 무기의 사역마가 된 몬스터들의 모습이 있었다.

……전날, 신계의 사도들이 운송 중에 놓쳐버린 재앙의 용이 클라이로드 세계로 도망치려고 하는 사건이 발생했다.

재앙의 용은 우연히 맞닥뜨린 홀리오의 『신들의 황혼』 마법으로 포박되었지만, 주위에 번개를 흩뿌린 탓에 숲에 화재가 발생했고, 그 탓으로 후기 무기가 살고 있는 숲 일부에도 화재가 발생한 것이었다.

그래서 자신이 사는 집이나 사역마 몬스터들을 지키기 위해서 소화 활동을 벌인 후기 무기.

그 도중, 화염이 들이닥치던 카사의 집이나, 숲속에서 불길이 둘러싸인 시노의 짐마차를 우연히 구했다.

"'몇 번이나 말하지만, 그때는 불을 끄느라 필사적이었을 뿐이고. 카사랑 시노를 구할 생각은 아니었으니까, 그렇게 감사할 것까지는 없고⋯⋯. 하지만 뭐, 둘 다 무사해서 다행이고.'"

자신의 팔을 끌어안은 카사와 시노에게 교대로 시선을 향하는 후기 무기.

그런 후기 무기를 카사는 미소로 마주 봤다.

'⋯⋯날 구해줬으면서도 전혀 은혜를 과시하려고 들지 않는다니, 이 얼마나 쿨한 걸까⋯⋯. 아아, 농가의 딸로 태어나서 농사 말고는 아무런 재주도 없었던 나⋯⋯. 이대로 지긋지긋한 소꿉친구인 고리크 따위한테 어쩔 수 없이 시집을 가겠다고 생각하던 내 곁에 이런 멋진 사람이 나타나다니⋯⋯. 정체는 의문이지만, 그게 미스테리어스해서 멋지고. 어리면서도 멋있는 양면을 가진 그야말로 내 취향의 얼굴이고, 거대한 몬스터를 사역마로 삼아버릴 정도로 강하고⋯⋯. 아아, 정말이지, 반드시 아내가 되고 싶어!'

카사는 뺨을 붉게 물들이고 눈동자를 하트 모양으로 만들며, 후기 무기의 오른팔을 더더욱 힘껏 끌어안았다.

그런 카사의 반대쪽에서, 시노도 미소로 후기 무기를 바라봤다.

'⋯⋯나를 구해줬으면서도 금품을 요구하기는커녕 은혜를 과시하려고 들지도 않는다니, 이 어찌나 마음이 넓으신 분⋯⋯. 돌아가신 부모님한테 이런 시골 마을의 잡화점을 물려받고 벌써 몇 년. 가게에 찾아오는 손님이라면 성희롱만 해대는 녀석들이 대부분. 최근에는 황금의 몬스터를 토벌하려고 젊은 모험가가 오는 일도 늘어났지만, 그런 사람도 대부분 여자가 같이 있고⋯⋯. 그런 와중에, 소꿉친구 카사네 집에 이런 멋진 사람이 있었다니. 정체를 영 알 수 없는 건 조금 불안하지만, 하지만 어리게 보이면서도 단정한 미남이고, 몬스터들을 사역마로 삼아버릴 정도로 엄청 강하고⋯⋯. 아아, 반드시 결혼하고 싶어!'

시노 역시도 뺨을 붉게 물들이고 눈동자를 하트 모양으로 만들며, 후기 무기의 왼팔을 더욱 단단히 끌어안았다.

""자, 잠깐만 둘 다⋯⋯ 그렇게 끌어안으면 걷기 불편하다고.""

"잠깐만 시노, 후가 이렇게 말하잖아, 좀 떨어져."

"내, 내가 아니라 카사가 떨어지면 되잖아."

"뭐야!"

"뭔데!"

후기 무기를 사이에 두고 서로를 노려보는 카사와 시노.

그런 두 사람의 모습에 후기 무기는 한숨을 흘렸다.

""인간족 여자는 어째서 이렇게, 찰싹 달라붙어서 걸으려고 하는 거냐고⋯⋯.""

그런 말을 중얼거리면서도, 두 사람을 뿌리치려고 하지는 않는 후기 무기.

'⋯⋯하지만 둘 다 친하게 지내주고, 싫지는 않고⋯⋯ 어쨌든

무사해서 다행이고.'

그런 생각을 하며 숲을 계속 둘러봤다.

그리고 그 뒤를, 거대한 몬스터들이 따라갔다.

처음에는 몬스터들의 존재에 카사와 시노는 잔뜩 겁을 먹었지만, 몬스터들이 후기 무기에게 절대복종한다는 사실을 아는 이제는 그들의 존재를 의식하지도 않게 되어서, 후기 무기를 중심으로 좌우에서 말다툼을 계속 벌이는 것이었다.

일행은 그렇게, 숲속 깊은 곳을 향해서 이동했다.

……그 무렵, 근처의 마을.

"크, 큰일이야! 또 몬스터들의 무리가 숲속을 이동하고 있었어!"

크게 소리 높이며 남자들 몇몇이 마을로 뛰어 들어왔다.

마을 사람들은 새파래진 표정을 지으며 남자들 주위로 모여들었다.

"흉포하고 거대한 몬스터들이 어째서 또 그런 무리를 이룬 것이냐……."

"최근에는, 그 몬스터들 탓에 모험가들도 들르지 않게 되어버렸고……."

"황금의 몬스터와 조우하기 전에, 대부분의 모험가가 그 몬스터들한테 당해 버린단 말이지……."

"피해가 발생하지는 않지만…… 시급히 대책을 생각해야……."

"그러네…… 희생자가 나온 다음에는 늦으니까……."

마을 사람들은 숲에서 돌아온 남자들을 중심으로 그런 대화를 계속 나누었다.

그 몬스터의 무리가, 후기 무기와 함께 숲을 순찰하고 있다는 사실을 마을 사람들은 누구 하나 깨닫지 못한 것은 말할 필요도 없었다.

◇저녁 식사 후 훌리오 가 복도◇

식사를 마친 벨라노는 자기 방을 향해 걷고 있었다.

'……막 태어났는데도 굉장한 마법적 능력을 가진 포르미나, 고로, 리슬레이도 이제 곧 호우타우 마법 학교에 입학할 테고, 먼저 입학한 엘리나자와 가릴은 굉장한 기세로 마법을 습득하고…….나도 모두의 선생님으로서 가슴을 펼 수 있도록 더더욱 노력해야만 해.'

양손을 꼭 쥐며 걸음걸이 속도를 높이는 벨라노.

'……응, 더더욱 노력해야…… 훌리오 님께 칭찬을 받을 수 있도록…….'

마왕군과의 싸움에서 목숨을 잃은 아버지와 오빠의 그림자를 훌리오와 겹쳐보는 벨라노는, 훌리오를 무척 연모하고 있었다.

'그러고 보니…… 훌리오 님이 만들어낸 마인형…… 미니리오 씨……. 평소에는 어린아이 사이즈인데, 마법을 써서 훌리오 님과 똑같은 모습이 되고……. 오늘도 홀리스 잡화점에서 훌리오 님 대신에 굉장히 열심히 했지. 응, 굉장해……. 게다가 어린이 사이즈일 때의 미니리오 씨는, 훌리오 님의 어릴 적 같아서 엄청 귀엽고…….응, 엄청 귀여워……. 그래그래, 저런 식으로 엄청 귀여워…….'

빰을 붉히며 미니리오를 떠올리던 벨라노…… 그녀의 시선이 한 점에 정지했다.

그 시선 끝── 벨라노 앞에 미니리오가 모습을 드러낸 것이었다.

손에 나무상자를 든 미니리오는, 자신의 방인 홀리오 가 뒤의 공방으로 가는지 계단을 향해 걷고 있었다.

그런 미니리오를 바라보며 그 자리에 우두커니 선 벨라노.

'……아아, 귀여워…… 엄청 귀여워……. 저런 귀여운 생물이 이 세계에 존재하다니……. 아, 하지만 미니리오 씨는 마인형이 니까 생물이 아니었던가. 아니, 이때 그런 건 아무래도 상관없 어……. 귀여운 게 정의…… 귀여운 게 최고…….'

미니리오를 바라보며 얼굴을 새빨갛게 물들이는 벨라노.

그녀의 머릿속에서 다양한 망상이 펼쳐지며 미니리오를 계속 응시했다.

그런 벨라노의 모습을, 미니리오는 고개를 갸웃거리며 바라봤 지만, 딱히 신경 쓰는 기색도 없이 지나가며 꾸벅 머리를 숙였다.

그대로 계단을 내려가는 미니리오.

홀로 복도에 남겨진 모양새가 된 벨라노는, 코를 양손으로 누 르며 그 자리에 굳어 있었다.

'아, 인사해 줬어……. 미니리오 씨가 인사해 줬어. 고귀해…….'

조금 전의 광경을 머릿속으로 몇 번이고 재생하며, 벨라노는 코피가 떨어지는 것을 필사적으로 막았다.

◇같은 시각 히야의 정신세계 안◇

빛과 어둠의 근원을 관장하는 마인인 히야는, 평소에는 자신의 뇌 내에 펼쳐진 정신세계에서 생활한다.

그곳에는 수련 동료라고 자칭하는 암흑 대마도사 다말리나세와 전 사계 12신장 중 하나인 마호리온도 함께 살고 있었다.

사념체로서 안정된 상태로 이 세계에 존재할 수 있게 된 다말리나세와 달리, 전 사계의 마인이자 사념체로서 안정된 상태를 유지하는 것에 대량의 마력을 필요로 하는 마호리온은 안정된 마력 농도가 유지되는 히야의 정신세계 안에서만 계속 지내고 있었다.

"히야 님, 왜 그러세요? 갑자기 새파란 얼굴로……."

새하얀 공간 안에 놓여 있는 거대한 침대 위…… 그 중앙에 누워 있는 히야에게 몸을 기댄 다말리나세가 걱정스러운 표정을 지으며 히야의 얼굴을 들여다봤다.

"히야 언니, 마음이 이렇게나 동요하시다니…… 무슨 일이 있으십니까?"

다말리나세 반대쪽에서 몸을 기댄 마호리온 역시도, 다말리나세와 마찬가지로 히야의 얼굴을 걱정스럽게 들여다봤다.

그런 두 사람을, 히야는 평소처럼 미소를 머금은 표정으로 마주봤다.

"……다말리나세, 그리고 마호리온…… 괜찮습니다. 잠깐, 옛날 일이 머리를 스쳤을 뿐이니까……."

"옛날 일?"

"예. 지고하신 주인님께 엄니를 드러내고, 완벽할 정도로 당해버린 어리석은 자신의 모습을……."

자조하듯 그렇게 말하더니 고개를 가로저었다.

이마에는 비지땀이 맺혀 있었다.

'그때의 저는 우쭐했던 겁니다……. 지고하신 주인님을 제대로 탐색도 하지 않고 『저속한 인간족』이라 얕봤기에…… 어리석게도 싸움을 걸고…… 무참하게…….'

리스를 공격했다는 사실에 분노한 훌리오에게 흠씬 당한 자신의 모습을 떠올리며, 히야는 가늘게 몸을 떨었다.

"……지고하신 주인님은, 혼자서 재앙의 몬스터를 쓰러뜨리시고, 미약한 사념체를 이세계의 몬스터와 융합시켜 버리시고……. 현재 상황에 만족하지 않고 더더욱 높은 곳을 목표로 하시는 겁니다. 그런 지고하신 주인님의 말석에 함께하는 것을 허락받은 저 히야, 빛과 어둠의 근원을 관장하는 마인으로서, 지고하신 주인님께 조금이라도 다가갈 수 있도록 더더욱 수련에 애써야……."

힘차게 끄덕이더니 양손을 꾹 움켜쥐는 히야.

"히야 님, 저도 같이 수련하게 해주세요!"

"히야 님, 외람되오나 저 마호리온도 수련에 함께 노력하겠습니다."

히야가 움켜쥔 손에 자신의 손을 겹치는 다말리나세와 마호리온.

"……둘 다, 수련의 동료로서 함께 저 높은 곳을 목표로 해주는 거로군요."

"예, 물론이에요."

"예, 물론입니다."

히야의 말에 힘차게 끄덕이는 다말리나세와 마호리온.

그때…… 다말리나세가 히야의 귓가로 입을 가져다댔다.

"저기…… 그런데 히야 님, 수련은 어느 쪽을 우선으로 하시나요? 마법으로 할까요…… 아니면, 저로 할까요?"

뺨을 붉게 물들이며 히야의 몸에 자신의 육체를 밀어붙이는 다말리나세.

"저기…… 저도 함께해도 되겠습니까?"

마호리온 역시도 뺨을 붉게 물들이며 히야에게 자신의 몸을 밀어붙였다.

특히 마호리온은 마법에 특화된 마인으로서 사계에서 만들어졌기에 히야와 마찬가지로 성에 대한 지식이 전무한 것이나 마찬가지였지만, 이곳 정신세계에서 히야와 다말리나세와 그쪽 수련에 잔뜩 매진한 결과, 스스로 그쪽 수련을 바라게 된 것이었다.

히야를 뜨거운 눈빛으로 바라보는 다말리나세와 마호리온.

그런 둘을 교대로 바라보던 히야.

'당연히 마법 수련을…… 그렇게 생각했지만, 수련 동료인 다말리나세와 마호리온이 먼저 그쪽을 바란다면, 어쩔 수 없군요.'

가볍게 미소 짓더니 다말리나세와 마호리온을 다정하게 끌어안았다.

히야에게 안겨서 환희의 표정을 짓는 다말리나세와 마호리온.

그대로 셋이서 수련에 힘쓰던 히야……. 그런 히야와 다말리나세가 다음으로 훌리오 가에 모습을 드러낸 것은 이틀 뒤였다.

◇호우타우 마법 학교 교직원실◇

호우타우 마법 학교 교직원실.

그곳에 니트가 앉아 있었다.

푸르고 긴 머리카락을 머리 뒤로 묶고, 책상 위의 서류를 훑어보고 있었다.

전직 마왕군 사천왕 중 하나, 뱀 공주 요르미니트로서 마족만이 아니라 클라이로드 마법국 군에게도 널리 이름이 알려져 있던 그녀다. 허나 당시의 마왕 유이가드의 거듭되는 횡포한 태도에 실망하여 마왕군을 그만두고, 아인 종족으로서 이곳 호우타우 마법 학교의 교직원으로 자리 잡은 것이다.

책상 위에 놓여 있는 신문을 니트는 곁눈으로 바라봤다.

'흐응…… 그 유이가드가 독슨으로 개명해서 새로운 마왕이 되었구나…… 뭐, 그 흉포한 성격이 간단히 고쳐질 것 같지는 않으니까…… 지금의 내게는 관계없는 일이겠지.'

그런 생각을 하며, 다음 시간이 비어 있는 니트는 책상 위를 정리했다.

"아, 니트 선생님, 잠깐 괜않을까?"

그런 니트에게, 학생 주임을 맡고 있는 공격 마법 교직원 오료가 말을 건넸다.

"예, 오료 선생님, 무슨 용건이실까요?"

"다음 A반 수업 선생님이 급병으로 쉰다 케가, 대신 수업 좀 부탁할 수 있겠나?"

"어, 예. 그건 괜찮은데…… 수업 내용은 뭔가요?"

"마법 회화다."

"아, 메탈조비 선생님의 수업이군요. 예예, 괜찮아요."

"진짜 고맙다. 잘 부탁헙니다."

머리를 숙이는 오료에게 니트는 오른손을 내저어 답했다.

'……마법으로 그린 그림을 사역 몬스터로 구현화시키는 마법이구나……. 뭐, 어린애 속임수지만, 소환 마법을 익히는 첫걸음으로는 최적이겠네. 뭐, 나도 전문 분야는 아니지만, 유소년부 학생에게 가르치는 정도라면 문제없어.'

그런 생각을 하며 니트는 교직원실을 뒤로했다.

……잠시 후, 마법 회화 수업을 마치고 교직원실로 돌아온 니트.

"아, 니트 선생님, 잠깐 괜않을까?"

그때 또다시 오료가 말을 건넸다.

"예, 뭘까요?"

"계속해서 미안한데, C반 수업 대리를 부탁할 수 있겠나?"

"수업은 뭔가요?"

"마법 인술이다."

"아, 캣베어 선생님의 수업이군요, 예예, 괜찮아요."

……또 잠시 후.

"미안하지만, B반의 마법 약학 수업을……."

"예예, 괜찮아요."

……또 또 잠시 후.

"……D반의 마법 체육 수업을…….."

"예예, 괜찮아요."

수업에서 돌아온 니트는, 책상 위의 시간표를 바라보며 고개를 갸웃거렸다.

'그래……, 확실히 나처럼 마법 계열이 올마이티인 교직원은 희소하니까……. 역할을 쉽게 부탁할 수 있을 것 같긴 하지만.'

니트는 곁눈으로 교직원실 안을 둘러봤다.

니트 맞은편에 앉아 있는 벨라노는 방어 마법 전문.

그 옆에 앉아 있는 히로는 마법 야영 전문.

조금 전에 대신 수업을 맡았던 메탈조비도 마법 회화 전문, 캣베어도 마법 인술 전문……. 여러 마법을 학생에게 가르칠 수 있는 수준으로 습득한 교직원은, 시골 학교인 이곳 호우타우 마법 학교에서는 몇 명밖에 없는 것이었다.

'……뭐, 부하들에게 마법을 지도했으니까, 가르치는 건 특기지만…….'

그때 니트는 문득 어떤 사실을 깨닫고 팔짱을 꼈다.

'……어라? ……나, 실제로는 무슨 마법을 가르치는 선생님으로 등록되었을까…….'

너무나도 대신에 수업을 부탁받는 통에, 자신의 본래 담당을 까맣게 잊어버린 니트였다.

◇신계 중앙 관리탑◇

이날, 중앙 관리탑에 여러 신계의 사도들이 임무를 보고하러 왔다.

"당신들의 임무는, 리릿카 세계에 출현한 재앙의 용을 퇴치하거나, 지하 세계 도고로구마에 유폐하거나, 둘 중 하나였죠?"

보고서를 확인하며 신계의 사도들에게 시선을 향하는 한 여신.

이 여신, 자신이 관리하는 리릿카 세계에 재앙의 용이 출현했기에, 자신의 부하인 신계의 사도들에게 처분을 명령했던 것이다.

"……이 보고서에 따르면, 재앙의 용을 포박하여 도고로구마로 운송하려던 참에, 운송 도중에 날뛰고, 근처의 구상 세계로 도망쳤기에, 구상 세계의 주민과 협력하여 퇴치했다……고……. 이거, 정말인가요? 재앙의 용은 저처럼 세계를 관리하는 여신이라도 퇴치가 어려운 몬스터라고요? 그걸 신계의 사도인 당신들이 구상 세계의 주민과 협력해서 쓰러뜨렸다니……. 애당초, 구상 세계의 주민 가운데 재앙의 용을 토벌할 수 있는 자가 있는 건가요? 그런 자가 존재하지 않기에, 우리 신계인이 나서서 처분하는 것인데……."

여신은 미간이 주름을 지으며, 보고서와 기립 자세인 신계의 사도들을 교대로 바라봤다.

여신 앞에서 사도들의 리더인 여자는 내심 혀를 찼다.

'……역시 이렇게 되어버리나……. 최근에 재앙 몬스터 운송 실수를 저지른 신계의 사도가 그 사실을 은폐하려고 거짓 퇴치 보고를 했지만, 도망친 재앙 몬스터에게 구상 세계가 파괴당하는 사태가 발생해서 허위 보고가 발각, 허위 보고를 한 신계의 사도

만이 아니라 상사인 여신까지 신계에서 추방 처분을 당한 케이스가 적지 않다고 그러니까 말이야…….'

그런 일을 떠올리며, 사도들의 리더는 허리에 찬 마법 주머니에서 마법약이 든 병을 하나 꺼냈다.

"여신님, 봐 주시겠습니까. 이것이 재앙의 용을 쓰러뜨린 증거입니다."

"이게 증거? ……아니, 일곱 빛깔로 빛나는 이 마법약은 대체뭔가요…… 이런 색깔의 마법약은 본 적 없다고요?"

리더 여자에게서 받아든 마법약 병을 찬찬히 바라보며, 여신은거기로 오른손을 내밀었다.

"사실은 이거, 퇴치한 재앙의 용의 피를 추출하여서 만들어 낸마법약입니다."

"뭐, 뭐라고요?!"

리더 여자의 말에 여신은 눈을 동그랗게 떴다.

"……재앙의 용은 이상하게 단단한 비늘과 피부로 온몸이 뒤덮여 있는 데다가, 사망하면 온몸이 경질화되어서 도저히 혈액을추출할 수는 없을 텐데……. 게다가 그 혈액을 추출한 것만이 아니라 마법약으로 만들다니…… 그게 무슨……."

미간에 주름을 지으며 오른손을 마법약 병으로 뻗는 여신.

손바닥이 빛을 발하고, 그 빛이 마법약 병으로 쏟아졌다.

"말도 안 된다고 생각하고 싶지만…… 이건 재앙의 용의 반응이 틀림없군요……."

입으로는 그리 말하면서도, 여신은 아직 반신반의하는 표정을 짓고 있었다.

여신은 마법약이 담긴 병과 신계의 사도들을 교대로 바라보며 계속 고개를 갸웃거렸지만…….

"……그렇군요, 이렇게 퇴치했다고 여길 수밖에 없는 확실한 증거도 있으니…… 이 보고서대로 중앙 관리관에게 보고하기로 할까요……."

큰 한숨과 함께, 여신은 그렇게 말했다.

그 말에 신계의 사도들은 간신히 안도하는 표정을 지었다.

……다음 날.

"……이, 이 마법약은……."

리릿카 세계의 여신이 제출한 보고서를 확인하던 중앙 관리관 여신은, 보고서와 함께 제출된 마법약을 바라보며 손을 떨고 있었다.

"이 마법약…… 아무리 소재가 재앙 몬스터라고는 해도, 신계보다도 열등한 마법 기술밖에 지니지 않은 구상 세계에서 만들어진 조악한 물건……일…… 텐데……."

병 속에서 일곱 빛깔로 빛나는 마법약을 바라보며, 중앙 관리관 여신은 무심코 침을 삼켰다.

포옹.

마법약 뚜껑을 열고 한 모금, 입에 담았다.

그러자 그녀의 몸이 한순간 빛을 발했다.

"……괴, 굉장해. 단 한 모금 마셨을 뿐인데…… 만성적인 어깨

결림, 목 결림, 수면 부족, 권태감이 순식간에 개선됐어……. 게다가 그것만이 아니야. 잔업의 연속으로 퍼석퍼석해진 피부에 매끈매끈한 윤기까지 되살아나다니……. 이런 굉장한 효능의 마법약, 신계의 마법약 전문점에서도 판매하지 않아요……."

책상 위의 거울에 비치는 자신의 얼굴을 확인하며, 중앙 관리관 여신은 눈을 동그랗게 뜨고서 흥분한 기색을 감추려 하지 않았다.

"이, 이 마법약…… 보고서에 따르면, 클라이로드 구상 세계의 주민이 만든 모양이군요……. 이건 어떤 수단을 써서라도, 이 마법약을 입수해야……. 가능하다면 대량으로, 그리고 정기적으로……."

촉촉함을 한순간에 되찾은 자신의 얼굴을 거울로 확인하며, 중앙 관리관 여신은 작게 중얼거렸다.

◇칼고시 해안 반비르 주니어의 저택 앞◇

"……무, 무슨 일이야……."

그 방문자를 바라보며, 칼고시 해안 일대를 통치하는 반비르 주니어는 눈을 동그랗게 떴다.

그 뒤에는 반비르 주니어의 사역마인 로린데프, 로프론스, 포르세이돈이 반비르 주니어와 마찬가지로 눈을 동그랗게 뜨고 있었다.

그런 네 사람의 눈앞에는, 버석버석 검은 수염을 잔뜩 기른 풍채 좋은 남자가 차렷 자세로 서 있었다.

"그러니까 말이야, 이 검은 수염 해적 에드서치와 검은 수염 해적단 전원을 반비르 주니어의 부하로 삼아달라는 거야."

앗핫핫 웃으며 반비르 주니어에게 미소를 향하는 에드서치.

그 뒤에는 쉰 명 가까운 해적단원들이 에드서치와 마찬가지로 차렷 자세를 취하며 미소를 짓고 있었다.

그런 일동을 둘러보며 포르세이돈은 덥수룩하게 자란 자신의 하얀 수염을 쓰다듬었다.

"……너, 아무리아무리아무리아무리 당하고도당하고도당하고 도당하고도 뉘우치지도 않고 『다음에야말로 반비르 주니어에게 체크인해 줄 테니까!』라면서 싸움을 걸었던 주제에, 대체 무슨 바람이 분 게냐?"

"어, 그야 너…… 이전에는 말이지, 반비르 주니어의 부하라고는 해도, 하얀 수염 영감이랑 갈색 어린애랑 새밖에 없었잖아. 그렇다면 언젠가 수로 밀어붙일 수 있겠다고 생각했는데 말이야."

"자, 잠깐만 기다리라샤?! 그 새라는 건 뭐냐샤?! 괴조 로프론스라는 제대로 된 이름이 있다샤!"

"어~ 예예, 이야기가 복잡해지니까, 새는 좀 잠자코 있으세요~, 인 것 같네?"

"아~! 로린데므까지 새라고 그랬으읍."

더더욱 떠들려고 하는 로프론스.

그 입을 로린데므가 막았다.

로프론스가 조용해진 것을 확인한 반비르 주니어는, 다시금 시선을 에드서치에게 향했다.

"……계속해……."

"어, 그래서 말이지, 우리는 숫자로 밀어붙이려고 노력했는데. 최근에 그게…… 네 부하가 늘어나 버렸잖아."

"아, 반비르 주니어 무장선단 말이로군."

반비르 주니어 무장선단.

전직 마족 해적단으로 구성된 반비르 주니어 직속 선단이다.

"그래, 그 녀석들이 가담한 뒤로, 우리 칼고시 해안 해적단은 아무것도 못 하게 되어버려서 말이야……. 동료였던 암상어 해적단 샤샤브레나는 여관업으로 직종을 바꿔버렸고, 거점을 다른 곳으로 바꾼 해적단도 적지 않아……. 이대로는 우리 검은 수염 해적단도 앞날이 없겠다고 생각해서, 그렇다면 차라리 마족 해적단들처럼 반비르 주니어 곁에서, 마음을 바꾸어서 일하자고 생각한 거지."

그러더니 앗핫핫 웃는 에드서치.

……물론 그의 마음속에는 딴맘이 있었다.

'그흐흐…… 그럴듯한 소리를 해두면, 애송이 반비르 주니어는 나를 간단히 믿어서 동료로 삼아주겠지……. 그래서 말이다, 반비르 주니어가 방심했을 때에 침대로 숨어들어서, 단숨에 체크인해 버리겠다는 속셈이지. 내 여자로 만들어 버리면, 그 후는 내가 이곳 칼고시 해안의 보스로서 제멋대로 할 수 있다는 속셈이지.'

"흐응……『그럴듯한 소리를 해두면, 애송이 반비르 주니어는 나를 간단히 믿어서 동료로 삼아주겠지……. 그래서 말이다, 반비르 주니어가 방심했을 때에 침대로 숨어들어서, 단숨에 체크인해 버리겠다는 속셈이지. 내 여자로 만들어 버리면, 그 후는 내가 이곳 칼고시 해안의 보스로서 제멋대로 할 수 있다는 속셈,이구나."

"그래그래, 그렇지…… 아니, 잠깐?! 바, 반비르 주니어도 참, 어떻게 내가 마음속으로 생각하는 걸 맞춰버린 거야?!"

눈을 동그랗게 뜨며 그 자리에서 펄쩍 뛰는 에드서치.

그런 에드서치 앞에서 어깨를 부들부들 떠는 반비르 주니어.

"……있잖아, 나 근처에 있는 상대라면 독심 마법을 사용할 수 있거든……. 그보다도…… 체크인 같은 건 안 당하니까……."

반비르 주니어 뒤에는 몸을 거대화한 포르세이돈과 괴조로 모습을 바꾼 로프론스를 필두로, 반비르 주니어 무장선단의 멤버들이 무기를 손에 들고서 에드서치 일당을 노려보고 있었다.

"이, 이런, 오, 오늘은 도망칠 수밖에…… 아니, 어, 어느새 주위가 모두 반비르 주니어 무장선단 녀석들로 둘러싸인 거냐?!"

완전히 포위당한 것을 깨달은 에드서치와 검은 수염 해적단 멤버들은, 에드서치를 중심으로 겹겹이 둥글게 뭉쳤다.

그런 에드서치를 바라보며 오른손을 휘두르는 반비르 주니어.

"……해치워……."

에드서치가 머릿속으로 그리던, 체크인당하는 자신의 모습을 떠올리며 얼굴을 새빨갛게 물들이는 반비르 주니어.

그 신호에 포르세이돈, 로린데므, 로프론스를 비롯한 반비르 주니어 무장선단 멤버들이 일제히 덮쳐들었다.

"젠장~, 다음에야말로 반비르 주니어한테 체크인해 줄 테니까 말이다!"

주위에서 덮쳐드는 이들을 둘러보며 에드서치는, 오른손 엄지를 척 세워들며, 반비르 주니어 무장선단 멤버들에게 쫓겨났다.

◇호우타우 훌리오 가◇

많은 사람이 동거하고 있는 훌리오 가.

목욕탕은 남녀로 나뉘어서, 양쪽 다 한 번에 열 명은 여유롭게 들어갈 수 있는 넓이였다.

그런 여자 목욕탕에는 오늘 밤.

리스.

우리미나스.

발리로사.

빌레리.

훌리오 가 엄마 넷이 함께 목욕 중이었다.

"포르미나도 고로도 리슬레이도, 이미 엄청 자랐네. 슬슬 학교에 보내는 것도 생각하는 편이 나을지도 모르겠어."

욕조에 몸을 담그며 리스는 미소로 주위를 둘러봤다.

"그렇다냐⋯⋯. 포르미나도 꽤나 여기저기 돌아다니게 되었으니까 슬슬 생각해도 될지도."

리스의 말에 미소로 끄덕이는 우리미나스.

"그러고 보니 포르미나는 태어난 지 얼마 되지도 않아서, 금세 고자르의 머리 위로 기어올랐지."

"그렇다냐, 그렇다냐. 그래서 포르미나가 떨어지지 않으려고 고자르의 머리카락을 있는 힘껏 붙잡았으니까, 고자르는 『이대로는 대머리가 되지 않을까』하고 진지한 얼굴로 말했다냐."

　도중에 고자르의 음색을 섞는 우리미나스.

　그 음색이 너무나도 고자르 본인과 닮기도 해서, 다른 세 사람은 그만 웃음을 터뜨렸다.

　"하, 하지만…… 포르미나는, 어째서 고자르의 머리에만 기어올라갔을까?"

　"요전에 본인한테도 물어봤는데, 『기억은 잘 안 나지만, 거기에 고자르 파파의 머리가 있었으니까 그럴까』래."

　이번에는 포르미나의 말투를 흉내 내며 이야기하는 우리미나스.

　이번에도 무척 닮았기에, 다른 세 사람은 『비슷해 비슷해』『그런 느낌이지』라며, 미소로 대화를 나누었다.

　"그러고 보니 고로는 포르미나를 엄청 좋아한다냐. 항상 포르미나 뒤를 따라다니니까."

　"응, 그래…… 너무 포르미나만 따라다니려고 그러니까 『마마랑 포르미나 중에 누가 좋아?』라고 물어봤는데……, 고로…… 주저 없이 『포르미나 누나!』라고, 환하게 웃으면서……."

　발리로사는 미간에 주름을 지으며 고개를 숙였다.

　"그, 그런 일이……"

　"그, 그건 좀 쇼크일지도 모르겠네요~."

　우리미나스와 빌레리가 욕조 안을 이동해서, 발리로사의 어깨에 살며시 손을 얹었다.

　"아니, 됐어……. 확실히 조금 쇼크였지만, 고로의 환한 미소, 그 미소를 볼 수 있었다는 것만으로, 나는…… 나는…… 크으!"

얼굴을 새빨갛게 물들이며 역설하는 발리로사.

"어~ 하지만, 알겠어. 고로의 미소는 모두를 치유해 주지."

"그렇다냐, 항상 느긋하게 지내는데, 그게 또 귀엽다냐."

리스와 우리미나스는 얼굴을 마주보며 끄덕였다.

그런 두 사람을 바라보며, 발리로사는 양손을 꽉 주먹 쥐었다.

"응…… 응…… 고, 고로의 귀여운 점을 알아줘서, 나도 엄청 기뻐!"

입가를 막으며 감격의 눈물을 흘릴 기세였다.

"그런 점에서~ 우리 리슬레이는~, 굉장히 착실해서~ 내가 오히려 도움을 받는다고 할까~."

턱에 검지를 대며 이것저것 떠올리는 빌레리.

"그러네, 리슬레이는 나이랑 안 맞게 엄청 착실하지. 우리 엘리나자도 금세 따라잡힐 것 같다고 할까."

"아뇨아뇨~, 엘리나자는 거의 다른 세계 수준으로 착실하다고 할까~, 지금 당장 시집을 가도 통하지 않을까 싶을 정도인 걸요~."

빌레리의 말에 쓴웃음 짓는 리스.

"그러네……. 확실히 그렇지만, 엘리나자는 엄청 아빠를 따르니까…… 제대로 된 멋진 분을 찾을 수 있을지 조금 불안하다고 할까……."

"우리 집은 반대예요~, 파파가 딸을 너무 좋아해서~."

"그렇다냐, 슬레이프는 무슨 일만 있으면 금세『리~슬레~이!』라고 절규하면서 리슬레이를 안아 들고 뺨을 비비는데, 그대로는 조만간 진심으로 미움을 살지도 모른다고?"

슬레이프의 음색을 흉내 내며 말을 잇는 우리미나스.

그 음색이 이 또한 똑같았기에, 다른 세 사람은 웃음을 터뜨렸다.

"어~, 하지만~, 그건 괜찮으려나~…… 리슬레이는~, 파파가 들러붙으면 싫어하는 것처럼 보이지만~, 저래 보여도 파파를 엄청 좋아한다고요~. 이따금『파파를 싫다고 하진 않았으니까!』라고, 부끄러워하면서 말하는 모습이 말이죠~, 정말 최고로 모에~! 라고요~."

빌레리는 뺨을 붉게 물들이고 양손을 붕붕 흔들었다.

힘껏 말하는 그 모습에, 다른 세 사람도 미소로 응응 끄덕였다.

"그래그래, 그러고 보니 가릴 말인데…… 마법 학교에서도 여자애들한테 굉장히 인기 있는 모양이더군요."

"예, 그래요. 매일 아침 여자애들이 마중을 와주는데, 처음에는 엘리나자의 친구일까 싶었더니『내 친구들이기도 하지만, 다들 가릴과 같이 등하교를 하고 싶어서 부르러 오는 거야』라고, 엘리나자가 가르쳐 줬어요."

"그러고 보니~, 여왕님도~, 가릴이랑 만나고 싶어서 가끔씩 온다는 느낌 아닌가요~?"

빌레리의 말에 리스는 고개를 갸웃거렸다.

"그건 어떨까요……. 다만, 가릴은 여왕을 무척 좋아하는 모양이에요.『다정하고 예쁘다』라고, 항상 그러니까요."

"가릴은 뭐든 솔직하게 말하니까요. 요전에 아룬프스 산맥에서 여왕님이랑 같이 있었을 때는, 여왕 본인한테 직접『다정하고 미인』이라고 해서, 여왕님이 곤란해하셨고. 여왕님은 옛날부터 나라를 가장 먼저 생각하셨으니까, 한 번도 연애 소문이 돈 적이 없지만요…….”

“뭐, 저로서는 같이 사냥을 갈 수 있는 신부라면 문제없다고 생각하지만요.”

“잠깐?! 잠깐만 리스, 그건 허들이 너무 높지 않냐? 리스랑 같이 사냥을 간다니, 나한테도 엄청 힘든 일인데…….”

“어머, 그래? ……하지만 와인은 같이 사냥을 가주는걸.”

“잠깐?! 잠깐만 리스, 와인은 용족! 전투 민족인 용족이다냐! 그런 규격 외의 여자아이를 기준으로 삼았다가는, 가릴은 평생 독신이 되어버린다냐.”

리스의 말에 몇 번이고 눈을 동그랗게 드는 우리미나스.

“하지만~, 아마도 와인을 좋아하는 남자아이가 있지 않았던가요~? 그게~, 칼고시 해안의~ 로프론스라고 했던가~?”

“아니…… 그 아이는 무리겠지.”

“잠깐?! 리, 리스, 갑자기 퇴짜냐?!”

“솔직하고 착한 아이라고 생각해. 하지만, 와인의 천진난만함을 받아줄 수 있을 만큼의 기력, 체력이 있는지는, 조금 의심스럽다고 할까…….”

“아~…… 듣고 보니 확실히 그럴지도……. 와인은, 항상 전력이니까…….”

리스의 말에 응응 끄덕이는 우리미나스.

“뭐, 하지만 다들 귀여운 아이들이니까요, 앞으로도 우리가 지

켜줘야겠죠."

"그렇다냐…… 응, 나도 열심히 해야지."

"음, 나도 더더욱 노력해야겠네……."

"그러네요~, 양육을 열심히 하는 것도 물론이지만~, 슬레이프 님한테 더욱 귀여움을 받고 싶네~…… 자주 그런 생각도 해요~."

"아~, 그렇다냐, 양육을 시작한 뒤로는 조금 소식이 뜸해진 때가 있었지……. 발리로사는 몰래 조르긴 했지만……."

"어어?! 어, 어째서 들킨 거지?!"

"아하하~, 잘 생각해 보라냐, 고자르가 그런 걸 비밀로 할 수 있다고 생각하냐?"

"으…… 드, 듣고 보니, 화, 확실히……."

"그러네. 그러고 보니 나도……."

여자 목욕탕에서는 그런 대화가 이어졌다.

같은 시각…… 남자 목욕탕.

여자 목욕탕에서 네 사람이 대화를 나누는 사이…… 남자 목욕탕에서는 각각의 남편인 훌리오, 고자르, 슬레이프가 목욕 중이었다.

"으음…… 아, 아이들 이야기라면 그래도 괜찮다만……."

"그, 그렇군…… 밤의 생활을 화제로 삼으니 조금 부끄럽군…… 특히 나는 아내가 둘인 만큼, 부끄러운 것도 두 배라고 할까……."

"훌리오 경도 고자르 경도 큰일이시겠군요. 뭐, 나 정도 나이가 되면, 조금 그러는 정도로는 아무렇지도 않습니다만."

그러더니 슬레이프는 즐거운 듯 드높이 웃었다.

그런 슬레이프를 감탄한 표정으로 바라보는 훌리오와 고자르.

남자 목욕탕에서는 그런 대화가 이어졌다.

이날의 입욕 시간은, 남녀 모두 조금 길었다.

후기

이번에는 이 책을 손에 들어주셔서 정말로 감사합니다.
LV2 치트도 마침내 7권에 도달할 수 있었습니다.

오버랩 노벨즈에 신세를 지는 것이 결정되었을 때에는, 설마 이렇게나 길게 계속할 수 있을 줄은 생각도 하지 않았습니다.
이것도 항상 따뜻하게 응원해주시는 여러분 덕분입니다. 정말로 감사합니다.

6권에서 발표했다시피 코믹 가르도에서 만화화도 결정되어, 한 사람의 독자로서 기대하고 있습니다.
인터넷판과는 다른 내용으로 보내드리는 서적판입니다만, 이번 권에서는 인터넷판에서도 인기가 높았던 에피소드『슬픔이여 안녕』을, 서적판의 스토리에 맞추어 가필 수정해서 수록했습니다.

그 밖에도 홀리오 가의 아이들이 더욱 늘어나서 행복도, 슬로 라이프도 더더욱 많이 보내드립니다. 여러분께서 즐겨주셨다면 다행이겠습니다.

마지막으로, 이번에도 멋진 일러스트를 그려주신 카타기리 님, 출판에 관여해주신 오버랩이나 관계자 여러분, 그리고 이 책을 손에 들어주신 여러분께 진심으로 감사드립니다.

2019년 1월 키조노 미야

Chillin Different World Life of the EX-Brave Candidate was Cheat from Lv2 - 7
© 2019 Miya Kinojo
First published in Japan in 2019 by OVERLAP, Inc.
Korean translation rights reserved by Somy Media, Inc.
Under the license from OVERLAP, Inc., Tokyo JAPAN

Lv2부터 치트였던 전직 용사 후보의 유유자적 이세계 라이프 7

2023년 2월 15일 1판 1쇄 발행

저　　자 키노조 미야
일 러 스 트 카타기리
옮 긴 이 손종근
발 행 인 유재옥
본 부 장 조병권
담 당 편 집 정지원
편 집 1 팀 김준균 김혜연
편 집 2 팀 정영길 조찬희 박치우 정지원
편 집 3 팀 오준영 이해빈 이소의
미　　술 김보라 박민솔
라이츠담당 김정미 맹미영 이승희 이윤서
디 지 털 박상섭 김지연
발 행 처 ㈜소미미디어
제 작 처 코리아피앤피
등　　록 제2015-000008호
주　　소 서울시 마포구 토정로 222, 403호 (신수동, 한국출판콘텐츠센터)
판　　매 ㈜소미미디어
마 케 팅 한민지 최원석 박수진 최정연
물　　류 허석용 백철기
전　　화 편집부 (070)4164-3962, 3963 기획실 (02)567-3388
　　　　　판매 및 마케팅 (070)4165-6888, Fax (02)322-7665

ISBN 979-11-384-3566-6 (04830)
　　　 979-11-6389-387-5 (세트)